U0597071

吴新财·著

相逢何必曾相识

团结出版社

图书在版编目（CIP）数据

相逢何必曾相识 / 吴新财著. -- 北京 : 团结出版
社，2018.4（2020.2重印）

ISBN 978-7-5126-6288-9

Ⅰ．①相… Ⅱ．①吴… Ⅲ．①短篇小说－小说集－中
国－当代 Ⅳ．①I247.7

中国版本图书馆CIP数据核字(2018)第082077号

出　　版	团结出版社	
	（北京市东城区东皇城根南街84号　邮编：100006）	
电　　话	（010）65228880　65244790	
网　　址	http://www.tjpress.com	
E－mail	65244790@163.com	
经　　销	全国新华书店	
印　　刷	成都新千年印制有限公司	
开　　本	170mm×240mm　　1/16	
印　　张	16	
字　　数	288千字	
版　　次	2018年4月　第1版	
印　　次	2020年2月　第2次印刷	
书　　号	978-7-5126-6288-9	
定　　价	56.00元	

（ 版 权 所 属　　盗 版 必 究 ）

contents
目 录

浪漫并不浪漫的生活

1

荒原上来了一老一少，一男一女两个人。他们不同的年龄，不同的经历，来到这个不同寻常的地方。他们从高高的河堤上走下去，走向荒原深处，走向那个高岗上，走近陈文舞的坟前。

这是北方一片广阔的荒原。荒原一边是汹涌的松花江，一边是人工修建的防洪河堤。在河堤与松花江之间的荒原中，零散分布着几个大小不同的水泡子，还有几条潺潺流淌的小河与几处高地。

这片荒原极为神秘。

陈文舞的坟就建在荒原的一个高地上。在荒原上建坟是少有的事，当地有关部门为了保持自然环境，不让在荒原上建坟。人们也不想把离世的亲人安葬在这荒凉的地方，安葬在这里会有对离世亲人不敬的感觉。这样一来陈文舞的坟就成为荒原上仅有的一个，也是极特别的一个。陈文舞的坟建在荒原上，这是金花做的决定。

金花是陈文舞生前的女人。她的生活与经历是与众不同的。她就是这么一个特别的女人。她的每一次出现都会引起人们的关注，也会使寂寞的人们多了聊天的话题。这次她的出现让人们想起了当初她来小村庄时的往事。

那是多年前的事情。但在人们尘封的记忆中，还如刚发生过一样。因为那件事在小村庄太轰动了，震撼了人们的心。

多年前的一个夏季，陈文舞突然从外地领回来一个姑娘，如同一条爆炸性新闻轰动了整个小村庄，整个村子里的老少，无人不知，无人不晓。有人说陈文舞真有本事，不声不响地就领回来了个姑娘，姑娘还这么漂亮。谁说陈文舞找不到媳妇？那是人家不想找，你看人家想找时，不声不响，就找到了，找得还那么好。陈文舞觉着金花给自己争了面子，那些日子脸上总挂着幸福的笑容，但在那笑容深处还隐约藏着不快，这种不快就很少有人能感觉到了。

这是地处祖国北部三江平原上的一个小村庄。这村子最初是由抗美援朝回来的转业老兵组建的。虽然过去几十年了，老兵调走的调走，离世的离世，外来移民是村庄里全部，可这里还有着军人般光荣的传统与良好的风气。这样一来，陈文舞与金花的事就更引起人们的关注了。

陈文舞是随城市下乡知识青年一起来村子里的。当时为了更好地开发荒原，解决劳动力少的问题，当地政府在外地招了一批单身青年来村里。陈文舞就是其中之一。城市知识青年返城后，他没有走，留了下来。人们对陈文舞的印象是能说，口才好。这里女青年少，找对象是难事。陈文舞已经二十八岁了，还没找媳妇成家，在人们眼里就是困难户了。这就有打光棍的可能。可陈文舞从来没有张罗着让谁为他介绍对象，而是做出不想找的样子，其实他心里也挺着急的。他不想说出来，说出来怕村里人笑话。他是个非常要面子的人。他突然间领回个姑娘，村里人能不注意吗？

村子里的人看到金花有着许多好奇。金花与村里的其他女人有着许多不同之处。她拿东西时不是背着，也不是扛着，而是用头顶着。她把东西放在头顶上，走起路来十分平稳，村里除了她，谁都没有这个技能。这是种生活习惯。这就像朝鲜女人了。村里人都听说朝鲜女人能干，爱干净，是操持家务的好手，更会体贴丈夫。村里人认为金花不是朝鲜女人，而是朝鲜族女人。因为陈文舞就算实在会说，也不可能跑到朝鲜找个女人回来。朝鲜女人能会说汉话吗？但村里人认为金花肯定是朝鲜族女人。金花，姓金，在当地属于少有姓。人们从这姓上，断定她是朝鲜族姑娘。小村庄还没有朝鲜族女人，除了在电影中，也没人见过朝鲜女人呢。人们对朝鲜女人的认知，只是听说来的。可听谁说的呢，也不清楚。这可能是当年从朝鲜战场上回来的老兵说的吧。

人们对朝鲜女人的印象特别好。

金花这年才二十二岁，比陈文舞小六岁。

村里许多热心妇女都来看金花。金花热情大方的举止，给人们留下了特别好的印象。人们都说陈文舞找了个好媳妇。

金花来到小村后，就跟陈文舞住在一起了。陈文舞找村长要了个房子，没有举行仪式，也没发喜糖，就这么自然而然地过起了日子。从此村里多了一户人家。农村的生活是平静，单调的。人们的思想也简单，守旧。可村里的平静没多久，就被金花父母的到来给搅成一锅粥了。

金花的父母是在夏季一个傍晚到的。当时陈文舞正在院子里弄渔网呢。他看到金花父母突然出现在眼前，愣住了，一时手足无措，不知怎么开口说话了。金花的父亲金在阳说：金花呢？

陈文舞回答说：在屋里呢。爸，妈，你们来了？怎么没提前说一声，我好去接你们。

金花的父亲金在阳阴着脸说：没敢劳驾你。

陈文舞知道老人还在生气，怕跟老人弄不好，急忙扭过身朝屋里喊：金花，金花，爸、妈来了。

金花正在屋里做晚饭呢。她听到陈文舞的喊声，拎着铲子就跑出来了。她看见父母站在院落里，又惊又喜，可也有点晕了，心情无法平静，尽量让自己平静下来。她说：爸，妈，你们怎么来了？

金在阳说：怎么着，不让来呀？

金花微微一笑，解释说：不是。只是觉着太突然了。

金花的妈叹息了一声，带着责怪说：你跑这么远，不来看一看，我们做父母的怎么能放得下心。

金花满不在乎地说：有什么不放心的，这地方挺好的。

金在阳说：这地方哪有咱家好，你还是跟我们回去吧。

陈文舞知道这事情有些棘手，不好办，不想沿着这个话题说下去，便转移了话题说：金花，别挡在门口，快让爸妈到屋里歇着，路这么远，一定累了。

金花急忙让两位老人进屋。

金在阳走进屋，借着暗淡的光线，扫视了一遍屋中的摆设，就烦心了。这屋与自己家不一样，怎么看都不顺眼，越看越生气。他不想在屋里待，转身出了屋。他觉着院落里要比屋里好。

金花找来两根板凳，递给父母。两位老人坐在院落里。

北方夏季的院子里确实要比屋里凉快。陈文舞不想让村里人知道金花的父母来了，可老人不进屋，他又没有更好的办法，只能顺着老人了。

2

陈文舞的邻居张快嘴从地里回家，看到陈文舞家院子里坐着两个陌生人，进屋就问他媳妇秦多事说：陈文舞家来的是谁？

秦多事刚把锅里的面条煮好，还没有盛出来，她说：我没看到呀。

张快嘴说：他们在院落里坐着呢。

秦多事来了好奇心，饭也不盛了，扔下一句：我去看看。便从屋里出来，到了院落中，朝陈文舞家张望着。

两家的房屋是挨着的，院落之间只隔着木栅栏，木栅有一人多高，有缝隙，透过缝隙可以看到院落中的景物。

　　陈文舞讨厌张快嘴和秦多事这家人，这两个人一个是嘴快，话也多，什么事只要让他知道，就会像风一样在村里传开。另一个是爱操心，爱管闲事，谁家的事都想说上几句。陈文舞看到秦多事朝这边看，心就发慌，心想这回村里人就都知道了。

　　金花是个爽快女人，做事坦荡，大方，也热情，见人都主动打招呼。她看到秦多事在对面的院落里，便说：秦姐，做好饭了？

　　秦多事说：刚做好。

　　金花说：你还挺快的呢。我还没做呢。

　　秦多事说：煮点面条，简单。

　　金花说：天热，也不愿意吃。

　　秦多事说：你家来客人了。这是谁呀？

　　金花说：我爸妈来了。

　　秦多事说：还挺年轻的，不显老。

　　金花说：我爸妈年轻着呢。

　　秦多事对金在阳说：是来看金花的吧？

　　金在阳接过话说：女儿跑这儿来了，过来看看。

　　秦多事说：做父母的就是这样。我才结婚时老人也整天叮嘱这，嘱咐那的。

　　金花妈接过话说：你娘家不是这的？

　　秦多事说：不是。我娘家在河南开封，开封你知道吧？就是包公当官的地方。

　　金花妈说：知道。

　　秦多事突然想起了什么说：你们朝鲜族人，也知道包公呀？

　　金花妈说：我们不是朝鲜族人。我们那地方朝鲜族人比较多，属于汉族与朝鲜族杂居的地方。

　　秦多事转过脸对着站在一边的陈文舞说：文舞，还站在那干什么？岳父岳母来了，还不赶紧准备好酒好菜招待。招待不好，人家可就把女儿领走了。

　　陈文舞现在的心情是复杂的，金在阳从进这个院落起，就没用正眼看过他，这同从前一样。他看得出两位老人对自己这个小家不满意。他担心老人还执反对意见。他站在那地方找不到感觉了，这时秦多事的话提醒了他。他对秦多事说：还是张大嫂考虑得周全。

　　秦多事说：我进屋吃饭去了，回头再聊。

　　陈文舞对金在阳说：爸，你喝什么酒？

金在阳说：什么酒也不喝。没有兴趣。

陈文舞说：妈，你想吃点什么？

金花妈说：你不用买了，浪费那钱干什么？

金花对陈文舞这么做事有些不满意，她说：问什么，你去买吧。

陈文舞说：金花你陪爸妈聊着，我买东西去了。说完就出了院落，到村里的小商店买了些东西。

金花心想父母一路上肯定没吃好，就想找点水果什么的。可这地方除了园子里的黄瓜和西红柿，什么都没有。她就跑到园子里摘了些西红柿，还有几根黄瓜，洗干净，放在盘子里端到老人面前。

金在阳的肚子叫了，路上没吃好，更没睡好。他满脑子都是女儿金花，也不知女儿过得怎么样了。他来之前已经有了打算，如果陈文舞这地方好，就让女儿留在这里，如果这地方不如家好，就把女儿领回家。眼前女儿的生活是属于不好那种，他决定把女儿领回家。他这种心情，还能对什么食物有兴致呢。

金花说：爸、妈，这地方挺好的。

金花妈看了看金在阳说：这里没有咱家好。

金在阳说：好什么呀！明天赶紧跟我回家去。

金花说：为什么回去？我就喜欢这里。

金在阳说：这地方哪好？不也是种地。你跑这么远种地，在家不能种呀！

金花说：反正我是不回去。

3

这是村里仅有的一家小商店。商店在村子的中心位置。店主爱说话，也爱开玩笑。他看陈文舞买了那么多食品，就说：家里来客人了？

陈文舞不想回答，可又不能不回答，随口说：来客人了。

店主说：看来是贵客。你把金花领进村时，都没买这么多东西。

陈文舞听出店主话中的意思，明显是在说他小气。放在平时，他会辩解，此时他不想多说，心里乱乱的，拎着东西转身出了小店。

商店的主人觉着陈文舞的神色不对，想不通，轻轻地摇了一下头。

陈文舞走了几步，认为这么回去金在阳会不给好脸色。他想找个人来陪金在阳喝几杯酒，或许把金在阳喝好了，事情能好说一些。可找谁来陪酒呢？他在脑子里把村中有头有脸的几个人匆匆过滤了一遍，考虑来考虑去，认为找村长比较合适。可他手里拎着东西，怎么好去呢。

金花看陈文舞买这么多东西，还满意，急忙拿过两瓶饮料给父母打开。

陈文舞让金花炒菜，转身又出了院落。金花还没来得及问陈文舞干什么去，陈文舞已经走远了。

村长正在家中吃饭，看陈文舞进来，站起身让陈文舞坐下。陈文舞没有坐，让村长跟他走。村长说才成家，去喝什么酒呀。要想喝在我这喝。陈文舞看不说明来意是不行了，便说岳父岳母来了，让村长去陪一下。村长拿不定主意，看着爱人。

村长的爱人说：你去吧。文舞的岳父这么远来了，让你去陪酒，也是对你的信任。

村长认为有道理，便换了一身过节时才穿的衣服，跟着陈文舞走了。村长对陈文舞的印象不错，如果不好，也不会去的。

陈文舞给村长与金在阳做了介绍。

金在阳没想到陈文舞会把村长找来，没有心理准备，很客气。

金花已经把菜炒好了，一边跟村长打招呼，一边往桌上端菜。

村长是个场面上人，酒喝得多，见识也多，话说的也在点子上。他一个劲地说陈文舞的好话，把陈文舞说成了一个完人。

金在阳心想，这么好那么好怎么在当地找不到媳妇，还跑那么远找媳妇，这不是矛盾吗？他酒量不错，能应对村长的酒量。

村长也是有酒量的人，这样一来，酒喝得比较多，时间也比较长。夜深了，村长才离开。

金在阳虽然有点醉意，可还没有完全醉。他没有忘了自己此行的目的。他对金花说：明天，你必须跟我走。

金花说：爸，我不走。

金在阳说：你必须走。

金花说：爸，我不能走。

金花妈看着女儿，从女儿的表情中也觉察到了什么。姑娘大了不由娘呀，她有些无奈。金在阳困了，也累了，心情又不好，坐在炕上，依靠着墙，不知不觉中就睡着了。金花妈想让他躺下睡，又怕弄醒了他，他没完没了地说这件事，搅得都不能睡。她有点接受这个事实了。

金花心烦得很，不知怎么来解决眼前这件事。她知道父亲的脾气，谁能劝得了呢。劝不了怎么办，当然主要还是在自己。可自己不走，父亲肯定会生气，也不仅是生气这么简单，如果生完气，就能把问题解决了，那倒好办了。她看着母亲。

金花的母亲毕竟是女人，懂得女儿的心。可她不懂女儿为什么要嫁给陈文舞，为什么要到这个村庄来。这个村庄并不比家好，陈文舞只是个极为普通的大龄青年，看不出有什么特别之处。屋中的灯光暗，但她还能看到女儿的表情。她知道女儿是不会跟他们走的。

金花心中涌起一股酸水，恶心，想吐，匆忙下了炕，跑到外面，可她没有吐出来。陈文舞跟了出去。他问没事吧？金花摇了摇头，认为没事。金花心想自己是怀孕了。

金花妈是过来人，有这方面经历，非常平静，坐在那没动地方，也不知应该说什么。她没想到女儿会这样，这也太快了吧。她心里算着日期，如果真是这样，女儿在家时就跟陈文舞发生了那种男女之事了。可这怎么可能呢？女儿是非常守规矩的人，不可能在认识陈文舞短短的几天中就做出那种事情的。她想不通，也不敢想下去。

陈文舞是一点主意也没有，面对黑夜，怕白天来临，白天到来时就会打破夜晚的平静。可万物在转换，黑夜总会过去，白天总会到来，这个规律谁都阻挡不了。

白天来了，金在阳也醒了。这一夜，他睡得比较好，路上的疲劳得到了有效的缓解，神色好多了。他决定离开，回家去。

金花妈也没有打算待下去。陈文舞的房子太小，没地方住。还有就是这种气氛不利于待下去，在一起相处太困难，也累。她听从金在阳的。

金在阳让金花跟他一起走，金花不同意。金在阳看着金花妈，希望她能劝劝女儿。可金花妈叹息了一声说，咱们走吧，闺女大了，不由爹妈了。她的生活就让她自己选择好了，好也好，坏也罢，怨不着别人。金在阳没想到自己的女人会这么说。他一生气，拎着随身带的小布包，冲出了院子。

金花妈看金在阳走了，也跟着出了院落。两位老人一前一后，朝村子外走去。金花在他们身后喊，想留住他们，这已经是不可能的事情了。

陈文舞愣愣地站在那里，发呆了。其实他认为这样比较好，走了要比不走好得多。不走怎么办？走了就等于他是胜利者。

金花责怪地说，你还愣在那里干什么？还不快拿点钱给我，总不能让我爸妈空着手回去吧。陈文舞转身回屋，到箱子里找出二百元钱，拿在手中，跑出院落，递给金花。金花接过钱，生气地瞪了陈文舞一眼，便去追赶两位老人了。陈文舞也跟在后面，金花回过头说你回去吧，你别去了，你去了更麻烦。

陈文舞停住了，叮嘱说：你慢点，肚子里还有个小生命呢。

金花也不顾那些了，飞快地追上了父母。两位老人哪肯接她的钱。金在阳一句话也不说，金花妈说：你照顾好自己就行了。

4

村里人都知道陈文舞的岳父岳母来了，关系不错的几个妇女就来看。她们来陈文舞家没见到客人，便疑惑地说：怎么才来就走了呢？

陈文舞没话可说。

金花解释说：家里还有事，走不开，就急着回去了。

有人说：金花，文舞，这就是你们不对了，两个老人这么远来了，你们怎么也不能让他们走。这事放在哪，都说不过去。

金花说：我爹妈脾气倔，留也留不住，没法子。

村里人的关心与热情，让金花更难为情。在村里人走后，她问陈文舞怎么这么快就把事情说出去了。陈文舞说他除了找村长来陪酒，跟谁都没说。金花说那就是村长说出去的？陈文舞不同意这个观点，他认为村长不会说，作为一村之长，嘴不把门怎么行呢。金花猜测那就是村长老婆说的。陈文说村长老婆，更不会说，如果她什么事都说，那村长还能当这么多年吗。金花心想那是谁说的呢？陈文舞说你别瞎猜了，可能是隔壁张快嘴和秦多事两口子说的。

金花沉默了。虽然她来村里的时间不长，但已经听说有关张快嘴与秦多事这两口子的事了。起初她还不相信，这回可领教他们的厉害了。

张快嘴和秦多事，这一夜还真就没睡好。因为两家房子离得近，说话能听到，昨晚陈文舞家的声音总时断时续，隐约地传过来，影响了他们的睡眠。他们听到一些事情。可不是太清楚。早晨他们一出去干活，就有人向他们打听，陈文舞的岳父岳母是否来了。他说：你们听谁说的？

人们说昨晚陈文舞到小商店买了很多东西，还请村长去陪酒了。

这件事还真是村长老婆和小商店主给张扬开的。村长老婆是个热心人，平时说话办事挺严的。这次她认为陈文舞在村里没什么亲人，想张罗一下，让村里人都知道，大家去给陈文舞捧个场，如果村里一个人也不去，让金花父母怎么想，还会认为陈文舞在村里为人不好呢。小商店主人只是在人们说起这事时，进行了补充说明，就如同炒菜时放些味精等调料一样，让味道更可口一些。可他们没想到陈文舞与金花的生活与婚事还暗含隐情，有种伤痛，不想张扬。

张快嘴与秦多事是陈文舞家的邻居，人们就想从这儿得到一点准确消息。张快嘴说：可别提了，昨天我都没睡好，他家吵到半夜。

秦多事说：金花父母没看中咱这地方，也不同意这门婚事。老人来是让金花回去的。

有人猜测说：金花不会是被陈文舞骗来的吧？

秦多事说：那不会。金花又不是小孩子，自己不同意，陈文舞也领不来，只是她父母不同意。金花本人还是同意的。

金花的父母来小村庄这一趟，着实成为村子里的热点话题，成为这个平静生活中不平静的新鲜事。很多人都关心起金花来。金花本来不想提与陈文舞相识的过程，本想让这过程渐渐淡去，成为生命中的尘封往事。可当人们好奇地问起她时，她又不得不一次次做出回答。她想回避，可回避的心情十分压抑，很难受，不如说出来痛快。再说这也不是什么丢人的事情，她便坦然地向村人们讲述起来。

陈文舞得知后就生气了，认为这事丢人，让他抬不起头来。他就跟金花吵起来。他说：你说这有啥用？让村里人笑话我？笑话我对你有啥好处吗？

金花说：我不说，村里这个人问，那个人猜测的，好像咱们真做了什么见不得人的事似的。这有什么，不就是我爸妈反对吗？咱们两个人过日子，跟他们也没关系。

陈文舞说：你最好少说，没有用。

金花说：怎么了，我配不上你呀？还是我给你丢面子了？

陈文舞说：村里人都跟刺探情报似的，你说这有啥用。

金花说：我不想说。可人家总问呢。你有本事，让人家别问。

陈文舞说：人家问，你就说？嘴不是长在你头上吗？你不说，人家还能把你嘴撬开？

金花说：这有什么，照你这样，那些强奸犯还不用活了呢？人家从监狱里出来，不还活得好好的吗？

陈文舞生气了，脖子上的筋都暴起来，有点吼着说：人和人能一样吗？他们不要脸，咱也不要脸？人家犯罪，我也犯罪？咱管别人干什么？咱管好自己的嘴就行了。

金花不示弱地反驳着说：我不说别人就不说了吗？我也没说什么呀！村里人只是好奇，越是捂着，他们就越想知道。

陈文舞看说服不了金花，不想说下去了，气得摔门离开家。他心情不好，想散散心，消消气，不自觉地就来到了村头的树林边。树林边有一条从田间通往村里的泥土路，因人踩车辗，高低不平。天刚渐黑，还有一丝暗淡的光，还算好走。四周静静的，只有青蛙的叫声，和不时从村庄里传来的狗叫，相互交替着。这本来是非常美丽的田园景致，可陈文舞却感觉不到，反而厌恶得不得了。他心想怎么会这样呢？他怎么就成为村里人议论的中心人物了呢？想来想去，认为是邻居张快嘴和秦多事两口子弄的，如果不是这两个人多事，嘴快，就不会有这么多关于他的流言蜚语了，他就不会为这些琐事烦恼了，更不会跟金花吵架了。他和金花都没有错，错就错在没摊上个好邻居。他心想怎么就摊上这么个邻居呢？真是倒霉透了。

秦多事牵着一头山羊从田间往村庄里走，正好经过陈文舞的身边，看陈文舞站在那，便搭讪说：文舞，站在这儿干什么？咋不回家呢？不会是在等金花吧？

陈文舞正在气头上，语气生硬，没头没尾地说：有家难回呀！

秦多事说：怎么，吵架了？才结婚，亲还没亲够呢，有什么架可吵的。

陈文舞心想要不是你多嘴，不就平安无事了，可遇上你这么个多嘴的人，就风起云涌了。秦多事不想多说了，还要回家做饭呢，便继续往村庄走。陈文舞随口骂了句：真是见鬼了！

晚上没有杂音，声音传得远。秦多事敏感，听到了这句话，停住，转过身质问：你骂谁呢？

陈文舞说：我骂谁，你管得着吗？

秦多事说：你骂我干什么？

陈文舞说：这是你自己说的，不是我说的。

秦多事是不能受气的女人。她说：你别不要脸。你这人就是有毛病，要么一直打光棍，也就欺骗个金花吧。你骗别人看一看，不要你的小命才怪呢。

陈文舞听秦多事这么说，这些天的积怨全涌上心头了，如同火山喷发一样，势不可挡了。他说：我骗谁，你管得着吗？我就算是骗你妈，也得她想让我骗才行。

秦多事知道陈文舞能说。陈文舞的口才是村里出名的。她认为陈文舞是一派胡言，没有正经话。她说：你这人怎么这么不要脸？你还是男人吗？

陈文舞说：我当然不是你男人了。我要是你男人，就一定把你收拾得老老实实……

秦多事说：流氓！流氓！

陈文舞说：我跟你流氓了。

秦多事不但嘴不让人，也不怕人，看陈文舞这样羞辱她，迎上来了。她说：姓陈的，你敢动我一下试试！你不动我，你就不姓陈，你就不是男人。

陈文舞脾气不好，可也没在村里同谁打过架，这回他真就沉不住气了，上前就给秦多事一个耳光。

秦多事没想到陈文舞真敢动手，被这一耳光打晕圈了。她不但嘴快，性格也烈，哪能受得了这个委屈。她松开牵羊的手，直扑上来，同陈文舞扭打在一起。

山羊不懂人间事，在旁边叫个不停。

这时张素丽和刘玉兰两个人扛着锄头经过这里，看到这种情形，急忙放下肩上的锄头过来拉架。两个人一个人拉着秦多事，一个人拽着陈文舞，强行把他们分开。

陈文舞不想跟秦多事打架，本来是想吓一吓秦多事，没想到秦多事不吃这套，居然扑上来了。他清楚男人和女人打架，男人有理也说不清。

秦多事被拉开后，嘴里骂着乱七八糟的脏话，往村里跑去。她跑到村委办室，拿起电话，就往公安局打电话，说陈文舞调戏她。

警察接到报警后，不一会儿就开车来到了小村庄。警察先找到秦多事，灯光下的秦多事头发蓬乱，脸上是汗水还是泪水也说不清楚。警察问：陈文舞为什么调戏你？

秦多事用手一拢披在脸上的头发说：不清楚。

警察问：陈文舞在什么地方调戏的你？

秦多事吞吞吐吐地说：在村头的树林边上。

警察一听是在村头，又是在树林边上，认为事情比较严重，就去找陈文舞了。

5

陈文舞和刘玉兰、张素丽三个人走得缓慢，边走边说着这件事情。他说：摊上这么个多事又嘴快的邻居真是要命了。什么事经他们一传，就了不得了。我岳父岳母来了，让他们传得我都抬不起头来。

张素丽说：你一个大男人，别跟女人一样。女人事多，有啥事，你去跟张快嘴说，或许能好一点。

陈文舞说：张快嘴还不如秦多事的嘴把门呢。

张素丽说：可张快嘴是男人呀！你们男人与男人能说得清，你跟秦多事能说得清吗？

陈文舞说：我没想跟秦多事说，这不是遇上了吗？在火头上，就发生这件事了。

刘玉兰说：文舞，你还年轻，遇到事要学会冷静，不冷静怎么行，不冷静会出大事的。就拿今天的事吧，天这么晚了，你跟秦多事在那地方，你能说得清吗？

陈文舞说：怎么着？秦多事还敢讹诈我？

刘玉兰和张素丽都有这种感觉，但谁也没有说出来，都不想多事。这时他们走进了村里。刘玉兰说：文舞，回家别吵架，有事好好地说。

张素丽说：你们两家是邻居，不要把事情往大了闹，要大事化小，小事化了才对。如果真是不行，就找村里解决。

陈文舞说：我家没事，主要是他家。谢谢你们拉架了。

张素丽回到家，把刚才陈文舞和秦多事打架的事跟自己家的男人一说，她男人说这下陈文舞麻烦可就大了。他从村里回来时，看到秦多事往村委跑了，村委没人了，肯定是打电话找警察去了。警察来处理这事，还能向着陈文舞呀！再说，今天还赶上张快嘴不在家，张快嘴一早就去县城了。这回陈文舞有嘴恐怕也说不清了。他叮嘱张素丽别随意发表观点，都是同村人，向着谁都不好。

金花看陈文舞进屋，脸上有被手指抓破的伤，吃惊地问发生了什么事情。刚才还好好的呢，一转眼怎么就这样了呢？陈文舞对着镜子照了照说没事。金花不信。两个人正说着，警察就进来了。

警察看陈文舞脸上有伤，认为事情是真实发生过，没有多说什么，就让陈文舞跟他们到公安局接受调查。陈文舞说我又没有犯法，去公安局干什么。警察说秦多事说你调戏她了。陈文舞没想到秦多事会这么跟警察说，有点懵了。他辩解说没有的事。警察说有与没有不能听你的，也不能只听她的，要经过调查，根据事实来确定。你放心，如果没有，也不能冤枉你。如果有，你也跑不掉。你还是跟我们走吧。陈文舞认为警察说的在理，就跟着警察上了车，到公安局接受调查了。

金花做梦都没想到会发生这种事情，真是傻眼了。她不相信陈文舞会做这种违法的事情。早知道陈文舞出去就发生了这种事情，她说什么也不会让陈文舞出去。她也埋怨自己，如果她不跟陈文舞吵架，少说几句嘴，陈文舞也不会出去。可现在说什么都没用了，事情发生了，没有后悔药，只能想办法解决。她去找秦多事想问一问，可秦多事关着门，无论她怎么敲，都不开。她只好去找村长，请村长帮忙了。

村长才吃过晚饭，喝了几杯白酒，带着几分醉意，躺在炕上想着什么。他看金花风风火火地跑进来，不知发生了什么事，急忙坐起身。村长认为金花是跟陈文舞吵架了，才来找他。村长的老婆让金花坐下慢慢地说。金花把警察来说的话向村长重复了一遍，其他的事情她也不清楚。村长不相信陈文舞会调戏秦多事。秦多事长没长相，哪能跟金花比。可不相信归不相信，陈文舞被警察带走可是真的。眼下怎么办呢？他本不想出面，可金花才嫁到村里，没有亲人，不帮怎么行。村长的老婆也是热心人，让村长去看一看。村长跟公安局的人熟悉，去了解一下，还是可以的。村长说他去找秦多事问一问。可秦多事不开门。村长只好找个晚上值班的民兵，两个人骑着摩托车，一起去了公安局。

金花回到家，守着空房子，想起与陈文舞相识的日子。她为什么会喜欢上陈文舞呢？她说不清。这可能是缘分吧，男人和女人结合在一起不一定非要有个理由，而是要有情缘。她认为结婚后，跟结婚前的感觉完全不同。她等着陈文舞回来，可到天亮也没等到陈文舞回来。村长也没来。她认为事情不像想的那么简单，便又去找村长了。

村长昨天晚上到公安局，办案警察把这事如实跟他说了。这不是大案，不需要保密。可村长认为这事难办。因为调戏妇女不像村民之间其他矛盾那么简单。村民之间有矛盾可以调解。调戏妇女这是作风问题，不好多插言。不过他把从公安局了解到的事，都如实地跟金花说了。

金花得知张素丽和刘玉兰都在现场，就去找她们了。

刘玉兰说：这事当时，我是遇上了。具体什么原因，我也不清楚。不过，文舞不应该动手，更不应该在那个地方。在那地方没有旁人在场，你浑身是嘴也说不清楚。

金花说：那警察来调查时，你要多说好话，我家文舞不是那种人。

刘玉兰说：这你放心。我也不相信文舞会动那种念头。

金花又去找张素丽了。

张素丽说：当时我就担心会发生这种事，还真就这样了。

金花脸红着说：我家文舞不会往那种事上想。我们两个中午才发生过……他就等不到晚上了，这不可能。

张素丽说：文舞没娶你时都没发生过这种事，才娶了你这么好的媳妇，怎么会做这种事呢。可这事不由咱说了算。

金花说：警察来调查时，你多说好话。你要帮这个忙，你说文舞要真是回不来了，我可咋办呢。娘家也回不去，这地方又一个人。

张素丽安慰地说：你放心吧，我知道怎么说。你最好去找秦多事和张快嘴，争取他们的原谅，只要他们不追究，就不会有事。如果他们死咬着不放，这事还真就挺难办的。他们才是主要的。

金花一脸无奈地说：我昨晚就去了，秦多事不开门。

张素丽说：你也别太要面子了。昨晚都在气头上，气消了，就好说话了。你现在要主动找人家。不然，这是真很难办的。如果真定罪了，就没办法了。

金花说：我去。你也帮着劝一下吧。

张素丽说：我去找刘玉兰，过会儿，我们一起找秦多事说一说。

金花被感动得不知说什么好了，眼泪流了下来。

张素丽说：金花，你这是干什么，别哭，没事，只要文舞没有那个心思，就不会有事，秦多事也不是那种不讲理的人。把事说开了，就没事了。你先回去，我这就去说。

金花才从张素丽家出来，就看到警察开车拉着陈文舞从眼前过去了。她张嘴喊陈文舞的名字，陈文舞回过头看她。陈文舞要求下车，警察没同意。金花愣在那里了。

警察把车开到村头的树林边，停下，下了车。警察让陈文舞把昨晚发生的事情重新讲诉一遍。陈文舞从头到尾说了一遍。警察拿着照相机拍了照，就上车离开了。

张素丽来找刘玉兰时，刘玉兰正拎着一桶猪食喂猪呢。张素丽还没把话说完，她便放下手中的活儿，跟张素丽一起去找秦多事了。

秦多事躺在炕上，没有精神，这件事把她弄得也没了主意。现在她有点后悔，如果警察真把陈文舞抓走了，关个三年两年的，自己也不好受，毕竟两家是邻居，矛盾没有发展到那个份上。昨晚自己报警时，完全是在气头上，也是为了出口气。可警察不管这些。她看张素丽和刘玉兰来了，就强坐起身说：谢谢你们，昨晚要不是你们遇上，陈文舞还不把我打死。

刘玉兰说：你别说气话了，文舞也不会。可能你们话撵话撵的。如果放到平时，有外地人欺负你，陈文舞看到了，肯定不让，你信不？

秦多事说：我不信。

张素丽说：远亲不如近邻呢。都是一个村的，也没有深仇大恨，能过去就过去吧。当然陈文舞真有那种想法，我们就不多说了，你从心里说有吗？

秦多事说：我哪比得上金花呀！金花多漂亮。

刘玉兰说：这不就得了。如果你说陈文舞调戏你，村里人不会有人相信的。再说，对你也没好处。谁都会说你不讲情面，一个村的人，还往死里弄人家，今后谁还愿意跟你交往。

秦多事说：我就不明白为什么陈文舞就认为他和金花的事是我说的呢？我真就没说这事。他也不好好想一想，村里这么小，又这么多好奇的眼睛，能躲得过去吗？再说，那有什么呀！

张素丽说：可能是误解，说开就没事了。你到公安局说一说，让警察把陈文舞放了吧。

秦多事拒绝地说：我去公安局不行。我报的案，我去说，那成什么了。如果警察来找我，我会解释的。陈文舞打我一巴掌，也得让他有点教训才行。

刘玉兰说：这也好。你千万别往严重了说，那就错了。

秦多事默认地看了一眼刘玉兰和张素丽说：那天晚上遇到你们，算是陈文舞的运气好。

6

村长来通知金花给陈文舞送些生活用品是在一天后的事了。金花急忙借一辆自行车骑着去了县城。她买了毛巾、香皂、牙刷等生活用品后，便去了公安局。公安局在县城东西大街的西端，离中心街远，比较静。她来到拘留所时，看管的警察便把陈文舞从里面押了出来。金花看陈文舞消瘦了不少，脸色也发黄了，便不自主地哭了。

陈文舞叮嘱金花多注意休息，按时吃饭，为了还没有出生的孩子，也要学会照顾自己才行。他叹息着说：别哭了，就算是遇上小鬼了，让小鬼缠上了，只能认倒霉了。

金花这时知道陈文舞没大事了，被治安拘留十五天后，就会放出来。她告诉陈文舞在里面好好表现，不用想家中的事，她能挺起这个家。

探视规定的时间很快就到了，警察把陈文舞押了进去。

金花觉着十五天太漫长了，便找村长看能不能早点把陈文舞放回来，一个人的日子太不好过了。村长同情金花的遭遇，答应试一下，能办成更好，办不成也没办法。金花拿出二百元钱递给村长。村长脸一沉说，这是干什么？如果花钱你去找别人办吧。金花说不是给你的，你不是还要找人家吗？村长说不用，我让村里开个证明，做下担保，看行不行。

村长先召开了个村委会，在会上把陈文舞这事公开讨论了一下。小村庄本来就不大，这件事村子里的人都知道。村里人对陈文舞的印象不错，一致同意开证明。村长拿着证明，去公安局找人了。因为有村里做担保，公安局做了减轻处理，陈文舞在被关第七天时，被放出来了。

陈文舞从拘留所里走出来时，正赶上中午，阳光充足，有些不适应了。虽然只有短短的七天，他认为是那么漫长，也重重打击了他的自尊心。他怎么也没有想到会被拘留。但这是事实。他来到县城的中心街，想找一辆回村的车。

中午来县城办事的人少。他等了好一会儿才遇到一辆拉农药的车。他走过去，那人看到他也停了车。那人说，你这是何必呢，不值。他说让小鬼给缠上了。他上了车，那人开车回村了。

金花看到陈文舞回来，眼泪一个劲地往下流，不知是高兴还是委屈。陈文舞为金花擦去泪，说事情过去就没事了。金花说这事多亏了村长，要不是他，你现在还回不来，咱们得去村长家看一看，谢谢人家。陈文舞说晚上吧，我去下网，打点鱼给村长拿过去。金花认为这也好。

陈文舞收拾着渔网，还有水裤什么的。他把这些准备好时，金花已经炒好了鸡蛋，还有米饭。金花想这些天陈文舞在拘留所里没有吃好，身体虚弱，让他吃了，增加些体力。陈文舞一口气吃下一碗米饭，还有大半盘子鸡蛋，又喝了一杯水，然后骑上自行车，驮着渔网上路了。

小村庄不远处就是河堤，河堤外就是荒草地，荒草地中的水泡里就有鱼。可来打鱼的都是闲散人员，家中有车的，没人来打鱼。因为打鱼不如开车挣钱多。没有车的人才来打鱼。

陈文舞不是经常来，可也来过不少次。他对荒草地中的水泡子与小河流都比较熟悉。他站在高高的河堤上，看着村庄，还有眼前的芳草地，想着眼前的生活。他判断着哪条河里鱼多，路还相对要好走一些，然后就从河堤上走下来，进入荒草地中。

7

金花担心陈文舞回来后，秦多事来找麻烦，便想跟秦多事说一下。可怎么说呢？这时她又想起张素丽和刘玉兰了。刘玉兰家在盖仓房，请好几个人帮工，要管人家吃饭，到县城买菜去了。她只找到了张素丽。张素丽和金花一起找到正在地里干活的秦多事。

秦多事停下手中的活，三个女人一起来到地头的树林中，坐在一处通风的地方，聊了起来。秦多事说事情已经过去了，就不用再想了，想也是过去了。

张素丽夸赞地说：我说你不是那种得理不饶人的人吧，这没错。咱们都在一个村庄里生活这么多年了，谁还不了解谁啥样呀。

金花说：就是，大家把事说开了，就没事了。如果憋在肚子里，不说出来，时间久了，就会出事的。

秦多事解释说：你和文舞别总认为那事是我们家说的，这可冤枉我们了，只是别人问我们时，我们才说了知道的，不知道也没说。你想想，我这么大的人了，咱们又是邻居，什么事该说，什么事不该说，我还不知道吗。

金花说：没事的，这有什么，我和文舞又不是非法的，我们有结婚证。别人想怎么说就怎么说好了，也少不了一块肉。只是文舞在意，我没什么。

秦多事说：文舞小心眼，气量小，要是气量大点，就不会发生这种事情了。文舞不如你的为人好，别看你才来村里，大家对你的评价比文舞好。

金花有点不好意思地说：看你说的，我有啥优点呢。

张素丽说：金花，你知道村里人为什么关注你吗？

金花摇一下头。她还真就没有想过这个原因。

张素丽说：因为你是朝鲜族人。咱村就你一个朝鲜族人。

金花一听这话，笑了。她说：我不是朝鲜族人。我也是汉族。咱们没有区别。只是我娘家生活的地方居住着许多朝鲜族人。生活中与朝鲜族人交往多，受朝鲜族人的生活习俗影响大，学习到朝鲜族人生活中的一些优点。

秦多事说：村里人可都把你当成朝鲜族人了。

金花说：我要真是朝鲜族人就不来这里了。朝鲜族人的生活方式与汉族还是有区别的……

秦多事说：你会说朝鲜族话吗？

金花说：当然会。我上学时，学校里一面教汉语，一面教朝鲜族语，因为学校中有许多朝鲜族学生。

张素丽说：你跟文舞是怎么认识的？

金花说：文舞的姨妈与我家住得近，我去他姨妈家玩，就认识他了。他把这地方说得可好了，要不我也不会来。可来了又不能走。再说文舞对我也挺好的。

张素丽说：文舞能说，也会说，你让他给说动心了吧。

金花笑了，不否认这个因素。

秦多事说：快生了吧？

金花有点羞涩地说：还有些日子。

张素丽看时间差不多了，该说的话也说完了，相互之间没有顾虑了，就说：金花，咱们走吧，别耽误干活。

金花站起身和张素丽回村了。她通过与秦多事聊天才把心放下，心想如果早这样，也不会出这种事情。

陈文舞打鱼回来时，天已经黑了。他到院落里，就开始弄鱼。虽然打得不多，但也有五六斤，鱼的大小还说得过去。他把鱼放到水盆中，鱼在水中欢快地游动着。

金花端上饭菜，两人吃过后，陈文舞换了一套干净衣服，挑了些个头差不多的大鱼，装在塑料袋中，拎着就去村长家了。

村长正在看电视。村长两天前花五百元钱买的电视机。这是日本产的日立牌十二英寸黑白电视机。村长家是村里第一个有电视的人家。电视中正上演老故事片《上甘岭》。村长看陈文舞和金花进来，就把电视消音了。村长对金花说：抗美援朝，这跟你有关，你不是朝鲜族吗？

金花笑了说：我可不是朝鲜族，我也是汉族，我还没去过朝鲜呢。

村长一转脸对老婆说：你不是说她是朝鲜族人吗？

村长的老婆说：村里人都这么说，也不是我说的。

村长说：不管是哪个族，都是村里人。都在同一个村庄中生活，就要和睦相处。

陈文舞感谢地说：这次幸亏村长帮忙了，不然，还不知道会是啥样呢？

村长不以为然地说：都是村里人，谁什么样都清楚。你要真是那种道德败坏的人，你给我多少钱，我也不会管的。秦多事这人也是，都是一个村的，你们两家又是邻居，有啥大不了的仇恨，还非要弄到公安局那里。

陈文舞说：村长，我想换个房子，你看行不？

村长为难地说：村里除了鬼屋，没有空房子了。国家在实行经济体制改革，上面不让集体盖房子了，以后可能都要自己盖了。

陈文舞说：发生这种事，我没法与张快嘴做邻居了。一出屋就低头不见抬头见的，多别扭。

村长说：也没什么事，自己过自己的日子，想说话就说，不想说就不说。

陈文舞说：可生活中有些事情是预料不到的，就拿这件事情说吧，做梦我都不会想到。人心叵测，还是防着点为好。

村长轻轻点点头，认同这个观点说：可村里只有鬼屋是空着的，再没有空房子了。

陈文舞说：鬼屋，就鬼屋吧。没事，我敢住。我也不信这个邪。

村长说：其实也没那么多说法。那房子还不错。你要真想住，就去住吧。不过，你现在住的房子村里可是要收回分给别人的。

陈文舞说：行，那就这么说定了。

金花和陈文舞走时，村长让他们把鱼拿回去。陈文舞急了说，这是一点心意，又不是重礼，你不收就是瞧不起我。金花也说这不就是几条鱼吗，也不是买的，还是自己打的，你就留着吧。村长看陈文舞和金花是实心实意的，不好再拒绝，就把鱼留下了。

乡村的夜晚是幽静的，忙碌一天的人们早早休息了，只有晚风不停地吹动着树叶作响。走在回家的路上金花问陈文舞，你真想搬到鬼屋去住呀？陈文舞说那房子也挺好的。事情都过去多年了，没事的。你不怕吧？金花说我不怕，只是有点不舒服。陈文舞说只是不习惯，住习惯就好了。

从前，鬼屋里住着一对城市下乡知识青年。男的是天津人，女的是杭州人，两人来到北大荒相恋了，结婚后生下一个男孩，可两人因脾气不好，性格不合，总打架，后来女的吊死在屋里了。那年女的才二十五岁，太年轻了。从此，这屋就被人们称为鬼屋了。

男的在女的死后，便领着孩子返城回天津了。这屋子空着，一直没人敢住。屋子里除了有些灰尘，还都不错。这是村里近年盖的房子，质量上要比前面盖的好。

陈文舞和金花来到鬼屋，从里到外打扫了一遍，又找来刷墙的白灰，把屋子粉刷了一遍，就搬进去了。原来的房子被村里收回，分给一对才结婚的新人了。

小村庄里的人们再一次哗然了，人们说陈文舞就是陈文舞，鬼屋谁都不敢住，他却敢住，这人太特别了。

8

张快嘴在陈文舞住进鬼屋后，心情一直不好，村里人都在说他。村里人都认为陈文舞是被他家逼进鬼屋的。他认为秦多事不应该报警，更不应该对警察说陈文舞调戏她。如果不是那样，事情也不会变得这么复杂。当时他去县城了，没在家。他回来后没少责怪秦多事。两个人因这事吵了好几次，还找到村领导来调解了。张快嘴好几次想找陈文舞聊一聊，可陈文舞不理他。陈文舞见到他就像见到瘟疫似的，远远闪开了。

陈文舞搬到鬼屋里后，心情不错，可身体不好了。过去他就有腿痛的毛病，搬到鬼屋后痛得比从前厉害了。他去医院检查了好多次，结果是得了风湿。他认为得上这种病，可能跟去打鱼、摆弄水有关系，于是就再也没有去打鱼了。

金花的肚子一天比一天大了，在这年秋天生下了一个男孩。陈文舞给孩子起名叫陈无事。他希望孩子长大了，能少惹事，也别贪事，过平静的生活。金花觉着陈文舞是让秦多事给弄怕了，留下了后遗症。

陈无事满一周岁时，金花领着孩子回娘家给父亲过生日去了。

陈文舞一个人干活回来，守着空房子，懒得做饭，也不想烧火，睡的是凉炕，吃的是凉饭，这样一来，病情就加重了。金花从娘家回来时，陈文舞走路都十分吃力了。医生说这病治不好，风湿影响到心脏了。陈文舞没过多久，就离开人世了。

金花认为陈文舞是打鱼得的病，就把他的骨灰埋在了河堤外的一个高处。从此荒草地上便有了这座特殊的坟墓。

村里开始土地承包到户了。金花一个女人怎么能过得下去呢。她就带着孩子回娘家了。多年之后，她领着儿子陈无事重返小村庄，来看陈文舞了。

人们认为陈无事是那么像陈文舞，如同一个模子里扒下来似的。人们也得知金花回到娘家后又嫁人了，可又离了。

当初小村庄的人就说陈文舞不应该住进鬼屋里。陈文舞的死，就是鬼屋惹的祸。人们也说鬼屋生男孩，谁家要想生男孩，就住鬼屋，不会有错。可小村庄里还没有谁家因为想要生男孩而住进鬼屋的。在人们看来生男孩与生命相比，还是生命重要。

金花走后鬼屋一直空着。她也有点相信鬼屋里有鬼的事。这次回小村庄就没去看，而直接到了县城。她与陈文舞这段发生在荒原上浪漫而又浪漫不起来的生活，只能留在人们的记忆中。

获湖北省文联、今古传奇集团、《中华文学》"我是作家"首届全国原创文学大赛"新锐作家"奖

发表在 2015 年 10 期《中华文学》（湖北武汉）

发表在 2014 年 3 期《神浓溪》（湖北恩施）

离别情

1

唐老汉一个人在屋里，屋子不大，很静。他坐在沙发上吸着旱烟，想着心事。他听见屋外有脚步声音，扭过头，透过玻璃窗朝外面看去，儿子领着女朋友从县城回来了。

唐一南心情非常好，从每个微小举止中流露着兴奋的冲动。他进屋后说："你怎么没出去玩呢？"

"刚回来一会儿。"唐老汉说。

唐一南说："我们明天走。"

"还有啥要准备的吗？"唐老汉说。

唐一南说："没有了。"

唐老汉还想说什么，可是唐一南领着女朋友走出屋，去看望村里的亲朋好友了。小屋里又恢复了原来的寂静。

唐老汉知道儿子这次回家后，将和儿媳妇一起离开小县城，到大庆市工作了。虽然大庆与鹤岗都归黑龙江省管辖，但两市之间还有很远的距离，交通不便利，儿子不能随时回家。他不能经常看见儿子。他知道自己跟儿子去大庆安度晚年的可能性极小。他感觉儿子如同离开笼子的鸟儿，将要展翅飞向蓝天，没有归来的期限。

唐老汉坐在破旧沙发上想着心事。一个人的小屋是寂寞的，失去了生活的气息。从他呆滞的表情中足能印证对生活的忧虑与失落，折射出对生活的哀怨。

哀怨已经成为唐老汉生活中的主题。

唐老汉只要活在世上，就会有这种感受。

他虽然经历过值得骄傲的年轻岁月，可那段美好的年轻岁月在不经意间悄然溜走了，似乎没留下一丝耀眼的痕迹。他告别了闪光的人生风景，行进到垂暮之年。虽然他在人生路上走过一程又一程，经历过各种不同的风景，但他的心情似乎从没有改变，始终是忧伤而郁闷的，如同天空中镶嵌着云层，把美丽的蓝天浅浅遮藏起来。生活是美好而快乐的，可他总是快乐不起来。

他在寂寞与孤独中渐渐老去。

小屋只有三十几平方米。屋里经常是他一个人。他吸着旱烟。烟雾占领了小屋的空间。他吸烟时神态凝重，如同在回忆人生，烟雾好像是思绪。

他真是孤独啊！

他仿佛已经习惯了这种生活，习惯了这种安静，习惯了这种寂寞与孤独的生活方式。他皱了皱眉头，叹息了一声，恍然悟出了人生就是这么个过程。

人生就是这么个活法。

从前他想用这间破旧的小屋给儿子当结婚新房。他这个想法显然从情理上是说不过去的。可他没能力为儿子在县城买新房，只能这么想，做着打算。他在儿子还没有离开小村庄去县城工作时，便着手装修小屋了。当时儿子还没女朋友，结婚的事还没提到日程上来。他是村庄里第一家装修房屋的人，也就成为了村里的一个新闻话题。他装修小屋时村里有许多乡亲来观看。那时他盼望儿子谈恋爱，结婚，成家。他不希望继续过只有父子的生活。可儿子的想法与他不同，儿子在他面前不提找女朋友的事。他着急，催促儿子谈恋爱，结婚。可儿子总是沉默，不回答。他感觉儿子的内心世界太神秘了，神秘得让他产生了恐慌。他在多次劝说无效后，严厉地命令道："如果你还不找女朋友，不谈恋爱，不结婚，就别回家了，这个家没有你。"

"急什么呀，找对象也好，成家也好，这只是时间问题。你不用瞎操心。"唐一南被父亲逼得无可奈何，不紧不慢地说。

唐老汉反驳地说："我瞎操心，别人不找对象，不成家，我咋不管呢。你是我儿子我才管。如果你不是我儿子，请我管我都不管。"

唐一南说："那也不能这么急。"

"你已经二十五岁了，还不结婚吗？就算不结婚，也得有女朋友吧？可你连女朋友还没有呢。"唐老汉吼着说。

唐一南认为二十五岁不算大，找对象也好，结婚也好，都来得及，不算晚。他笑着说："有了女朋友不就得结婚吗？"

"当然了。"唐老汉感觉儿子说了句废话。

唐一南说："结婚不得有房子吗，房子在哪呢？"

"这间屋给你住不行吗？"唐老汉说。

唐一南环视了一遍屋里说："你住哪？"

"你不用管我。"唐老汉知道儿子嫌弃这屋太小了。

唐一南调侃地说:"你是我爹,我能不管你吗?我娶了媳妇,把你撵出去了,外人还不指责我,我能有脸见人吗?"

"你别找借口,一年之内得结婚,不结婚,也得把对象领回来。"唐老汉下命令地说。

唐一南说:"面包会有的,牛奶也会有的。"

"你别说些乱七八糟的话,什么面包牛奶的,我都不管,我只让你尽快领个媳妇回家。"唐老汉是文盲,不明白儿子话里的意思,瞪了一眼儿子,语气坚定地阐述自己的观点。

唐一南知道父亲听不懂他刚才说的话,解释说:"我是说女朋友肯定会有,婚也会结,只是还没到时候。"

"你已经二十五岁了,过了年就二十六岁了,怎么还没到时候?你要等到五十二岁,六十二岁再找对象吗。"唐老汉生气地说。

唐一南说:"缘分没到,缘分到了就结婚。"

"缘分是争取来的,不是等来的。你不主动找,就这么等着,能等来媳妇吗?"唐老汉说。

唐一南说:"水到渠成。"

唐老汉听儿子说的话不懂其意,如同在听天书似的。这也难怪,他和儿子毕竟是两代人,有代沟,又何况自己还是连名字都不会写的文盲呢。

唐老汉的心愿在日月转换中成了真实的生活。那次唐老汉刚向唐一南发完火后,唐一南出差开会去佳木斯了。唐一南从佳木斯出差回来说有对象了。唐老汉不知是自己的逼迫起到了作用,还是儿子说的那个缘分到了。总之他的心愿成为了现实。

唐一南不但了却了父亲的心愿,还让人们感到意外。这种意外比当初他调到县城工作还让村里人吃惊。当时村里人没有谁会相信他能被调到县城工作。他迟迟没有找到对象村里人认为不是他没有找,而是因为家境贫困,没有姑娘看中他的家境。他现在不但找到了对象,还找的是外地姑娘。村里人没想到他能找外地对象。这叫"不鸣则已,一鸣惊人"。据说他找的对象在机关工作,非常有才华,家境也好。两个人一见钟情,情投意合,感情升温极快。他准备调到对象家那边工作。

唐老汉得知儿子要调到儿媳妇家那边工作时,情感发生了变化,从前的希望成了失落。他不愿意让儿子远离自己。可儿子已经成人了,有了自己的女人,有了自己的另一种生活,远离父亲是必然的。

这是儿子成人的标志。

这是父亲从前的期待。

父亲期待儿子长大成人，结婚生子，成家立业，但不希望儿子远离自己，去异乡生活。有时两者是矛盾的。

人是在矛盾中生活。

2

二月的北大荒室外寒冷，泥土被冻得结结实实，脚步落在地面上发出声音大，传播距离远。

屋外传来阵阵脚步声。唐老汉竖起耳朵，屏息静听，辨别是不是儿子和儿媳妇的脚步。儿子和儿媳妇刚出了屋，不应该马上回来。不过事情总会出现意外。或许儿子和儿媳妇忘带了什么东西，是回来取东西。唐老汉似乎不相信自己的听力，慢慢转过头，侧着身子，朝窗外望去。

木栅栏外面是一条东西方向贯穿小村的路。有一对青年男女挨肩擦背，说笑着缓缓经过。这是王老太婆的女儿和女婿。

王老太婆的丈夫曾经是村委副主任，早年得了肝癌，匆匆离开了人世。王老太婆拉扯着一双儿女度日。儿子已经娶妻生子，只是女儿中专毕业后留在鹤岗市银行工作了，还没有嫁人。王老太婆跟唐老汉有着同样的心愿，同一种心情，见面时总会聊起儿女的事情。

唐老汉刚回过头，听见门开了。王老太婆走进来了。王老太婆听说唐一南带对象回家了，过来看一看。这在村里是一种习俗。当然只有关系好的人才会这么做。王老太婆跟唐老汉有着相似经历，感受相同。所以来唐家串门。唐老汉说："刚才看见你女婿和你女儿过去了。"

"孩子回来了，我在屋里有点碍眼。"王老太婆说。

唐老汉说："姑娘回来高兴吧。"

"明天就走了。"王老太婆说。

唐老汉说："姑娘走不高兴呀。"

"姑娘不在身边，好像少了点什么似的。"王老太婆说。

唐老汉说："你儿子在身边不行吗？"

"儿是儿，姑娘是姑娘。儿子跟姑娘还是不同的。"王老太婆说。

唐老汉不明白王老太婆话中的意思，心想姑娘和儿子都是王老太婆亲生的，怎么会不同呢？他没有姑娘，只有一个儿子，没法在儿子和姑娘之间做比较，无法理解王老太婆的想法与感受。

王老太婆说："听说你家一南找了个外地媳妇？"

"女孩家离咱们这儿挺远的。"唐老汉说。

王老太婆说："女孩是哪的？"

"好像是大庆那边的。"唐老汉说。

王老太婆说："是一南去女方家，还是女方嫁过来？"

"年轻人的事咱不懂，随他们便吧。"唐老汉虽然已经知道儿子准备去儿媳妇家生活了，但没有直接说出来，说出来感觉丢脸面。

王老太婆说："你让儿媳妇嫁过来好，人上了年龄，身体容易出现意外，身边没有儿女不行。如果一南走了，你身边没人，万一有个啥事怎么办？"

"我身体好，能有啥事。"唐老汉皱了皱眉说。

王老太婆说："你别不信。我儿子在我身边，只是女儿不在，我还觉得缺点什么呢。何况一南走了，你身边一个儿女也没有呢。"

唐老汉相信王老太婆说的是实情。可他左右不了儿子，也无法留住儿子。

3

唐一南一年前在出差时遇见了女友项丽辉。项丽辉家在大庆。她人好，家境好，工作也很好。可是大庆离鹤岗比较远，两个人必须有一个要放弃现有的工作和熟悉的生活环境，调到另一方那边工作，生活。不然，他们就得过两地分居生活。他们这么年轻，情感这么充沛，精力这么旺盛，不会选择两地分居的生活方式。如果项丽辉调到唐一南这边工作，这边是小县城，县城小不说，工作也不会太好，属于人往低处走。如果唐一南调到项丽辉那边工作，不但工作岗位好，还会得到升职，生活环境也好，属于人往高处走。面对这么大的反差，唐一南犹豫不决。他走了唐老汉一个人过日子会更孤单。唐老汉不想因为自己影响儿子未来的生活和工作，再三劝唐一南去项丽辉那边工作。唐一南经过认真考虑后，决定调到项丽辉那边去。他的工作调动手续已经办理完了，这次回村里看一看家，就跟项丽辉去大庆上班了。他回村后去平时来往多的乡亲家坐一坐，聊会儿天，算是辞行。

廖立军看唐一南和项丽辉来了，起身迎了过去，笑呵呵地说："什么时间回来的？"

唐一南说："刚回来。"

廖立军说："你这就算正式调走了呗？"

唐一南说："手续全办完了。"

廖立军说："调到大庆工作不错。就是离家远了点。"

唐一南说："今后回来的次数肯定少了。"

廖立军说："你走了，你爸怎么办呢？"

唐一南说："到时候再说吧。"

廖立军是唐一南的中学同学，也是好朋友。不过廖立军两年前就跟邻村的姑娘结婚了，婚后生了一个儿子。

廖立军的媳妇在厨房里收拾着什么，看唐一南来了，停下手中的活走到客厅，笑着说："一南，你可找了个好对象。"

唐一南看着项丽辉开玩笑地说："好么，我怎么没感觉到呢？"

廖立军的媳妇说："你别不知足了，如果不是你对象，你能调到大庆工作吗？"

唐一南说："大庆有什么好的？"

廖立军的媳妇说："总比咱们这儿好吧。"

唐一南说："我觉得咱这儿挺好的。"

廖立军的媳妇说："你嘴上这么说，心里不这么想。这叫口是心非。"

项丽辉说："一南眼眶高，认为我配不上他。"

廖立军的媳妇说："一南是在跟你开玩笑。他还是在意你的，如果不在意你，就不会连老爹都不管了，义无反顾地跟你走。"

项丽辉说："我也可以调到这边来工作，可是这边没有接收单位，工作不好安排。"

廖立军的媳妇说："咱这边是小地方，没发展前途，哪有发展去哪。"

项丽辉说："我们那边肯定比这边好。"

廖立军的媳妇说："一南的工作安排好了吧？"

项丽辉说："安排好了。"

廖立军的媳妇说："那就行。"

唐一南看廖立军的媳妇两只手还粘着面，知道在做饭呢，便说："你去忙吧。"

廖立军的媳妇说："我婆婆今天过生日，我叫她过来吃顿饭。"

项丽辉转过脸看着唐一南说："你爸什么时间过生日？"

"上个月，要等到明年了。"唐一南说。

项丽辉说："明年就不行了，咱们离得太远了。"

"儿女离父母远了不好。"唐一南说。

廖立军说："父母还是希望儿女走得远一点，走得远了证明有本事。像我们这样的想走，却没地方去。"

这时从卧室里传出婴儿的啼哭声，熟睡的孩子醒了。廖立军急忙去卧室抱孩子。他把孩子抱在怀里轻轻拍打着，想让孩子继续入睡。可孩子睡醒了，不睡了，睁着小眼睛，好奇地看着屋里人。

唐一南站起身，走上前逗着孩子。

孩子不认识唐一南，把脸扭向一边。

唐一南看廖立军家有事，聊了一会儿跟项丽辉走了。

廖立军把他们送到院落外面说："有时间回来看一看你爸。"

"我是想回来，但得有时间才行。"唐一南说。

村庄里静静的。他们走在路上，经过一家又一家门前。他们回到家时王老太婆还在屋里没走。他们礼貌地跟王老太婆打了招呼。唐一南对王老太婆印象一般，不好也不坏。他走到桌前，拿起水杯，给王老太婆倒了一杯水，递给王老太婆，去厨房做饭了。

屋子小。厨房更小。厨房跟客厅只是一墙之隔。在厨房里能听见客厅说话的声音，在客厅也能听见厨房做饭的响动。

王老太婆站起来回家了。

唐一南跟唐老汉一起送王老太婆到院落门口。唐老汉说："有时间你过来坐。"

"天冷，你回屋吧。"王老太婆摇摇晃晃地走了。

唐一南快速回到屋里跟项丽辉做饭。

唐老汉在王老太婆消失在转弯处才返回屋，依然坐在破旧的沙发上。他能听到儿子和儿媳妇在厨房的窃窃私语，也能感觉到年轻人柔情蜜意般的幸福。他觉得离儿子的生活世界越来越远。

唐一南和项丽辉在厨房里忙碌着，你一言，我一语地说着刚才去廖立军家的事。饭做好了，三个人围坐在饭桌前。唐老汉坐在那里如同局外人，没食欲。唐一南看了一眼父亲，发现父亲的表情反常。他想问父亲为什么不开心，话到嘴边却被项丽辉说的话劫走了。他看了一眼项丽辉没说话。

项丽辉撒娇似的瞪了一眼唐一南，责怪地说："我说的话你没听见吗？"

"我听着呢。"唐一南说。

项丽辉说："你把我刚才说的话重复一遍。"

"这是松花江鲫鱼，你们那没有，味好着呢。"唐一南没听见刚才项丽辉说的话，不知道怎么重复。他挟一块鱼肉放在项丽辉碗里，说着鱼，有意改变话题。

项丽辉说："没有记住我说的话吧。"

"我不可能把你说的每一句话都记住，如果真是这样，我就不是我了。"唐一南说。

项丽辉说："你不是你，你是谁？"

"我是你的影子。"唐一南说。

项丽辉说："我刚才什么也没说，只是考一考你，看你是否会乱说。"

"我不是乱说的人。"唐一南说。

项丽辉看了一眼唐老汉，发现唐老汉表情不好，没说话。

唐一南问："爸，你怎么了？"

"没怎么。"唐老汉说。

唐一南不相信父亲没有心事，如果没有心事是不会产生这种表情的。他看父亲不想说，也没继续问。

唐老汉看着桌子上的饭菜，比较丰盛，也是他爱吃的，本应该好好享受一下，可没有胃口，不想吃。不是饭菜不好，而是没心情。心情不好，吃什么都没滋味。

唐一南发觉父亲面容憔悴，感觉在皱纹丛林中又萌生了许多小皱纹。他控制住了跟项丽辉调侃的话语，不想让这种高兴的话语刺激到父亲的心情。

项丽辉也发觉唐老汉不开心，但猜测不出原因。她是女人，女人比男人更细心，更会察言观色。她想找能让唐老汉开心的话题，可一时间想不起来说什么才会让唐老汉开心。这是她第一次见到唐老汉，对唐老汉不了解。她问唐老汉喜欢吃什么，晚饭时做。

唐老汉不紧不慢地说做什么都行。他把目光移向别处，缓缓地站起身，离开饭桌。此时他不想看到唐一南和项丽辉。他心里酸酸的，感觉泪水从心底往上涌，怕克制不住情绪，让眼泪流出来。

项丽辉看着唐老汉离去的背影，不解，纳闷，心想自己没做错什么，也没做出让老人不开心的事，老人怎么会这么不开心呢。她对唐一南说："你爸怎么了？"

唐一南知道父亲为什么难过，但不想直接说出来。他拿起筷子，夹着菜说："吃饭吧。"

项丽辉说："我没做错什么吧？"

唐一南说："没有。"

项丽辉说："你爸怎么会不高兴呢？"

唐一南说："这与你没关系，与我有关。"

项丽辉如同一头雾水地说："你怎么让你爸不高兴了？"

唐一南说："因为我成为真正的男人了。"

项丽辉听唐一南这么说，更不明白其中的原因了，满脸迷惑。

唐一南说："你厨艺不错，做的菜有味道，以后能经常吃你做的菜了。"

项丽辉纠正地说："不是经常，而是天天能吃到我做的菜。"

4

唐老汉走出家门，在院落外停了片刻，去刘本本家了。

刘本本跟唐老汉关系好。他跟老婆刚做过爱，衣服还没穿好，唐老汉在外面拉门，门在里面上了插销。刘本本开了门。

唐老汉说："大白天插门干什么？"

刘本本说："一南和对象回来了吧？"

唐老汉说："上午回来的。"

刘本本说："一南准备调到对象那边工作吗？"

唐老汉说："明天就走了。"

刘本本的老婆说："还是一南这孩子有福气，找了个有本事的对象，让你少操多少心。"

唐老汉听刘本本老婆说这句话，脸上流露出一丝安慰和高兴。他对儿子找的对象是满意的。如果说不满意之处，就是离家远了。

刘本本的老婆说："一南调到那边安顿好了，能回来接你去。"

唐老汉说："哪能这么简单呢。"

刘本本说："刚调到陌生环境工作，头三脚难踢，开始也不好混。"

唐老汉说："我哪也不去，还是待在这儿吧。"

刘本本说："做父母的希望儿女生活得好，只要儿女生活得好就行。"

唐老汉跟刘本本两口子聊了很长时间，聊天之间心中的不快渐渐消失了，不再为儿子远走而难过了。他知道这是人生必经之路。每个人都是要经过幼年、童年、少年、青年等各个人生时期。虽然他已经满头白发、额头布满皱纹了，但在青年时也有过同儿子相同的经历。

那时他还生活在山东的沂蒙乡下呢，为了生活得好一点，有好的生活环境，便告别父母来到遥远的北大荒了。北大荒与山东隔山隔水，距离遥远。他在北大荒娶妻生子，扎下了生命之根。在多年之后，他领着妻儿一起回山东老家探亲时，乡亲们对他投来称赞的目光。他想起了自己从前的生活和经历，也就理解了儿子的选择。

5

孙小萌来找唐一南去吃饭时，唐一南正在往旅行箱里装着东西。唐一南在回村的路上遇见了好友孙小萌。孙小萌当时约唐一南去家里喝酒，为唐一南饯行。唐一南推辞说："吃饭挺麻烦的，心意领了，饭不吃了。"

孙小萌说："你调走了，离家那么远，以后回来的机会少了，为你饯行，忙活点是朋友的情意。"

唐一南说："你先回去，我一会儿就到。"

孙小萌说："人到齐了，就等你了。"

唐一南说："你得等一会儿，我把饭给我爸做上，咱们就走。"

孙小萌说："今天你是主角。你快点。"

唐一南说："马上就好。中午做的没吃完，热一下就可以了。"

项丽辉让唐一南陪着孙小萌，她去厨房给唐老汉热饭。她走到厨房，看了一眼，又回到客厅了。她说："如果饭热好了，你爸不回来，不又凉了吗？"

唐一南说："让他自己回来做吧。"

他话音未落，唐老汉就进屋了。唐一南说去热饭，而孙小萌说不用热了，一起过去吃行了。唐老汉说你们全是年轻人，我一个老头子跟着凑啥热闹。唐一南要去为唐老汉做饭，唐老汉说你不在家，我不也得做饭，你去喝酒吧。唐一南心想也是这么个理。他不能让别人等的时间过长，跟着孙小萌走出小屋。

唐老汉中午没吃饭，饿了，肚子提出了抗议，咕噜咕噜地响个不停。他到厨房里打开橱柜，看了看中午的剩菜，选了两个自己喜欢吃的菜放在大铁锅里。他往锅灶下面放了些柴禾，点燃火。灶火旺，不一会儿从锅里升起了浓浓热气。他把菜热好后，端到客厅的饭桌上，找出那瓶北大荒白酒，拧开盖，倒了杯酒。

他没酒量，没喝酒习惯，很少喝酒。这瓶酒是半年前二哥来时为招待二哥买的。他那次喝完酒没再碰过酒瓶。北大荒人爱喝北大荒白酒。北大荒白酒是纯粮食酿造的，喝着放心，但是度数高、辣味重，酒量小的人享受不了。他吃了几口菜，一仰脖，把一杯白酒喝下去了。他被酒味辣得直咧嘴，赶紧吃了几口菜缓解酒的辣味。

一杯酒下肚后，他头发热了。过了一会儿，他又喝下了一杯。他把第二杯酒喝下去时头有点晕，眼花了，困意上来了。他起身朝炕上移去，胳膊碰到了酒杯，酒杯从餐桌上滚落到地上摔碎了。

北大荒冬末初春的季节天黑得早。此时天已经完全黑下来了。屋中没有亮灯，伸手不见五指。他一个人睡着了。

屋里寂静，屋外刮着呼呼的冷风。时而还有零星的雪花飘落。

唐一南和项丽辉是在深夜回来的。唐一南拉开门，开了灯，看见躺在炕上的唐老汉，又看着桌上的酒杯，知道这是在借酒浇愁。

项丽辉一边抖着身上的雪花，一边用扫帚扫去鞋面上的雪。

唐一南不想惊醒父亲，用手碰了一下项丽辉，示意别发出声音。项丽辉明白唐一南的意思，停住了。唐一南捞过放在炕头的棉被，轻轻地盖在了父亲的身上。然后和项丽辉走进另一个房间。

项丽辉关上房门说："这鬼天气，说下雪就下雪了。"

唐一南说："明天还能走吗？"

项丽辉说："当然得走了。如果不走我就超假了。不到万不得已，最好别超假。"

唐一南脱掉衣服，利落地钻进了被窝。被窝里凉，他把被子往身上掖了掖，慢慢地伸直了腿。项丽辉坐在炕边，顺手拿起一本书，随意翻看着。唐一南说："你怎么不睡呢？"

项丽辉说："被窝里凉，过一会儿，等你把被窝暖热了。"

唐一南说："我用身体给你暖。"

项丽辉说："你爸一个人过日子也挺难的。"

唐一南说："我暂时没有办法解决这个问题。"

项丽辉："你怎么不把你爸跟王老太婆往一起撮合撮合呢？他们一个没老婆，一个没老头，两个人在一起搭伙过日子，还是比较合适的。"

唐一南说："从前我爸有这个想法，可王老太婆没这个意思。"

项丽辉来了精神地说："王老太婆为啥不同意呢？"

唐一南说："我不知道。"

项丽辉："你说王老太婆不想男人吗？"

唐一南说："你是女人，应该更懂得女人的想法。"

项丽辉说："现在也许她不会想男人了。如果放在几年前，她肯定会想。因为男人与女人在一起是正常的生理需要。越是年轻，这种需要就更强烈。"

唐一南说："我也这么认为。"

项丽辉说："王老太婆为什么没再嫁人呢？"

唐一南猜测着说："可能不想给儿女找后爹吧。"

项丽辉点着头，认为可能是这个原因。

唐一南躺在被窝里，望着屋顶，回想着过去的生活。他还不记事的时候母亲离开了人世。他记忆中只有父亲。他是在父亲的呵护下长大成人的。父亲也因为有了他的陪伴才少了许多寂寞与孤单。他现在要远行了，将和女人组成一个新家庭……

项丽辉困了，打了个呵欠，放下手里的书，脱下衣服，进了被窝。唐一南感觉到凉了，可看着项丽辉细白的肌肤，却无法克制感情的冲动，把项丽辉搂在怀中。项丽辉在唐一南怀里呻吟着。

6

天放亮了，新一天的生活开始了。唐一南和项丽辉起来后，发现父亲早就起来了。父亲把炉子点着了，又做了荷包蛋面条。唐一南最喜欢吃父亲做的荷包蛋面条了。他感受到了父亲的关爱。

项丽辉说："爸，你起得真早。"

唐老汉说："如果晚了，你们就赶不上车了。你们快洗脸吃饭吧。"

项丽辉说："爸，你先吃吧。"

唐老汉说："我不饿，你们别管我。你们吃过饭还得赶路呢。这么冷的天，吃点热饭，抗寒冷。"

唐一南看了一眼时间，时间有点来不及了，催促项丽辉快点。幸好昨天晚上已经把东西收拾好了。他们狼吞虎咽地吃下了一碗父亲做的荷包蛋面条后，快速出了家门，朝村外的公路走去。

唐老汉站在院落门前目送儿子和儿媳妇远去。

昨夜下的雪不大，地上的雪不厚，浅浅地盖在地上。风停了，村庄里静静的。在雪地上已经留下了一串串足迹。在他们前面已经有人去公路边等车了。

每天只有一趟客车经过这里，人们每天也只有这一次出行机会。公路边有很多人在等车。

王老太婆来送女儿和女婿。她朝唐一南走去，想跟唐一南说话。她没走几步，客车从远处开过来了。候车的人朝客车涌了过去。车门开了，出行的人挤上车。车朝远处开去。王老太婆站在雪地里看着远去的客车。她的女儿和女婿坐在车里收回了目光，低声细语，在聊着甜蜜的话题。

项丽辉回头看了一眼王老太婆的女儿，她跟王老太婆的女儿之间隔着几排座位。她轻声对唐一南说："王老太婆来送女儿和女婿了，你爸也没来送咱们。"

"不来好，来了心里更难受。"唐一南说。

项丽辉看唐一南表情凝重，不开心，关心地问："你怎么了？"

"没怎么。"唐一南侧过脸看着车窗外。

车窗的玻璃上挂满冰霜，看不清外面的景物，但能感觉到天色变化。

太阳从地平线上升起来，万丈光芒照在这片荒原上，温暖着小村庄。小村庄是许多人的家。

人类就是这么古往今来的在延续。

发表在 2016 年 4 期《蓝梅苑》杂志（黑龙江大兴安岭阿木尔）

发表在 2016 年 4 期《丹山》杂志（四川叙永文化局）

发表在 2017 年 2 期《故道》杂志（江苏盐城）

发表在 2017 年 1 期《冰峪》杂志（辽宁大连）

深　思

　　小四川是保卫科刘科长上任后辞退的第一个人。刘科长在处理这件事时还同人事科长发生了分歧，两个人还把事情闹到了总经理那里，总经理想了想同意了刘科长的决定。

　　刘科长知道这样做有些不近人情，因为他辞退了小四川，就断了小四川的经济来源，砸掉了小四川的饭碗，这样一来小四川的生活就没法保证，看似很不道德。不了解内情的人说刘科长是新官上任三把火，杀鸡给猴看，也该小四川倒霉，刘科长第一把火就烧着他了。其实不然。刘科长在做这个决定时是深思熟虑的，也想找出一个不用辞退就能解决的办法，但他没有找到。他的耐心劝说、讲解对小四川没有任何效果。小四川软硬不吃，他认为谁都不能把他怎么样，直到他被辞退，离开公司时才有所醒悟，才知道他的自我判断是错误的。刘科长看出来小四川有悔意，但看不出来小四川有改过的意思。江山易改，本性难移。正是这样，小四川才在不长的时间里先后被多家公司辞退了。

　　小四川几乎在每家公司都得到了相同的命运。

　　大家都觉着小四川做事很失败。这是他性格所决定的。

　　小四川姓孔。因为他四川生活习惯很浓，同事便称呼他小四川，很少称小孔。他是和郑为亮一起来悦佳公司工作的。两人相比从主观条件上来看大家都认为小四川要比郑为亮的条件好。小四川的家虽然远在千里之外的四川，可他确是在青岛当的兵。并且部队驻地离悦佳公司不远，如果有什么事，可请部队帮助解决。他是当年退伍的。长相也不错，中等个，不胖不瘦，眉宇下一双大大的眼睛显得格外有神。平时话不多，但话一出口就能说到点子上。做事有板有眼。而郑为亮与小四川相比就差远了。他虽然是山东本省人，但主观条件确实很一般。满口黄牙，一头卷发，两条O型腿，走起路来往两边晃。问他在哪里当的兵，他回答在新疆，再问，就不说了。同事中谁也没有看到过他的退伍证。他说人事科长看过证件后，就把证件送到他对象那里了。他的证件都让对象保管，他自己保管怕丢失了，因为他丢失过身份证。郑为亮一来公司，同事对他就不感兴趣。同事猜测他的简历有问题，最明显的就是外形，凭他的五官，部队不可能招收他，他不可能当过兵。他能来公司工作，同事都猜测是因为人事科长是他老乡，为他开了后门。事实上也让同事猜测对了，并且事情要比大家猜测的还要糟糕。他不但没有当过兵，连身份证都是假的。会计到银行给他办工资卡银行都不给办，于是会计去找人事科长。人事科长对会计说当时她并没看出来郑为亮的身份证是假的。人事科长私下又跟郑为亮说：你要注意，财务科发现了问题。人事科长的担心确实没错，会计在跟人事科长说完后，就去找公司领导了。领导沉默，没有表态。领导在观察郑为亮的工作表现。可以说郑为亮与小四川的条件相比，真是一个天上一个地下。而小四川在来悦佳公司前曾在另一家公司从事保卫工作。据他说那份工作是部队团长给安排的。于是同事都觉着小四川行，有点门路，不然团长认识他是老几。那家公司比悦佳公司的工作环境好，同事问小四川为什么离开，他就会找个话题岔开。

小四川来悦佳公司工作时刘科长还不是科长，只是一位普通工作人员。科长安排他跟小四川一个班，他挺高兴的。他认为小四川刚从部队退伍，纪律能严明，责任心能强。那天轮到他跟小四川一起上夜班。白天小四川出去逛超市了，回来时已经夜幕降临了，结果他洗漱过后就一头钻进被窝里睡觉去了。他没想到小四川会这么干，只好一个人去巡逻。

夜很静，公司大院空旷，让人胆寒。

科长查岗时，走到警卫室门口就听到打呼噜声音，透过玻璃看见小四川躺在床上，于是把手中的对讲机举到嘴边喊话。没人回答。于是他推开门走进去，用手中的高压强光手电筒的光直照向床，照在小四川的脸上。小四川没有丝毫觉察，仍在睡梦中。科长生气地喊："你是上班呢？还是睡觉？！"

被子一动，小四川缓缓地睁开眼睛。

科长用命令的口气说："起来！"

小四川翻动了一下身子，没有起床的意思。

科长质问："谁让你睡觉的？"

"困了。"小四川清醒了许多，有了点精神。

科长说："你不知道你是在上班吗？"

"真是累了。"小四川揉着睡眼。

科长说："去，用水洗洗脸，就不困了。"

小四川没有动，科长转身走了。小四川又一头躺到床上，睡觉去了。

科长真是拿小四川没有办法，小四川上夜班睡觉的事情被他抓住好多次，可他说小四川不起作用，话说轻了，小四川沉默，话说重了，小四川就顶撞他。小四川认为保卫科长说的不算，决定不了他的工作命运，他来悦佳公司工作是人事科长做的决定。保卫科长又不想惊动人事科，就采取家丑不可外扬的处理方式，息事宁人。小四川抓住了保卫科长的这种心理，就得寸进尺，上夜班睡觉便成了习惯。保卫科里的其他人逐渐地也学起了小四川。谁不想舒服舒服。小四川来公司不长时间，上夜班时警卫室里便是呼噜声一片。同事看小四川给他们带来了"幸福"，就用另一种眼光来看他。

其实小四川的本事远不止这件事，他做的每一件事都能引起别人的反思。

小四川的母亲打电话朝他要钱，说家里没有买粮钱了。小四川怕同事听见，就用四川方言回答母亲。有懂四川方言的同事在旁边听着。小四川回答母亲说没有钱。他说他出来后就没挣到钱。他对母亲说他烟戒了，酒也戒了，就差戒饭了。电话那头的母亲不知身在千里之外儿子的处境，听儿子这么说蒙了，儿行千里母担忧的情感霎时涌上心头，先是沉默，而后说：儿呀，你千万别戒饭，人是铁，饭是钢……身体要紧……身体……，可能老人想不到合适的语言了，或许老人不敢说下去，话题打住了。小四川放下话机，轻松了许多，神采奕奕。

那位听懂四川方言的同事，觉着小四川说话违背了良知，转身把听到的话跟其他同事说了。有性格急的人说：他黑良心了，前天他还给我看他的存折呢，他说已经存了三千，到年底争取存到六七千，噢，现在他老娘找他要钱，他就没有钱了！

小四川做事确实有计划，有目标，会非常有步骤地安排生活。每月领到工资后，他只留出二百元钱做生活费，剩余的全部存到银行里，就算是天大的事也不取，好像取出来就会被别人抢走似的。应该承认小四川会经营生活，管理钱财。

小四川在生活上可以说做到了节衣缩食的境地。

悦佳公司免费给公司员工提供午餐。小四川早餐吃粥，连咸菜都不吃。午餐时他会吃得很饱，吃得弯不下腰，这样晚餐就不用吃了，每天能省下一顿饭钱，一个月下来，就会节约上百元。但是好景不长，物极必反。饭钱小四川是比别人少花了，但他的肚子出现了异常情况，开始疼痛。起初小四川忍耐着，希望能挺过去。但事情没有按照他想的路线发展，虽然在肚子疼痛后他减少了饭量，可还是疼痛得一次比一次重。他实在挺不过去了，想去找医生看看。可是他又没钱，存折上的钱，他不想动。可他每月又只留二百元钱做生活费，如果去看病了，就没吃饭钱了。他知道同事瞧不起他，不好意思向同事借。他更担心同事不借给他，那样既丢面子，今后在一起又不好相处。他要想治病，钱是必需要借的。他把全公司的人掂量了一遍，最终把借钱人锁定在做饭的刘师傅身上。刘师傅说他把钱才拿去给儿子修房子。他又说如果生病可找公司借钱，公司不会不管。小四川听刘师傅这么一说，眼睛一亮，觉着有道理，借公司的钱还不欠人情。他转身去找岳经理去了。

岳经理也是四川人，同小四川是老乡。他平时跟小四川交往很少。他听小四川把话说完，解释说公司员工借钱他要找主管财务的经理商议才行，这样很麻烦，像这种小事，不必要，让小四川自己解决。

小四川在岳经理那儿没有借到钱，挺失落，回到寝室，一声不吭，心情沉重。深夜小四川的肚子疼痛再次强烈发作，无法忍受，在床上来回打滚。同事要送他去医院，但是没有车，便去找岳经理了。

岳经理住在公司的办公楼的三层楼里。办公楼的大门锁着，上不去人，就在楼下向上喊。睡梦中的岳经理被这突如其来的喊声惊醒，他还以为发生了什么意外事故呢，赶紧从床上爬下来，小跑着来到窗前，借着星光从窗台向楼下看，惊慌失措地问："怎么回事？"

"小孔病了，需要上医院，没有车。"值班人员抬着头向岳经理汇报。

岳经理一听是这事，生气地说："等一会儿，我穿上衣服就下去。"

值班人员虽然看不到岳经理的表情，但从话语中听出岳经理不高兴。

岳经理开车送小四川去医院，他说都这么大的人了还不会照顾自己，这怎么行。到了医院小四川没有钱，岳经理掏钱为小四川付了医药费。

小四川白天没能从岳经理那借到钱，晚上却能让岳经理为他服务了一趟，也算是挣足了面子。发工资时同事对小四川说：你请岳经理吃顿饭吧，你们既是老乡，人家又帮助过你，并且人家还是经理，以后说不上什么事还要人家关照呢。小四川没有采纳同事的意见，他把钱还给岳经理就完事了。同事认为小四川这件事情处理得不好，最少他也应该给岳经理买盒烟吧，这么做也是人之常情的事。实际上小四川根本不可能按照同事说的去做。钱对他来说太重要了。他能把钱用得恰到好处。在这方面同事马德彪是深有体会的。

有一次小四川跟同事马德彪闹着玩，小四川不小心，一挥手，把门玻璃打碎了。马德彪陪同小四川去买玻璃，马德彪问小四川：你带钱了吗？小四川回答：带了。两个人说笑着去玻璃店了。马德彪性格直，到玻璃店，便把尺寸给玻璃店老板了，老板办事也利落，眨眼之间就把玻璃割好了，让付钱。马德彪看小四川没掏钱，就说："你还傻愣着干什么？快付钱。你不给钱人家是不会让你拿玻璃的。"

"你先付上，回去我给你。"小四川说。

马德彪马上明白小四川的用意了，生气地说："我没带钱。"

"我只带了一半。"小四川说。

马德彪听到这话，立刻意识到在玻璃的问题上小四川是要跟他平分秋色。他脑子一转，对小四川说："你在这儿等着，我回去拿钱。"他话音未落，人已经离开了玻璃店。

小四川在玻璃店没有等来马德彪，他就给马德彪打电话。

马德彪火气冲天地说："你耍我，你耍吧。老子不去了。你在那好好地待着吧。"

"彪子，你来不来？"小四川也火了。他一直称呼马德彪为"彪子"。他认为马德彪心眼不够用，是个傻瓜。

马德彪怒吼着说："你听不懂人话吗？老子再告诉你一遍，老子不去了！你好好地在那儿待着吧。"

"彪子，这玻璃可不是我让割的！"小四川警告着。

马德彪不想再跟小四川多说了，把电话机挂了。他背着手，在屋里来回走着，边走边说："小四川耍我，我让他耍……让他耍。"

小四川这回不但没有耍过马德彪，反而被马德彪捉弄了一把。他怎么也没有想到平时傻乎乎的马德彪能想出个回去拿钱的理由，一回不返。这回小四川失算了。玻璃割好了，不付钱店老板不让小四川走。小四川看脖子上青筋爆起，两眼放着怒火的玻璃店老板，有些怕，不敢多说什么，只好付钱，把玻璃买下来。

小四川为这件事憋着一口气。他打不过马德彪，也不可能去打架。他要靠技巧取胜。他怎么会白吃亏呢？他一定要把买玻璃钱赚回来。他摸透马德彪的脾气，知道马德彪是个不计较小节的人，所以在马德彪买苹果、香油、花生米时，他就笑着吃起来。马德彪不是看不出来小四川的用意，但不好不让小四川吃，在一起工作，不好把关系弄得太僵。小四川每次都在心里默默地计算一下吃的物品价值。而后他会高兴得不得了，因为他从马德彪那里得到的东西远远超过了他买玻璃花的钱。马德彪买的东西都是一次性消费，消费掉就不存在了。而小四川买的玻璃是实物，实物是永远存在的。他可以随时炫耀，太划算了。

小四川的生活过得有滋有味，但天有不测风云。保卫科长因工作失职，离开了公司，新上任的刘科长是位对工作一丝不苟的人，做事有板有眼，兢兢业业。公司各部门的安全灯总烧坏，要及时维修。刘科长把保卫科成员分成几个小组，一组一组地轮流负责维修，这样比较公正，也利于工作。可以把滥竽充数的人清理出去。刘科长分完组后，跟小四川一组的郑为亮就找他。郑为亮担心小四川不配合工作，不想跟小四川一组。刘科长说谁不服从工作安排都不行，如果不服从工作安排他会处理的。

那次轮到小四川这组维修灯了，同事拿着从库房领来的新灯，找小四川。小四川正在班上，他说他正在工作，不能离开。其实是可以离开的。他接着又说从他来到公司他就没维修过灯，不去。同事不好多说什么，就去找刘科长。刘科长给小四川打电话，小四川不理。刘科长就到值班室找小四川。小四川说他在班上，不能去维修灯。刘科长知道小四川是在找借口。刘科长说我替你值班，你去维修灯。小四川仍然不去。刘科长说让你维修灯也是工作，你不去维修灯就是不服从工作安排。小四川说刘科长给他戴高帽子，穿小鞋，他要向经理告刘科长。他拿起电话给经理打电话，经理不在，他就给人事科长打电话。

人事科长不明白是怎么回事，没有明确答复。

小四川见人事科长没有让他去维修灯，脸上多了几分得意。

刘科长没想到小四川会这么做，火了。他知道小四川的用意。在场的同事都在静观事态的发展，也都在看刘科长怎么处理这事情。刘科长知道这不是件小事，如果处理不好，大家谁都不会服从工作安排，保卫科的工作，又会跟从前一样，处于瘫痪状态。他必须做出果断决定。他对小四川说："你不用在保卫科工作了，你让人事科重新给你安排工作吧！"

"你以为你是谁呀！你辞退不了我。我是公司招进来的，我是在为公司工作，不是为你刘某人工作。"小四川振振有词地回答了刘科长。

刘科长本来是没有明确辞退小四川，想留个缓和的余地。可他万万也没想到小四川会给他来这么一手，他怒火地说："你现在就离开，保卫科不需要像你这样的人。"

"你说的不算。你不是人事科长。"小四川毫不示弱。

刘科长不理小四川，转身冲出警卫室，大步流星地去找人事科长。

人事科长认为事情这么处理太冲动，还没有发展到这种地步。她说他跟小四川说。她说着就拿起电话给小四川打电话，小四川仍然以在上班为由不去维修灯。人事科长也是第一次处理这种事情，火了说："你以为你是谁呀！你必须服从工作安排。"

小四川"啪"的一声把电话机挂了。

人事科长手拿话机，愣了，不知怎么办了。可她还是不同意刘科长辞退小四川的建议。刘科长认为小四川留在保卫科没有意义了，就去找经理。经理同意刘科长的建议。因为经理知道人员素质对保卫工作的重要性。当人事科长到值班室宣布公司辞退小四川的决定时，小四川慌了。他对刘科长说："小刘，我现在就可以跟你去维修灯。"

"我没时间，也没有这个必要。"刘科长说。

郑为亮是跟小四川一起来公司的，在小四川离开时，出于礼节，他送小四川走出公司大院。

小四川说："你比我强得多。"

"强什么，你的条件要比我好得多。"郑为亮语气很平稳。

小四川沉默了一下说："你知道你是谁，而我不行。我不知道我是谁。"

郑为亮一笑，小四川这句话说到他心里去了。他在这方面确实要比小四川强得多。他能根据事情的发展趋势来处理问题，转变态度。在其他人上夜班都睡觉时，他比任何人睡的次数都多。在会计发现他的身份证是假的时，他会努力工作，积极表现，争取领导的好感。他能在刘科长上任后，在最短的时间里改掉原有的缺点，像换了个人似的，重新开始。所以他躲过了一次次的"劫难"，他应该是个成功者。

小四川虽然走了，却给人们留下了一个深思。

发表在 2007 年 2 期《新青年》杂志（黑龙江哈尔滨）
发表在 2016 年 4 期《盘龙河》杂志（云南文山市文联）
发表在 2018 年 3 期《大足文艺》杂志（重庆大足文联）

港姐风姿

　　小刘送完快件从办公楼下来，回到警卫室，脸上露出一副神秘的表情。在屋里来回走了几圈后，便停在门口，带着几分神秘表情，看着屋中其他几个保安说：你们猜猜，周小姐刚才对我说什么了？

　　小王没正经地接过话问：说什么？总不会说要跟你"那个"吧。

　　小刘嘲讽地反驳说：看你这色鬼样，就知道"那个"，你都把你女朋友"那个"大肚子了，还不吸取教训。难道说你要等到进了牢房时，才悔改不成？

　　屋里人不约而同地笑了起来。

　　小刘的目光扫视着大家说：谁能猜出来？

　　旁边一个人接过话说：我们猜不出来，你说吧。

　　小刘鼓动地说：同志们，动动脑筋好不好，你们好几个大活人，看上去都挺聪明的，我就不信都猜不出来。如果真是这样，那就太让我失望了。

　　小王接过话题说：反正周小姐不会说要嫁给你。你也别做白日梦了。因为这是不现实的：第一，她比你大；第二，她比你有钱；第三，她有老公。

　　小刘不赞成小王说的观点，就反驳地说：你说的前两个不是理由。在婚姻方面女人比男人岁数大的比比皆是，女人比男人有钱的也随处可见。不过，你说的第三条倒是有点道理。周小姐是个有家庭的女人，如果她真想嫁给我，也不能要，咱是退伍军人吗。虽然我现在已经离开部队了，但部队的光荣传统还存留在身上，总不能破坏人家的家庭吧。

　　小王嘲笑地说：停，停，就此打住，别说得那么好听了。就你，还唱高调呢！像你这种人，就是没有得到机会，如果得到机会，你什么事都敢干。咱们屋里谁最符合伪君子的条件？恐怕只有你刘某人最适用这个"光荣"的称呼了。

　　屋里人又笑起来。

　　旁边失去耐心的人插话说：打住！你们的话题越说越远了。小刘，你就说周小姐跟你说什么了吧，你可别把我们急坏了，小心我们哥几个跟你拼命。

小刘笑眯眯的，多了几分得意，不自主地又在屋里来回走动着，好像要宣布一个重要秘密似的。

小王讽刺性地说：看把你美的，不知道自己姓什么了吧？快说！

旁边又一个急性子的人插话说：姓刘的，你要说就快点说，你要是不说，就永远别说。你要是把我们兄弟几人惹恼了，我们就把你的衣服扒掉，拖出去示众。

小刘满不在意地说：怎么样？都急了吧！同志们，别装正经了，你们都知道周小姐是谁吧？那是美女，那是白领，那是港姐……港姐呀！如果我不告诉你们，我敢说，你们都放不下心思，没准个别人还会引发夜游症呢。

小王又催促着说：别说没用的了，既然你为兄弟们着想，那就说吧！

众人也催促说：快点说吧！别绕弯子了。

小刘有些醉意，好像是在回忆似地说：周小姐刚才说，我真的好想亲亲你。那样子差点把我弄晕了。

不过，刚才周小姐的表情绝对是挺到位的，别说小刘还是个没有结过婚的小伙子，就算是结过婚的男人，也会为之心动，神不守舍。

今天周小姐的业务不多，该处理的业务都处理完了，只等一个还没有收到的快件了。她往传达室打过好几次电话，再三叮嘱值班保安如果有快件来了，赶紧送给她。

小刘在值班，每次电话都是他接的。可周小姐急着要的快件是在中午休息时间才到的。小刘怕打扰周小姐中午休息，就在午休过后才去的办公楼，结果办公楼里还是一片寂静。因为这是五一国际劳动节放假前最后一个工作日，大家都在处理一些急件，不急的业务都放在休假后再做。所以平时一直很忙的工作，忽然轻松了许多。

周小姐接过小刘手中的快件，哼了两句小曲，拿起笔在接收单上签了字，然后缓缓地说：我真的好想亲一亲你，就等它了，处理完了，就可以提前收工了。

小刘没想到周小姐会说这种话，觉着心中暖暖的，总有着无限回味。

周小姐只是随口说的一句话，并没有别的用意。这也是她表达的一种方式。她转过身对邻桌的姐妹们说：姐妹们，快醒醒，文件到了。

达利永丰化工有限公司是做进出口贸易生意的。产品主要出口美国。董事长常年居住在美国，遥控指挥国内的业务。公司业务员中大部分都是女性，并且年龄都不大。别看她们名义上是业务员，实际上她们待遇非常好，在公司里的地位很高。她们比生产车间主任还有权威呢。可以说她们是公司的核心力量，发展中的主力。

公司经济效益的好坏全靠她们了。如果想成为达利永丰化工有限公司的业务员，还真是件不容易的事，必须要有真才实学。当然最主要的还是英语知识。她们的英语知识在读、听、写都非常强。但这还不够，还要能与外国人用英语对话交流。因为公司是在网上接收国外发来的订单，与外商在电话中洽谈业务，每人在业务操作上又都是单独的，滥竽充数肯定是不行的。

她们都是业务精英。

公司总部从前在青岛市的香港路上。香港路离青岛市政府近，在海边地段。那里商业繁华。当时招聘的业务员也大部分居住在那里。所以她们就被公司员工们称为"港姐"。

这些港姐们虽然不是来自世界大都市香港，但她们确是来自青岛最繁华的香港路。她们虽然不是坐飞机来上班，但她们每天都是坐着小轿车进出公司。

青岛市的香港路虽然不能与香港特别行政区相提并论，但在青岛这座繁华的海滨城市里，也是地位的体现，也是身份的象征。

港姐们是青岛的白领阶层。

港姐们随着公司的搬迁来到郊区，路途远了很多，生活也不便起来。但是她们干起工作来仍然一丝不苟，兢兢业业。只要工作时间一到，从她们走进办公楼里的那一刻起，不到休息时间，就不会出来。她们会全神贯注地工作。

港姐们会工作，也会休息，这是与其他员工的不同之处。她们工作起来毫不怠慢，休息时间玩得也疯狂。午休时间，她们会到活动室去打乒乓球，跳绳。她们跳绳在全公司职工体育比赛中获得了第一名的好成绩。她们把乒乓球打得热火朝天，难分胜负。她们体现着一种全新的工作状态和生活观念。

港姐们不但是办公楼里面的一道风景，而且是公司里最亮丽的一道。

公司从青岛市繁花的中心区搬迁到偏远的城郊后，公司里失去了几分都市的喧哗，增添了几分乡村的宁静。

港姐们的到来自然会吸引不少乡下人的眼球。但是港姐们从来没有小瞧过乡下人，还有那些外地来的打工者。她们要比普通员工对待外地来的打工者还要好。她们待人总是彬彬有礼，笑容可掬，给对方很舒服的感觉。

乡下也有港姐所喜欢的东西。她们在休息时间总会跑到公司附近的田野里去挖野菜，或到农民那里买些萝卜叶、玉米、地瓜什么的。农民看着她们有些不解。农民心想萝卜叶是扔都无处可扔的东西，怎么会成为港姐们心目中的稀罕物呢？港姐们似乎对泥土有着一种很特别的情感。她们还在公司的空地处种了白菜、地瓜、黄豆、向日葵什么的。她们晚上下班回家时，手里总要拎着点农产品。许多人都向港姐们投来不解的目光，心想每月挣那么多工资，还在意这点东西吗？其实港姐们并不是在意这点东西，她们是喜欢这种绿色食品，经过她们亲手弄的食品，没有污染，吃起来比较放心。如果说港姐们真的很在意价钱的话，她们就不会那么关心皮皮了。

皮皮能来到达利永丰化工有限公司完全是出于偶然。那天生产车间主任骑自行车上班，在路上遇到了皮皮。当时皮皮还不会走路，趴在地上。主任从自行车上下来，把皮皮放到自行车的前筐里，带到了公司。

公司员工对无家可归的皮皮特别关爱。尤其是港姐们认为皮皮太可怜了。于是自发的带奶粉、糕点等营养品。当皮皮稍稍长大了些的时候，港姐们又带来骨头、肉、虾、鱼什么的给皮皮吃。

皮皮吃得丰富，也不负众望，在健康地成长。皮皮很快就做了"妈妈"。在皮皮生小宝宝的日子里，更引起港姐们的牵挂了。她们不但给皮皮带好吃的，带补品，还考虑皮皮的口味，营养价值。那天周港姐拿来一些骨头，皮皮用鼻子嗅了嗅，就走开了。周港姐转过身对林港姐说：它可能牙口不行，咱们坐月子时吃东西牙就没力气。

林港姐点着头说：这有可能。

林港姐在港姐群中年龄稍长些。她也是港姐群中唯一不是做业务的人。她是总公司的会计。公司业务量大，年产值上亿元，往来账目多。但在相当长的一段时间里，公司财务室只有她与财务经理两个人，可以说工作任务很重。但她风风火火的工作，进出公司都是自己驾驶轿车，从来没有耽误过财务结算。

她也是公司里有名的爱心大使。在皮皮坐"月子"的日子里，她不但为皮皮调理伙食，还承担起照顾皮皮的起居生活。皮皮生宝宝是在冬天，虽然青岛的冬天不是很冷，可气温相对比较低，保暖比较重要。她就从家里拿来旧衣物为皮皮防寒。在中午阳光充足的时候，她还会把皮皮和它的宝宝领出来晒阳光。她对皮皮的关爱不是一时，而是年复一年。

皮皮虽然是一条捡来的狗，但港姐们却把它当成公司里的一名成员。

港姐们认为皮皮生存的权力也应该得到保护。港姐们热爱生活，也尊重动物的生命。在港姐身上能看到一种前进的力量。

港姐们都是业务高手，每年在公司评选先进工作者时，总能占很大的比例。其实她们工作的时间要比普通员工长很多，重很多。因为香港路与公司的距离远，她们每天来去，在路上要占用很长的时间。路上不堵车还好，如果遇到堵车，能急死人。她们每天早晨上路，天黑才能回到家里，一走就是一天，家里面没有老人和孩子的还好说，如果有老人和孩子的那将是一种怎样的心情，可想而知。可在她们的表情里却从未体现过。她们对生活的态度那么积极，总会用忘我的工作姿态感染着周围的人。

不过，现实生活也确实让港姐们难以接受。她们中有的人也在寻找新的工作，为了减轻生活中的压力，也在寻找个人发展的新机遇。她们也是普通人，也需要轻松的生活环境。她们知道薪金的多少，并不能完全代表生活的幸福。

那天晚上下班时，李港姐刷完卡，朝轿车前走了几步，突然转过头，对着值班保安小王笑了一下，然后转身钻到车里去了。李港姐的这一笑，让小王回味无穷。

小王对同事说李港姐这一笑，差点让他晕过去。他有些动情地说：太漂亮了！真是太漂亮了！

李港姐的确很漂亮。她有着都市女人的优雅，更有着成熟女人的魅力，还有着少女般的情怀。她体现出一种人性之美。

小王畅想着说他如果有一百万，就去向李港姐求婚，就去追她。

同事说一百万可不行，因为李港姐家现在就有一百多万。同事接着分析说，在青岛买一套普通房子就要几十万，房子李港姐家肯定有，并且还是在繁华的香港路上。那么在相同的条件下小王拿一百万去追求李港姐的爱情，肯定是要失败的。

小王不但没有机会去向李港姐表白，就连想见一眼李港姐，今后恐怕也是难上加难了。因为从那天起，李港姐就再也没有来公司上班。

李港姐辞职了。她对小王的笑，也是最后一次。那也是对公司里每一位员工的留恋与不舍。

几天后，又有一位港姐辞职了。她同李港姐一样，在离开时也没有一点异常，还跟往日一样工作到下班时间。在公司里每一位港姐辞职时，都能做到不动声色，总能认真地工作到最后时刻。这也是港姐们与车间员工的不同之处。

车间员工在辞职时，大部分都是在辞职书还没交呢，就开始嚷着、叫着、喊着：我要离开了！我要辞职了！并且常常表现出些怠工情绪，散漫行为，好像他们离开这家公司，到另外一家公司，就是从地狱到天堂似的。其实他们也不好好想一想，凭着自己现有的实力，能去天堂吗？再说，哪里有那么好的工作等着你呢？

而港姐们在辞职时心态是平静的，她们知道离开这里，就要去接受新的环境，一切都要重新开始，要面对新的生活，只有自己去适应。

港姐是一种心态，也是一种品德，更是一种素质。素质决定人生，素质决定命运。

发表在 2013 年 2 期下半月《当代小说》杂志

生命悲歌

　　蛤蟆死了的消息传到八连时，人们有些惊讶，有些不解，同时也唤起了人们对往事的回忆。一时间蛤蟆也再次成为人们闲聊中的一个主要话题。

　　八连人得知蛤蟆死去的消息时，距蛤蟆离开人间，去往天堂已经数日之久了。

　　天堂里是不是同人间一样多彩，一样有着苦与乐，活着的人不得而知，只有离世的人才知道。蛤蟆就这样离开了人间，去了天堂。虽然他去得匆忙，可也给人们留下了深深的印迹，很难抹去。

　　那种印迹似乎是一种带血的痛。这种痛虽然是蛤蟆给人们带来的感受，可蛤蟆本人并不知道。他也不懂。反而他自己却成为了事情的局外人。

　　蛤蟆与他的生活好像是一场戏。周围的人是观众，蛤蟆是戏中的主演。

　　人们在观看生活舞台上一场极为特别的戏，也在关注着蛤蟆。

　　蛤蟆是一个男人的代号。这个代号与他的相貌特征有关。他个子不高，有点胖，腿脚走起路来不太利落，身体向左右摆动；他说话时嗓门高，声音响亮；他不注意个人卫生，身上穿的衣服总是很脏，还散发着刺鼻的臭味。所以人们就叫他蛤蟆。

　　关于他的这个代号是谁给起的，那可就没有人知道了。不过，肯定是跟连队里的老职工没有关系，而是与那群下乡城市知识青年有关。

　　老职工憨厚，本分，思想保守，不会给人起代号，更不会想到这么个奇特代号。而那些下乡城市知识青年就不同了。他们从城市来到乡下，激情澎湃，有着许多追求与梦想。他们的想象力也极为丰富，脑子里什么花点子都有，给人起代号，也是他们生活中的一种习惯。

　　蛤蟆来到北大荒生产建设兵团的时候，正好赶上城市知识青年下乡的高峰阶段。

　　生产建设兵团与部队是有区别的，更与农村不同。生产建设兵团，也被称为国营农场。虽然农场的场长还叫团长，党委书记还叫政委，生产队长还叫连长，党支部书记还叫指导员，可平时早已经是刀枪入库，过着普通百姓的生活，以生产建设为主了。

蛤蟆生活在某师某团的八连。这个连队地处在黑龙江与松花江之间的平原上。全连队也只有一百多户人家。男女老少加起来，也就三四百人。连里一下子接纳了七八十个下乡城市知识青年，迅速热闹起来。

知青们有的来自浙江，有的来自首都北京，还有的来自省城哈尔滨，当然也有几个人是来自附近的煤城鹤岗。不管他们是从哪里来的，都有着共同特点，那就是年轻，气盛，没有成家，多数人还没有谈过对象呢。

连队里的年轻人多了，生活气氛也就活跃了。足球场上有他们奔跑的场景，职工图书室里有他们读书的身影。

知青带来的书，老工人没有读过；知青带来的香烟，老工人没有吸过；知青讲的新潮故事，老工人更没有听过。

一时间，在工作之余，在连队生活区之外的树林里，在田间地头，在小河边，在幽静的乡间小路上，便有了一对又一对男女知青相伴相随的身影。他们亲密地依偎在一起，窃窃私语，聊着说不完的话题。老工人看到他们这般情形，就如同观看树上的鸟儿一样新奇，不懂其意，有些迷惑。

在那个盛夏的傍晚，老工人秦从德在收工的途中，肩上扛着锄头，经过玉米地时，正巧遇到一对热恋中的男女知青。男女知青已经脱光了衣服，赤裸的身体，搂在一起……秦从德惊慌地跑开了。

在城市知识青年人群中还发生了未婚先孕的事情，这在当时的社会背景下，可是了不得的大事情。连队高度重视，开会批评，进行思想帮教。

那时知青成为老工人关注的焦点。发生在知青中的新鲜事，也能调解老工人单调的生活。生产建设兵团因知青的到来生活气息更浓了。

知青特别讲哥们义气。他们来自不同的城市，交往也是以本城市为主。他们注重老乡情意。他们是以城市来划分老乡界线的。从北京来的就找北京来的玩。从上海来的就找上海来的人玩。如果北京知青欺负上海的知青了，上海知青就会一群人去找北京的知青算账。而北京这边的知青也会一下子涌起一群人。

那时知青之间打群架的事情时有发生。这也是生产建设兵团政治思想工作中的重点之一。

蛤蟆来自鹤岗。鹤岗离蛤蟆生活的生产建设兵团距离不算远。在老工人眼中鹤岗还算是一座不小的城市呢，大有仰视之情。可在那些来自上海、北京、哈尔滨等大城市知青的眼里，鹤岗就是个小城市了，不屑一顾。

鹤岗来的知青不多，素质相对也不如北京、哈尔滨那些大城市的知青高。

所以鹤岗知青在知青群中没有太高的地位。可蛤蟆就不同了。因为他长相极为特别，让人看过一眼，就记忆深刻，忘不掉。

蛤蟆也从不与鹤岗知青来往。不是他不与人家来往，而是人家不愿意理他。因为鹤岗知青觉着跟他在一起丢人，没有面子，有伤自尊，便躲着他。可蛤蟆比其他鹤岗知青有地位，有知名度。因为他总跟随在虎子身边。

虎子的威猛，也让蛤蟆多了几分风光。

虎子是北京知青更是北京知青的头，甚至还是八连知青的头。如果北京知青被人欺负了，就来找他。如果八连的知青被其他连队的知青欺负了，也都来找他。那时他与团里十二连的哈尔滨知青豹子，并称虎、豹两大知青集团。

十二连与八连相隔数十里。两个连队的知青还都是全团各单位人数最多的。知青都是些年轻人，血气方刚，好冲动，都有争名夺利之气。平时两个连队相距远，来往不多，知青见面的机会少，只有在团部看电影，看文艺演出，或到团部办事时才能相遇。有时两个连队中的个别知青之间会发生矛盾，打起架来。这样一来，也就引起虎子与豹子之间的争斗了。

那年秋季，在树叶随风飘落的时候，豹子与虎子两人在团部的广场上相遇了，两个连队都各有二十多名知青在场，各站一方，有大动干戈的势态。

秋风瑟瑟，空中飘来的黄叶落在人的身上，感觉寒气袭人。知青们脸上的表情显得更为冷峻了。如同一场大的战役将要打响一样。

虎子看豹子手中拎着一根木棒，自己手中什么都没有，怕真动起手来吃亏，向四周扫视一眼，发现在蛤蟆身边有一块砖。蛤蟆看出虎子的用意，弯腰把砖捡起来，紧走几步，上前递给虎子。

虎子和豹子都是近一米九的大个，都是虎背熊腰的大块。他们两个人分别站在两个连队知青人群的最前面，就如同两座对立的小山峰。

蛤蟆走上前时，就如同山中的一个小玩物。

豹子用仇恨的目光斜视了一眼蛤蟆，便记住了这个给虎子递砖头的特殊小男人了。他可以不对虎子大打出手，但他不会放过蛤蟆。因为他知道虎豹之争，必有一伤。他可以对虎子保持克制。但他对给虎子递砖头的蛤蟆就不必克制了。事后他会找机会对蛤蟆进行报复的。

蛤蟆效忠了虎子，却得罪了豹子。

蛤蟆认为有虎子的保护，豹子不会把他怎么样。他在把砖头递给虎子后，便迅速退回自己的知青队伍中。

虎子把手中的砖头举起来，豹子也举起了手中的木棒。在这千钧一发之时，十二连的连长急匆匆赶到了。

十二连的连长喘着粗气，严肃地批评了豹子。豹子看连长来了，就把手中的木棒扔到旁边的草地上了。连长把豹子及十二连的全体知青都带走了。

虎子也领着八连的知青离开了决斗现场。一场战争的硝烟散开了。云散天晴。虎子心情不错，边走边用手拍着蛤蟆的肩膀说：看不出来，你小子人长得不怎么样，还挺有眼神的呢。

蛤蟆得意地哈哈笑了。从那天起蛤蟆就经常给虎子打洗脚水，帮虎子洗袜子什么的。他还想帮虎子洗衣服，涮饭盒，可虎子嫌他太脏，没有让。蛤蟆觉着能给虎子洗袜子，打洗脚水，也是非常有面子的光荣事情。

当时蛤蟆在八连的畜牧班工作。

那时八连的畜牧班有五个人。五个人中就蛤蟆一个人是知青，其他四个人都是从河南、四川、山东投亲靠友来的移民。班长是位山东汉子，三十岁左右，一米八几的高个。他对别人的工作要求非常严格，而对蛤蟆就不管不问了。连里人都说畜牧班长白瞎长那么高的个子了，连蛤蟆都害怕。蛤蟆在畜牧班还是很有地位的。

当时畜牧班饲养着十多匹马、二十多头牛，还有七八十头大小不同的猪。蛤蟆的工作不是养猪，也不是喂马，而是赶牛车。

牛车主要是往地里送肥料，有时也到团部拉点东西。因为牛车慢，一般情况下连队里是不会派牛车去团部的，只有在没机动车辆可派的时候，才会派牛车去。

那天马车出去了，机动车也去鹤岗拉物资了。畜牧班要拉两头死猪到团部检疫站进行检疫，连长就让蛤蟆赶牛车，拉上死猪去了团部。

蛤蟆刚到团部，在十字路口，就遇到十二连的豹子了。蛤蟆见到豹子心就发慌，打怵。他想躲开，但牛车走得慢，已经来不及离开了。

豹子一眼就认出蛤蟆是上次给虎子递砖头的人了。豹子冲上前，二话没说，对准蛤蟆就是狠狠一拳。豹子这一拳正好打在蛤蟆的鼻子上。蛤蟆倒退几步，感觉鼻孔一热，血迅速流出来。鲜血染红了蛤蟆前胸的衣服。

这是北大荒初冬的季节，气温比较低，已经上冻了。从蛤蟆鼻子里淌出的鲜血冻在了衣服上。

蛤蟆如同在战场上受伤的士兵，带着伤痛回到了连里。

虎子知道后，认为蛤蟆是为了他才挨打的，火冒三丈，操起镰刀，想找豹子拼命。他才冲出宿舍，就被好几个一起从北京来的知青伙伴拦住了。

那几个知青伙伴都是虎子的知己。他们死死地抱住虎子，大声提醒说：咱们快要返城了，别在返城这关键时刻闹出事情来。如果你出事了，就回不了北京了！如果回不了北京，你就得在北大荒生活一辈子！

虎子觉着这话非常有道理。他在北大荒生活得厌倦了，早就想回家了，想回到北京生活。北京可是国家的首都呀！那可是自己成长的地方。他冷静下来，静了静心，消了消气，就当什么事情也没发生过。蛤蟆原本认为虎子能为他报仇雪恨呢，没想到这件事不了了之了。不过，虎子从此再也没有让蛤蟆给他洗袜子，打洗脚水。他觉着有点亏欠蛤蟆的人情。

蛤蟆用血的代价换回了一点自尊。

连队里的老职工都说：蛤蟆挨打活该，就他那样，要体力没体力，要本事没本事的，瞎掺和啥。

知青在北大荒生产建设兵团没生活几年，就轰轰烈烈的大规模返城了。知青真是来也匆匆，去也匆匆。如同旋风。虎子和豹子他们大多数下乡城市知识青年，都蜂拥般地离开了北大荒生产建设兵团。这时只有蛤蟆和几名极少数知青没有返城。没有返城的知青不是不想回城，而是回城后找不到合适的工作。他们回城后生存会成问题。为了生存，他们留在了生产建设兵团。没有返城的知青，也都是些在知青人群中没有地位，能力不强的人。可当虎子和豹子他们那些能力强、素质高的知青返城后，当初那些不起眼的知青，地位也相对提高了许多。他们也开始引起老职工们的关注了。

俗语说：矬子里拔将军。

将军不一定是最优秀的，但肯定是在这个群体中是最优秀的。

蛤蟆也成为将军了。可像是假的。因为没有知青与他竞争了。他这个将军手下无一兵一卒，只能领导自己。

这时生产建设兵团机械化作业得到了长足发展与提高。马和牛在生产中都用不上了，就杀的杀，卖的卖。猪也承包给个人饲养了。连队里的畜牧班解散了。蛤蟆也不赶牛车了，而是到场院的农工班干农活去了。

年轮一圈一圈地转，不觉中，蛤蟆已经来到八连工作好多年了。他脸上多了皱纹，也有了白头发。他从一个小青年已经变成老青年了。其他没有返城的那几个知青也都娶了媳妇，结婚成家，生孩子了。而全八连中只有蛤蟆这么一个老青年没有娶媳妇了。连里从前住着近百名知识青年的集体宿舍里，现在就住着蛤蟆一个人。他成为集体宿舍里唯一的主人。屋中显得空空落落冷冷清清的。

蛤蟆成了一个光棍。

光棍的好处是无牵无挂，一个人吃饱了全家不饿。可光棍的日子并不好过。要么人还结婚，生子，成家干什么呢。

　　蛤蟆非常寂寞，孤独。他心像是长草了，在屋中待不住。下班之后，他就想到老职工家去玩。

　　连队的集体宿舍与老职工住的生活区有二里多的路程。在这条路上，人们总能看到蛤蟆往来孤单的身影。

　　老职工家都是有老婆和孩子的。他们在外面忙碌，劳累一天了。晚上回到家中，妻儿在身边，不想让外人打扰，也不愿意接待蛤蟆。可霍东明家不同。他家特别愿意让蛤蟆来家中做客。当然这并不是霍东明的意思，而是他老婆心中的想法。

　　霍东明的老家在河南兰考县。兰考县是全国出了名的贫困地区。他人过四十，只上过小学，在连队里农工班干活。他有三个正读书的孩子，两男一女。霍东明只有一米五的个子，瘦瘦的，两只眼睛不大。他是当年支援边疆建设时来的北大荒生产建设兵团。他在生产建设兵团找不到媳妇，便回老家去找。

　　霍东明老婆一米六多的个子，不但比霍东明高，还比他精明，长相也不错。他老婆嫁给他就是因为北大荒生产建设兵团每月能发工资，还有白馒头和大米吃，饿不着肚子。知青们没返城时都说霍东明老婆是鲜花插在牛粪上了。可鲜花也是要生存的呀！在生存面前，有时为了活着，有牛粪可插，维持生命，也是不错的选择。霍东明在家里说的不算，他老婆说一不二，一手遮天。

　　知青称霍东明老婆为"大美人"。

　　大美人的目光像磁铁一样吸引着蛤蟆。

　　蛤蟆在夜里做梦，还真就梦见过大美人对着他笑呢。蛤蟆毕竟是一个已经年过三十岁的成熟男人了，他又没有生理障碍，一切生理需求正常，能不想女人吗？可女人又真的会想蛤蟆吗？

　　蛤蟆经常到霍东明家去，有时还在他家吃饭。霍东明家爱吃面条。吃面条也是河南人的饮食习惯。蛤蟆本来是不爱吃面条的。可每次吃面条时，他都吃得津津有味，一个劲地说好吃。霍东明老婆做面条的手艺不错。面条一出锅，热气腾腾的，还没吃呢，心就暖暖的了。而蛤蟆的内心是孤独的。他总会被大美人做的面条温暖着。

　　霍东明老婆爱玩扑克。在蛤蟆没来她家前，他们只是偶尔打一打扑克牌。自从蛤蟆经常来她家后，只要有时间，就会玩扑克。如果没有时间，她也会想尽一切办法，挤出点时间来玩扑克。

　　他们玩赢钱的。当然数目不大。数目大了，就属于赌博了。生产建设兵团继承了部队的优良传统，对歪风邪气管得严，没人敢赌博。

蛤蟆每次都会输钱给大美人。少时几元，多时十几元。大美人非常愿意跟蛤蟆玩扑克牌。因为她赢了钱，可以买酱油、醋等生活用品。大美人认为打扑克赢的钱属于工资外的收入。而蛤蟆便是这工资外收入的提供者。

大美人非常在意钱，也一心想多弄点钱。是呀，她每年过春节时，都要给河南老家的亲人寄钱。她还有三个读书的孩子也要钱。她没有钱怎么行呢。

那时蛤蟆每个月的工资不到月底就花完了，有时还得找别人借钱过日子。他真的成为了月光族。

连里有人猜测说：蛤蟆的工资都输给大美人了。大美人就是看中蛤蟆的钱了。

蛤蟆从没有想过自己的工资去哪里了。他只知道一个劲地往大美人家跑。大美人也欢迎蛤蟆来玩扑克。

蛤蟆玩起扑克时，就不空虚不寂寞了，但那种开心只是一时的。如同天上的流星，在瞬间而来，又在瞬间而去。

男女两性，来往有别。过于密切，就会引起人们的非议。

不知是从什么时间开始，在八连就有了蛤蟆与大美人的风言风语了。这话越传越厉害，越说越像是真的。这种言语在人群中传播的威力，不次于原子弹爆炸。

蛤蟆知道了，气得直跺脚，直骂娘。他还找来一把杀猪刀，拎在手中，满连队转。他要找出谣言的制造者。

可是，他到哪去找呀！

有关蛤蟆与霍东明老婆发生两性关系的事情，本来是在暗地里流传的绯闻，可让蛤蟆这么一折腾，便从暗里弄到明处了。不但全八连的人都知道了，还传到了其他连队里。

蛤蟆一下子便成为全团的名人了。

霍东明全家可受不了了，这名声太坏了，抬不起头，无脸见人。他把蛤蟆拒之门外，再也不让他进家门了。

蛤蟆成为八连里最不受老职工们欢迎的人。人们都戒备他。

蛤蟆窝火。他认为自己被老职工拒绝在门外，不能再去大美人家，就是因为流言蜚语所致。他下决心一定要找出流言蜚语的来源与散播者。那些天，他杀猪刀不离手的在连里转悠。阳光下，刀光闪烁，杀气十足。许多上小学的孩子都不敢独自去上学了。

连长想派人把蛤蟆抓起来，但被指导员劝阻了。指导员认为还是让团部公安局的人来处理为好。连长认为指导员说得在理，便向公安局报了警。

公安局的人骑着一辆三轮摩托车来到八连，找到了蛤蟆。蛤蟆没想到自己的行为能惊动公安局，胆怯了。他装成精神不好的样子，所问非所答。公安人员以为蛤蟆有精神病呢，便把蛤蟆拉到了医院去做疾病检查。

蛤蟆不想去医院。他说：我没有病，去医院干什么？

公安人员说：没病，你拿着刀乱转悠？

蛤蟆说：我要找出说我坏话的人。

公安人员说：说你什么了？

蛤蟆说：说我搞男女关系。

公安人员一听，憋不住地笑了。就蛤蟆这副样子，有哪个女人会看上他。

蛤蟆说：我真的没有病。

公安人员说：如果你没有病，我们是可以拘留你的。

蛤蟆傻眼了，沉默着，不说话了。

医院检查的结果是蛤蟆确实没有病。

公安人员看蛤蟆光棍一个，挺可怜的，就没有拘留他。公安人员对他进行了严厉的批评与教育后，让他回去了。

蛤蟆没有马上离开。他对公安人员说：我拿刀，你们抓我。他们说我的坏话，你们就不管吗？

公安人员问：谁说你的坏话了？

蛤蟆说：他们。

公安人员问：他们又是谁呀？

蛤蟆回答不上来了。他根本就不知道是谁在说他的坏话。他只是潜意识地感觉到风言流语对他越来越不利了。他希望公安局能帮他解决这种烦恼。可公安人员这么问，他真就有点懵了，无法回答。他认为公安局的人都是些废物，该管的管不了，不该管的瞎管。蛤蟆觉着委屈。他不但没找出散播谣言的人，反还被弄进公安局一趟，还差点被拘留。他真是窝囊透顶了。

八连的人得知蛤蟆被公安局的人用三轮摩托车带走后，认为蛤蟆是咎由自取，活该。还有的人认为蛤蟆真是神经出了问题，只是医院没能检查出来。人们更不愿意接近蛤蟆了。

说来蛤蟆也真是挺倒霉的。这年冬天，有一次他走在路上，看见有一对陌生青年男女从他身边经过，自己不认识，就不自主地朝女青年多瞅了几眼。

女青年生气地质问说：瞅什么瞅，没见过女人呀！

男青年转过身，直奔蛤蟆而来。在蛤蟆还没有反应过来是怎么回事的时候，男青年的拳头就如同雨点般的砸向他了。蛤蟆没有还手之力，瞬间，便被打倒在地。此时幸亏连队的指导员经过，才把男青年劝走了。男青年走了几步，还回过头，怒气未消地大声骂：你这个癞蛤蟆，还想吃天鹅肉！

蛤蟆从地上爬起来，用手拍了拍身上的雪，弯腰捡起掉在地上的棉帽子，叹息地说：真是倒霉透了。

指导员问：他为什么打你？

蛤蟆委屈地说：我也不清楚。

指导员说：你不清楚？我不信，你走在路上，没有着惹他，他就打你了？

蛤蟆想了想说：我就多看了他几眼，他什么也不说，冲过来，出手就打。

指导员像医生找到病因似的说：这事怨你。你不好好走你的路，你看他干什么。你看他，他不打你才怪呢。

蛤蟆认为指导员是在胡说八道。他心想这是什么逻辑？世上哪有这种道理？看几眼就要被打。那人长眼睛干什么？干脆别长眼睛，都成瞎子算了。

指导员知道男青年是从省城哈尔滨来连里探亲的。可他不想管这事。因为蛤蟆平时在工作与生活中的表现都不好。他做过几次蛤蟆的思想工作，想让蛤蟆表现得好点，减少点在连里的负面影响。可蛤蟆不但不听，反而还到他家里去闹。指导员认为让男青年教训一下蛤蟆，也不算什么坏事。

蛤蟆知道连里不会管这件事情的。他挨打就算是白挨打了，无处说理去了，也没有理可说。他被打之后，感觉到自己老了，力不从心了，就不想在生产建设兵团待了，便办理了回城手续。

蛤蟆回鹤岗了。

鹤岗离八连路程不算远，连里也有成了家，没有返城的其他鹤岗知青。他们过年过节的时候，都带着老婆和孩子回城探亲，看望老人。可他们都没有见到过蛤蟆。

蛤蟆离开八连后，也没有回来过。

这年过春节，鹤岗知青王小王回城探亲。在他家附近有一个被冻死的拾荒者。有人报了警，警车来时，引起众人观看。王小王认出来这个被冻死的拾荒者就是蛤蟆。

蛤蟆怎么成为一个流浪汉的经过没人知晓。他死后，他的哥哥来收了尸体。

这时人们传说蛤蟆没有父母，只有一个在煤矿做工人的哥哥。他回城后本来是想投奔哥哥的，可嫂子不同意，他就成为一个在城市中居无定所的流浪人了。

邻居纷纷议论说，蛤蟆要是待在生产建设兵团，不返城，也许不会成为流浪汉，更不会被冻死。

可人生路上，谁又能预测得准呢。

发表在 2012 年 3 期《湖海》杂志（江苏盐城市宣传部）

发表在 2015 年 5 期《四川文学》杂志（四川成都）

发表在 2015 年 2 期《丰泽文学》杂志（福建泉州）

发表在 2015 年 7 期《中国铁路文艺》杂志（北京）

发表在 2015 年 8 期《乌苏里江》杂志（黑龙江伊春市）

发表在 2015 年 4 期《文昌文艺》杂志（四川越西文联）

自己主演的尴尬

　　小城很小，小城的人口很少，小城的政府机关很小，在机关里工作的人更少。人们认为在机关里工作收入稳定，环境舒适，穿着干净，还是干部职位，都很羡慕。人们不但把能进入小城机关工作定为努力方向，年轻姑娘还把找对象也瞄准这个目标。

　　这是地处北方平原上的小城。小城以农业生产为主，工业相对落后。在小城里没有效益很好的企业。人们把目光聚焦在小城的机关上。

　　她是乡下人，年过二十，正处情窦初开的年龄。她相貌很好，如同绽放的牡丹一样夺目。到她家上门提亲的媒阿姨不少。她也有意去寻找心上人，相伴终生。她的目标是在小城机关里工作的人。

　　那天媒阿姨告诉她有两个年轻小伙子，可以相约见一下面，看是否可以建立恋爱关系。一个是小城机关宣传部的新闻干事，一个是小城园林处的管理员。她听着媒阿姨讲诉着两个小伙子的条件，对在宣传部的小伙子比较有意，而对在园林处那个不太感兴趣。不过媒阿姨又说在园林处的小伙子，也已经借调到机关工作了，如果不出意外，有可能会调到机关工作。

　　她一听很高兴，同意赴约。

　　媒阿姨说都是在同一天见面，一个在机关里，一个在公园里。在机关宣传部与新闻干事相见，媒阿姨就不去了。她直接去就行了。她知道新闻干事，便决定自己赴约。媒阿姨说在公园里见那个小伙子，可以陪她同去。她同意媒阿姨这么安排。媒阿姨同她一起来到小城后，她去了机关办公楼，而媒阿姨直接去了公园。

　　宣传部的办公室里有两个小伙子。她认识新闻干事。而另外一个她不认识。新闻干事看她走进来，有点不自然地站起身。显然新闻干事已经知道她的来意了。另外那个小伙子给她倒了杯水后，转身出去了。屋中就她和新闻干事两个人了。

　　新闻干事对她有些了解，只是没见面，对不上号，对上号了，心里矛盾，表情不冷不热的，显然她不是新闻干事想要找的那种女朋友。她也感觉到了新闻干事的表情，两个人没有交谈几句，新闻干事便说还要去参加一个会议，有送客之意。她站起身，觉着有被新闻干事撵出去的感觉，心里不是滋味，脸有些羞红，带着尴尬离开宣传部了。这样的结果让她有点失望。不过还好，她还有一个没有打开的希望呢。她便朝公园走去。因为媒阿姨和另外一个前途光明的小伙子正在公园里等她呢。

公园离机关办公楼不远，穿过林荫道就到了。

她来到公园时，媒阿姨和一个小伙子在交谈着什么。媒阿姨看她来了，认为自己站在她与小伙子之间是多余的了，起身准备离开，想给她和小伙子留个说话的空间。媒阿姨笑着说：你们谈，我还有点事。

小伙子礼貌地对媒阿姨说：您慢走。

她心情太不平静了，张了张嘴什么都没有说出来，只是目送媒阿姨远去。

小伙子认出了她。她也认出了小伙子。她知道小伙子是业余通讯报道员，发表不少新闻作品。她也知道小城机关宣传部的宣传干事这个职位正空缺着。她想……刚才他们在宣传部相遇过了。小伙子的心情一沉，从天上掉到地上，情绪一落千丈。

她也一时无语，找不到开口的话题。

小伙子说：没想到我们已经见过面了。

她的脸好像是被人猛然扇了一耳光，火辣辣的，羞红了，迟疑了一下，她才不好意思地岔开话题说：天气真够热的。

小伙子觉着被人愚弄了，有点愤怒，可他强抑制心中的怒火说：这是心理作用。

她认为自己今天做了一件最愚蠢的事情，真想找个地缝钻进去。她本不想接话，可不接也不好，不能冷场，还想跟小伙子谈下去。她看上小伙子了，心想只要过去了这尴尬的场面，事情就会朝着有利的方向发展。她说：你调到宣传部了吗？

小伙子被她这句话激怒了，他想到她刚在宣传部跟别人约过会，又来和自己……再也平静不了，抬头看了看天空中的阳光，目光也没有看她，吐出几个字说：你在这儿风凉吧，我还有事，先走了。

她呆呆地站在那里，无话可说。她看着小伙子从弯弯的林荫小路下去，消失在树林中的背影，觉着心沉沉的。她感觉这天气太热，让她透不过气来。虽然阳光没有直接照射到她的身上，可她已经如同一朵被阳光暴晒的花，无精打采了。

树上有一只鸟儿鸣叫着，在树上跳来蹦去。

她觉着这是一场尴尬的戏，主演正好是自己。

发表在 2012 年 6 期《新青年》杂志（黑龙江哈尔滨）

发表在 2012 年 7 期《青年作家》杂志（四川成都）

爱就是希望

　　他爱上了她。她是小镇里的小学教师。她没有注意过他。因为他只是一名普通农工。可他真的爱上了她。他知道与她之间有着距离，可他相信只要心中有爱，距离就会缩短。他想了好久之后才向她表白。

　　她没有感到意外。她认为这种表白肯定是要发生的。可她没有想到结果是什么。她还是第一次面对这样的求爱者，这种方式她有点无法接受。她惊慌了，没了主意。她回家把他的想法告诉了父母。

　　她父亲摇头说：你是教师，他是农工，你们之间差距太大。

　　她母亲也反对地说：他与你根本就不在一个起点上，你们不适合建立恋爱关系。

　　她看着父母更没了主意。她也认为他缺少点什么，可她放不下他。她有时想躲避他，可有时还想见到他。

　　在那个迷人的黄昏，他在小学校的树林边等她。他想要个结果。她下班和上班时都要经过这片树林。

　　她看到他脸羞红了，有点不知说什么才好。她知道他在这里的意思，可还是问了句：你在这里干什么呢？

　　他说：等你。

　　她看了看西落的太阳，叹息一声说：等待是没有希望的。只有努力改变我们之间的距离才是希望。

　　他说：我会等你一生。

　　她被这句话感动了，但还是绕开他，远去了。

　　他看着她远去的背影，心想靠近她，就只有缩短他们之间的距离。从这时起他就开始行动了。

　　她每天领着学生跑早操时就要经过小树林。她看到他拿着收录机坐在那里学习英语。她以为他是在做样子。

　　他决心下得不小，可基础太差，学起来费力。可他的这种精神值得提倡。

　　那天早晨镇里负责农业的副镇长散步经过这里，看到了在学习的他，认为他是个有培养前途的年轻人。正好镇里缺少一名农业技术员，便把他调到农业站当了技术员。

他非常珍惜这次机会，认真学习专业知识，也兢兢业业地工作。领导很欣赏他。他先后被送到县里、市里，还有省里学习。没过多久，就成为小镇里农业技术上的骨干了。当然他还在追求她。

她看到了发生在他身上的变化，为他感到高兴。她不明白为什么这么快他就发生了这么大的变化。她的这种感觉，就像对他的印象琢磨不定。她再次把他追求的行为告诉了父母。

她的父亲已经知道他的事情了。他说：看不出来，这小子还真行……

她母亲说：他以后发展好了，会不会不跟你了呢？

她从父母简短的言语中感觉到他们都已经接受他了。她心里热热的。那天他再次来找她，她说：我有点配不上你吧？

他说：因为爱你，我才想追上你。

她想爱的动力可真不小，能改变人生。她接受他了。她为了不让他超过自己，便开始自学更深的课程。

他们结婚时，她已经调到中学当教师了。他也已经是小镇政府机关的一名副科级干部了。熟悉他们的人都很羡慕他们美满的生活。

已经退休的副镇长来参加他们的婚礼。他问副镇长为什么当时会调他去当技术员。副镇长说：当时你也没有特别之处，主要是认为你有那点学习精神，有培养价值，才调你的。年轻人需要得到关爱的。

他这才明白副镇长帮助他的原因。

她说：你要感谢领导的关爱之情，这辈子都不能记忆。

他说：不会忘。

她说：我要感谢你。

他不明白她为什么要感谢他，因为她一直比他的条件好。他看着她。

她说：没有你，我可能不会再去努力了，也许这辈子我只能是名小学教师，而不会调到中学去了。

他说：我更要感谢你，没有对你的爱，我就不会去学英语了。实际上我学英语只是一时对爱的冲动。因为我实在是找不出可发泄心中苦恼的方式了。

她说：你不学英语就什么都没有了。

他说：爱就是一种希望。

发表在 2013 年第 7 期《新青年》杂志（黑龙江哈尔滨）

在劫难逃

　　月亮刚刚爬上树梢，他便悄然来到女友家窗前，竖起耳朵细细聆听着屋中的声音。屋中有电视声音传来，但声音非常小。他身体贴着墙，透过玻璃，侧目朝屋中看了一眼，在暗淡的灯光下只有女友的父亲正在喝茶，看着电视。其他人都已经睡了。他定了定神，把手中的杀猪刀握得更紧了，把握刀的右手背在身后，鼓足勇气，用左手敲响了房门。

　　开门的正是女友的父亲。这是他最恨的人。女友的父亲没想到他会来，先是一愣，正要发火质问他时，他已经使出全身的力量，把锋利的杀猪刀捅向了女友的父亲。他连续捅了数刀，死者的鲜血喷了他一头。女友的父亲一点声音都没发出来，便倒在血泊中。

　　他紧握滴着鲜血的杀猪刀利落地蹿进屋中。屋中的几个人虽然都已经躺在床上了，可还没有完全入睡。她们听到脚步声，便不约而同地朝门口望去。她们看到他都被惊呆了。他还没等她们明白是怎么回事时，就一刀一个，比杀猪还利索的了断了她们的性命。他转身匆忙地从屋中了逃出来。

　　夜色静悄悄的。他四处张望了一眼，便把手中的杀猪刀扔到菜园中，然后朝村东方向跑去。

　　村东是一片广袤的荒草地，穿过这片荒草地就是另外一个村庄。虽然两个村庄只隔着数十里的荒草地，可行政区却归属不同的两个国营农场分别管辖。两个国营农场地界是由一条涓涓流淌的梧桐河来划分的。在河那边农场的村庄里有他一位姓鲁的好朋友。他可以在姓鲁的好朋友协助下，选择更好的逃跑路线。

　　荒草地上只有小路。月亮已经高高地悬在夜空中了，夜色明亮。他在北大荒原野上狂奔着，只有影子在紧紧跟随。

　　午夜时分，他穿过了荒草地，来到朋友家。朋友已经睡了。他敲响了房门。朋友厌烦地问：谁呀？

　　他小声而急迫地说：是我。猛子，快开门。

　　朋友迟疑了，心想这么晚了，他来干什么呢？朋友穿上衣服，开了门，被吓了一跳。他衣衫不整，满头大汗，喘着粗气。朋友问：发生什么事了？

他惊恐地问：屋中就你一个人吧？

朋友说：就我自己。

他闯进屋，一头栽倒在床上说：快给我弄点吃的。

朋友问：你这是从哪来？

他摇头，不想回答。

朋友看到他身上的血迹就已经猜测到了什么。朋友想了一下，找出火腿肠、油炸花生米……还有一瓶纯粮食酿造的北大荒白酒。

他跑了这么远的路，情绪又这么紧张，真是饿坏了。他见到食物就狼吞虎咽地狂吃起来。半瓶白酒下肚后，他便无法控制情绪了，叹息地说：我杀人了。

朋友问：你把谁杀了？

他定睛看了一眼朋友，意识到自己说走嘴了，急忙改口说：没有。我怎么会杀人呢。

朋友不相信地问：那你身上的血是怎么回事呢？

他说：跟人打架了。

朋友问：你把人打死了。

他点一下头，接着又摇头。

朋友不相信地说：你不说实话，我就报警了。

他说：咱们是狱中的好友，有生死之交，你不能落井下石，可要为我保密呀。

朋友点头。

他说得没错。他们两个人不只是同在相邻的北大荒国营农场生活，还同在一所监狱中服过三年的刑期。他们在三年服刑期间，相互关照，成了好朋友。他们相约刑期满后，重新做个守法的公民。可他女友的父亲就是看不上他，嘲讽他是劳改犯……不让女儿跟他交往。他便动了杀人的念头。他把实情告诉了朋友。

朋友专注地听他说完，依然是那么镇静，还劝他多喝点酒，好好休息，找个机会送他上路。他信以为真，拍了一下朋友的肩膀，竖起大拇指，带着醉意躺下了。朋友走到屋外打了报警电话。

警察来时他还在睡觉。他被警察叫醒，戴上冰凉的手铐，才明白是怎么回事。可他没有看到朋友。他疑惑地问警察：他人呢？

警察推了他一把，厉声说：走！

他走出屋时，北大荒黑土地上迎来了新的一天，太阳从地平线上冉冉升起了。他看见站在门口的朋友了。朋友平静地看着他没有说话。他责怪地说：你真不够朋友。

朋友看了一眼天空中的太阳，转过脸说：这是个法制社会，就算我不报警，你也是逃不掉的。

他低下了头，上了警车，认为自己是在劫难逃了。

山东小小说学会、《山东文学》、新华网全国征文二等奖
发表在 2014 年 4 期下《山东文学》杂志（山东济南）

海边的爱情

她飞快地跑到海边,并不是为了看海的美丽与壮观,而是想离开人世,要以身殉情。天色近黑,海边没有游人,只有涛声。她越过护栏,纵身一跃,便跳了下去。

海水正处在退潮之时,并没有马上把她吞没,卷走。但海水正裹着她往深处漂去。这时她突然不想死了。她认为用这种方式为失去的爱情做赌注不值得。可她已经无力上岸了,只能在海水中挣扎。

他正在海边闲走,想让海风吹去心头的忧愁。当他看到她爬上护栏那一刻时,就意识到她要跳海轻生了。他朝她飞奔过去。他跳到海中,拉起她挣扎的手,游向岸边。

她与他全身都湿了,海水从他们身上往下淌。她呛了水。他给她做人功呼吸。她慢慢地醒了。她用朦胧的眼神看着他问:你为什么救我?

他说:既然有死的勇气,那就不如好好地活着。

她发现他的心情并不是太好,问:你为什么一个人在海边呢?

他回答:散一散心。

她猜测地问:你不会也是失恋了吧?

他没有回避这个问题,而是直言回答:你说得没错。女友刚刚与我分手了。但我不会轻生,我要好好地活着。因为明天会有更美好的爱情。

她有点吃惊,没有想到能说中了他的伤心之处。她一时无语。他看出她的心思。他认为她肯定是失恋了。只有失恋的女孩才会一个人来到海边跳海轻生的。她说:你救了我,让我怎么回报你呢?

他说:只要你好好地活着就可以了。

她突然喜欢上了他。她认为他的胸怀比大海还宽阔,足能容下她的情感世界。

他怕她再出意外,就送她回到住处。她找出给男友买的新衣服,让他穿上。她在拿出新衣服时,怕他有想法,还特意说了句:这是刚给男友买的,现在分手了,也就不用给他了。如果你不介意,就穿上吧。他没有介意,换上了新衣服，还真合体。

她在与他交谈中，知道他的女友嫌弃他没有房，没有车，跟他分手了。他在与她的交谈中，知道她才从遥远的东北牡丹江来青岛找男友，而男友已经爱上了一个青岛当地有钱的女人。

他与她同是爱情的失落者。他们同是来自异乡。他已经扎根青岛了。他的心情要比她好得多。他安慰她，关心她。因为她初来这座海边城市没有亲友与熟人。

她暗暗地喜欢上了他。她看中了他的质朴与宽大胸怀。她相信他的胸怀能容下整个世界，更别说她一个小女人的身躯了。她不想离开这座美丽的海边城市，更不想离开他。

他认为她是个重情义的女子。他把她留在自己的公司里工作了。他的公司刚成立不久，只有几个员工，工作辛苦，运营艰难。她没黑没白，忙里忙外，跑前跑后，把公司的事当成自己的全部。她成了他事业与生活的支柱。

他的公司得到迅猛发展，没多久资产就达到了数百万。情人节那天他邀请她去看海。

还是在傍晚时分，他们一起来到海边。海风吹乱了她的长发。她显得那么美丽。她感谢他那次奋不顾身地跳到海水中，救起了她的命，给了她重生的机会。他感谢她这么久为公司发展的操劳。他知道没有她的帮助，就不会有自己事业上的成功。

她说：真要感谢大海，不然，我也不会遇上你。

他拿出一个戒指，向她求婚了。她伸出了细嫩的手。他把戒指戴到她的手上。他说：天下有情人终成眷属。

她与他的情怀是相同的，海在作证。

发表在 2014 年 7 月 17 日《鲁中晨报》（山东淄博）

叹息一声

陆小涛拎着一提包钱，从万杰售楼处的屋顶跳到地上，弯着腰朝四处看了看，便朝前面的路口奔跑。他跑了一会儿，认为安全了，才放慢脚步，摘下戴在头上的头套，喘着粗气。他出了一头汗，可能是被头套憋的。这时他脸上露出了轻松的表情，叹息一声，也许是在为顺利逃脱警戒区而庆幸。

三江市公安局接到万杰售楼处的报警是在早晨七点三十六分，还没有到正式上班时间。接到报警后，刑侦科长林为明带着值班民警赶到了案发现场。

售楼处的一位售楼小姐恳求地说：你们一定要破案，这么一大笔钱，我们可咋赔呀？

林为明紧锁眉头，细细地观察着案发现场，想找到破案的线索。可这次跟往次一样，案犯依然没有留下蛛丝马迹。他过了一会儿问：丢失了多少钱？

售楼处负责管理财务的小姐叹息了一声，心情沉重地说：18万。这案子能破吗？

林为明没有回答。他也想尽快破案，把罪犯绳之以法，可这案件太难侦破了。这些天他不但早来晚走，加班加点工作，夜里还总失眠。因为近日来在小城接连发生多次盗窃案，并且都是一个人干的，闹得人心惶惶。

售楼小姐生气地说：你们警察花的是纳税人的钱，连个案子都破不了，不丢人吗？

一位年轻警官回应说：你这人是怎么说话呢？

售楼小姐又说：我说得不对吗？连续发了那么多案子，你们破一个了吗？

年轻警官还要辩驳，但被林为明制止住了。他认为售楼小姐虽然说的话难听，但也是民怨，作为警察破不了案就是失职。他在勘察完现场后，又把所有的电子监控资料都取走了，希望从中能找到破案线索。

犯罪嫌疑人依然是一身外套，把整个身体包裹在里面，只露着两只眼睛，如同太空人的影子，无法看到真实面目。

林为明睡到半夜时，突然想起了什么，便起了床。朝那个路口走去。他猜测可能在路口对面的工厂或许还会有录像记载。他拿出了警官证，说明来意。

工厂值班保安认识林为明，便把监控录像取出来。林为明双眼紧盯着电脑屏幕，聚精会神地看着，一个画面也不错过。他突然拍了一下脑门，叹息一声，兴奋地说：太好了。

夜已经过去，天开始放亮了。他匆匆吃过早饭，便去上班了。他急着请示，想尽快破案，便直接来到局长办公室。

局长听他说完，沉默片刻，提醒说：这只是个开端。要想在近十万人的城区里找到这么一个人，还真不容易。

林为明认同地说：就如同大海捞针，那也得捞呀。

局里召开了党委紧急会议，研究行动方案与工作安排。然后公安局向各级机关、企业、街道、居委会下发了犯罪嫌疑人的照片，广泛征求破案线索。同时还派民警对全城人员进行排查。

果然在通知下发的第三天，就有人反映在杂技团有一个叫陆小涛的杂技演员酷似犯罪嫌疑人。

林为明接到电话后，马上带上民警找到了陆小涛。

陆小涛看到警察，叹息一声地问：你们是怎么找到我的？

林为明说：常在河边走，哪有不湿鞋的。

陆小涛说：你们可真够快的。

林为明说：我们都是在度日如年。

陆小涛显然没有想到在远离警戒区的地方，还会有一个摄像头记录下了他行踪。这是意外，也是天意。

林为明抬头看了看天空中的太阳，心情很好，轻松地叹息了一声，心想总算完成了使命，尽到了警察所应尽的职责。

发表在 2014 年 7 月 17 日《鲁中晨报》（山东淄博）

大师庞德公

1

晴朗的天空中突然飘来一片云彩，正在农田里查看秧苗的庞德公抬起头朝天空看了看，判断是否会下雨。他在思索时密集的雨水已经从天空中倾泻来，遮住了他的视线。他朝四处看了看，想找避雨的地方。在空旷的田野上四周没有建筑物，只有一棵大树在不远处，他便急速奔向那棵大树。他还没有走到树下时，雨突然停了，云彩已经飘过，天空依然晴朗。可他的衣服却被雨水淋湿了，便朝家中走去。

农田与村庄之间是一条泥泞的小路。在路两边生长着郁郁葱葱的野草，野草把小路遮上了。刚下过雨，野草上挂满了雨水，不时地打在庞德公的裤脚上。庞德公看在野草中有一束野花开得正艳，散发着芬芳香气，弯腰摘下，拿在手中闻了闻，准备回家送给夫人。

夫人透过窗户看庞德公走进院落，便迎了出来。她身后还跟着一位陌生先生。庞德公不认识这位先生，上下打量了打量这位陌生人，感觉气质与众不同。夫人说："这位先生是来找您的。"

庞德公说："先生来找我有何事呢？"

来者微微一笑，自我介绍地说："司马徽，字德操。刚从河南迁到襄阳定居不久，久闻德公大名，特意前来登府拜望。不知是否打扰了？"

庞德公得知来者是司马徽又惊又喜，急忙说："我对先生早知其名，没想到今天能在寒舍相见，万分高兴。"

司马徽看庞德公身上的衣服已经被雨水淋湿了，手中还拿着一束野花，笑着不解地说："先生这是去哪里了，被雨水浇成这样？"

庞德公说："去田里看了看秧苗，没想到云彩来得如此急速，雨下得如此迅猛。"

"雨过天晴了，德公请看天空晴得多么好啊。"司马徽对阵雨很有兴致。

庞德公一笑，调侃地说："襄阳这几天经常下太阳雨，这种现象从前是没有过的。天气反常，人间有变，没想到是先生搬迁到襄阳定居了。"

"德公夸奖了，我哪能与天气变化相比。我是来打扰德公了。"司马徽说。

庞德公说："先生客气了。先生能搬迁到襄阳来定居是襄阳的荣耀，先生能来寒舍是对我的看重。哪有打扰之说。先生稍坐，我换一换衣服，马上过来陪先生。"

司马徽看庞德公把手中的鲜花递给夫人，夫人接过花冲着庞德公一笑，夫妻二人的默契举止被他看在眼里。他对庞德公这家人更是敬重了。

庞德公的夫人给丈夫找出要换的衣服后，急忙从屋中出来给司马徽倒茶。

司马徽看院落中有椅子，便用衣袖擦去上面的水珠，坐在椅子上欣赏着眼前的田园风景，心想襄阳真是个好地方。他是因为老家河南军阀混战，无法维持生计，才带着家人远走他乡，搬迁到襄阳来定居的。因为刘表治理有方，襄阳暂时还没有受到战乱影响，百姓能够安居乐业。襄阳虽然好，可他人地两生，有些困惑，思考再三后便慕名来拜访庞德公了。

庞德公知道司马徽才识渊博，早有结识之意，一直没有机会。两人一见如故。他换过衣服，走到院落与司马徽聊了起来。

司马徽与庞德公学识相当，都关心国家大事，百姓疾苦，话语投机，时间在畅谈中悄然而过，不觉中就已经到了吃晚饭的时间。司马徽起身想告辞，庞德公急忙真诚挽留。司马徽初次登门拜访庞德公没有留下吃晚饭的想法。

庞德公对司马徽说："先生请留下，我已经让家人去请黄承彦、徐庶等好友来与先生相识了。"

司马徽知道黄承彦、徐庶等人都是襄阳名流，学识过人，品德可信，有交往之意。庞德公如此安排正符合他的心意。

黄承彦、徐庶等人早就知道司马徽了，但还不知道司马徽搬迁到襄阳定居了，得到这个消息非常高兴。他们应约相聚在庞德公家。

庞德公家分外热闹。众人畅谈天下大事，酒喝得高兴，延续到了午夜，都有了醉意。当晚他们没有离开。第二天当太阳缓缓升起的时候才披着朝阳的余晖离去。

2

黄承彦带着一身倦意回到家中，正要休息，刘表来找他了。刘表是黄承彦的连襟，身为荆州刺史。他身怀大志，关心天下，在这乱世的年月里一心想把荆州治理好。他四处挖掘人才辅佐自己,造福百姓。他早就听说庞德公的学问渊博了,更了解庞德公的人品,有意请庞德公进官府任职辅佐自己。他先后多次派人带着礼品去请庞德公到官府任职,但都被庞德公婉言拒绝了。他便来找黄承彦帮忙。黄承彦和庞德公是好朋友,来往密切,当然了解庞德公的想法了。他知道庞德公是不会进城府为官的,也对刘表说过庞德公的想法,可刘表不相信请不动庞德公,总是不甘心。他想让黄承彦去请庞德公,认为庞德公不给别人面子,也应该会给黄承彦面子。黄承彦侧面已经与庞德公说过了这件事情,可庞德公没有进城府为官的意思,如果再提此事就有些强人所难了,有失朋友的和气。可他又不能拒绝刘表,就算是说出了拒绝的理由,刘表也未必理解,沉默了片刻说:"你如果想请庞德公进城府任职,就应该亲自去请他,这样才能显出你的诚意。"

刘表之所以没有直接去请庞德公进城府任职是担心会被庞德公拒绝了,如果被庞德公拒绝了会有失脸面。他犹豫地说:"我是荆州刺史,我去请他,如果他不答应,被传出去不是让天下人笑话吗?"

黄承彦却不这么认为,他说:"你如果不去,就显得你没有诚意。如果你去了,而他还不答应,你可以问他为什么不愿意进城府任职?这件事就算是被传开了,无论庞德公答应,还是不答应,天下人都知道你求才心切,只会赞扬你,而并非嘲笑。"

刘表认为黄承彦说得有道理,便亲自去襄阳请庞德公了。

庞德公正在田间锄草,听到有马蹄声传来,顺声望去,看见一行人朝这边而来。刘表骑马来到田间,从马背上下来,把缰绳交给随从,走向庞德公。庞德公知道刘表为什么事而来。他面带微笑朝刘表迎了过来。两人在一阴凉处席地而坐,攀谈起来。

刘表寒暄过后,便开门见山地问:"德公为何不愿意做官,只保自身,而不保全天下?"

庞德公一笑,缓缓地说:"鸿鹄(音湖,鸟名)巢于高林之上,暮而得所栖,鼋(音元,即鳖)龟穴于深渊之下,夕而得所宿。夫趋舍行止亦人之巢穴也,且各得其栖宿而已。"

刘表接着又问:"德公苦居畎(音犬,田间)亩而不肯官禄,后世何以遗(留)子孙乎?"

庞德公回答说:"世人留给子孙的是贪图享受、好逸恶劳的坏习惯,我留给子孙的是耕读传家、过安居乐业的生活。只是所遗不同罢了,不能说没留。"

刘表看劝说不了庞德公，改变不了庞德公的志向，只好叹息而去。

庞德公看着刘表离去的背影，突然想起一件事情，便快步追了过去。刘表骑上马刚要离开，回头一看，见庞德公追了上来，以为庞德公改变了主意，有意进城府任职呢，心头一悦，便从马背上下来等着庞德公。庞德公喘着粗气来到刘表面前说："我有一人想推荐给刺史大人，不知可否？"

刘表一听庞德公没有改变想法，而是推荐别人，有些不悦地问："不知德公推荐的是哪位先生？"

庞德公说："司马徽，字德操。此人上知天文，下知地理，才识渊博。他刚从河南搬迁到襄阳定居，想得一职谋生。"

刘表觉得司马徽的名字耳熟，可印象不深。他心想庞德公这不是在请他为外来者安排职位吗？并不是推荐人才辅佐他，便不冷不热地说："你让他来见我吧。"

庞德公鞠躬施礼地说："我替司马徽先生谢过刺史大人了。"

"德公不必客气了。"刘表在回府的路上边走边想，认为能得到庞德公推荐的人肯定才识不一般，应该有过人之处，便等着司马徽来找他。

庞德公心想司马徽从河南搬迁到襄阳不久，生活刚稳定下来，需要收入来养家糊口，更需要有一职位在当地立足，便想为司马徽在官府寻得个差事。他看刘表答应帮这个忙了，就去通知司马徽了。

司马徽虽然家中有些积蓄，不为生计发愁，可他想得个差事立足，扩大在襄阳及荆州的社交面。他听庞德公把话说完，正符合他的心意，很是感激。他选择了个阳光高照的好日子，精心准备之后前去拜见刘表了。

刘表对司马徽的印象不错，在简短交谈中就知道司马徽是非同寻常之人，有意留司马徽在官府任职。司马徽无意在官府任职。刘表问司马徽想做什么，司马徽说教书是他的爱好。刘表心想司马徽可能与庞德公是同类人，也就没有强求，便让司马徽去自己办的"学业堂"教书去了。

3

司马徽先择教书是因为不愿意参与官府之事，也不欣赏刘表的处事方式。他认为教书既能静心修学，也能培养后人，还能交往各界学士。他从刘表府上出来后有些兴奋，便去找庞德公了。

庞德公已经猜测到司马徽不会进城府为官，而会选择做教书先生了。他说："教书好，我就把侄儿庞统交给先生教诲了。"

司马徽说："德公学识如此渊博，何需我来教诲呢？"

庞德公说："广学才能渊博。我只是一家之言，毕竟会有局限性。侄儿庞统应该学众家之长，补己之短，理应拜先生为师。庞统在先生的指点下方能有出头之日。"

司马徽从言语中知道庞德公对庞统寄以厚望，但他还没有见过庞统，不好过多发表意见，便问："庞统现在何处？"

庞德公说："侄儿外出多日了，不然，就让他来拜见先生了。"

司马徽心想庞德公这么有才识，庞统肯定也错不了。庞统，字士元。他纯厚，才华未露，很少为人所知。庞德公很喜欢他，并重视对他的培养。庞德公为了培养庞统绞尽了脑汁。他想如果庞统能得到司马徽的传教，才学肯定会长进不少。庞统这些天外出了，没有在襄阳。他回到襄阳后，庞德公便让他去司马徽处请教。庞统早就知道司马徽了，大有崇拜之意，便兴冲冲地去找司马徽拜师。

司马徽正在树上采桑，庞统来到树下，两人树上树下聊了起来。司马徽边聊边从树上下来。他们走进屋中，聊至深夜，还余兴未消。司马徽认为庞统是了不起的人物。

庞统得到了司马徽的赏识，对自己也就增加了自信心。

司马徽对庞统更是发自内心的看重。

4

庞德公知道刘表之所以能这么痛快答应让司马徽当教书先生，不是只给自己面子，还与黄承彦有关系，如果没有黄承彦这层关系，只是凭借他的推荐刘表也未必会答应，就算是答应了，也不会这么爽快。因为他驳了刘表的面子，刘表身为荆州刺史，可能会生气。可刘表知道他与黄承彦是好友，又不想把事情弄得过僵，出于多方面考虑才给司马徽安排了这么个职位。他想到这儿便前去找黄承彦，准备请黄承彦喝酒表示谢意。

黄承彦听庞德公这么一说，浅然一笑说："刘表确实是来找过我，想让我劝你进城府为官，咱们交往这么多年了，我还不了解你吗？你的想法我知道。我就劝他去请你了。这么一来他也就不会再惦念这件事了。"

庞德公说："你直接告诉他不就行了。你让他去找我，我不答应，不是丢了刺史的面子吗？"

黄承彦笑着说："我对他说过你不愿意为官，可他不相信。他不相信在这乱世里还会有不想当官的人。我就只好劝说他去请你了。"

庞德公说："不过刺史还算大度，没有伤了和气。"

黄承彦说："德公多虑了，过几天我开导一下他就没事了。"

庞德公说："刺史能为司马徽安排了教书的职位还是不错的。"

黄承彦说："司马徽确实应该有个差事，不然在襄阳的交往面就过窄了。这个职位有利于交往，也能养家糊口，还能为襄阳培养后人，真是一举三得。刘表作为荆州刺史造福一方百姓是职责，应该感谢德公，而不是德公感谢他。"

庞德公说："我作为襄阳人，本应为襄阳做事。"

黄承彦说："德公既然这么想，就应该进城府为官吗？"

庞德公说："为官就不是身在襄阳了，而身为天下了。身为天下还是不行的。"

黄承彦说："那就让侄儿庞统为官吗？"

庞德公说："统儿现在才学还不够深厚，有需提高，我让他拜司马徽先生为师了，今后他是否有意为官就由他自己选择了。"

黄承彦说："德公果真志向远大。刘表去请你不是丢了面子，而是让后人更加尊敬先生了，也会称赞刘表的用人之举。"

5

这天司马徽正在屋中读书，诸葛玄领着一位少年走进来。司马徽在刘表府上见过诸葛玄，只是交往不多。他放下手中的书迎上前去。诸葛玄让少年跪拜司马徽。司马徽猜测出诸葛玄是送孩子来读书的，急忙说："先生，不必客气，学堂就是为孩子们开设的，教书是我的本职。"

诸葛玄说："这是侄儿诸葛亮，字孔明。他3岁丧母，8岁丧父，姐弟4人由我抚养。希望他能在先生这儿多学些知识。"

诸葛亮在父母去世后，跟随做官的叔父诸葛玄离开山东沂南老家先到了豫章。诸葛玄在豫章失掉官职后，便到荆州投靠刘表了，所以把诸葛亮送进刘表办的"学业堂"里读书。

司马徽看诸葛亮聪明好学，又非常懂礼节，很是喜欢，更是看重。他在好友面前经常提起诸葛亮，还把诸葛亮介绍给好友。

庞德公正在屋中与黄承彦说着话，司马徽领着诸葛亮来了。诸葛亮留给庞德公与黄承彦的第一印象很好。此后诸葛亮经常来向前辈们请教知识。他每次见到庞德公都先跪拜，施礼。庞德公特别关爱诸葛亮，尽可能把学识传授给诸葛亮。

诸葛亮在叔父的关爱下生活着，但他没有想到叔父会很快病逝了。这是让他难以接受的。诸葛亮在料理完叔父的后事后，便决定去襄阳城外的隆中过隐居生活了。

诸葛亮在隆中潜学十年，人们称他为"卧龙"先生。

庞德公虽然关爱诸葛亮的生活，但很少去看诸葛亮。因为诸葛亮一直与诸葛玄在一起生活。庞德公在诸葛玄去世后，牵挂诸葛亮的生活，在儿子庞山民的陪同下，去隆中看望诸葛亮兄妹。诸葛亮对庞德公的到来很是感激。

诸葛亮向庞德公介绍着自己的家人。庞山民与诸葛亮二姐的目光相视时，两人都面带羞涩。这微妙的变化被庞德公看在眼里，记在心上。他在回来的路上问庞山民是否有意迎娶诸葛亮二姐。庞山民婉转地说不知道人家是否已经有了意中人。

庞德公看儿子有这个想法，便去找司马徽打听。司马徽对诸葛亮的家境很是了解，知道诸葛亮二姐还没意中人，便如实地告诉了庞德公。庞德公便委托司马徽去向诸葛亮二姐提亲。

诸葛亮对庞山民是了解的，两人谈得来。可他没有想到庞山民能看上二姐，有点意外，也很高兴。他在没与二姐商量，家人还不知道时就答应下来了。当他回家把这件事告诉家人时，家人责备他应该先回家商量后再做决定。诸葛亮说他对庞山民是了解的，论学问、论人品都是没得说。

大姐说那是你的看法，如果你二姐不同意呢？诸葛亮看出来二姐有意嫁给庞山民，便故意说如果二姐不同意我就去跟人家说。诸葛亮二姐急忙插话说：司马徽、庞德公都是你的先生，你既然答应人家了，怎么能反悔呢？

诸葛亮二姐嫁给庞山民后，诸葛亮与各位老师走得更近了。

6

黄承彦早就相中了诸葛亮，有意把女儿黄月英嫁给诸葛亮，便同庞德公商量。庞德公在儿子迎娶了诸葛亮二姐后，不只是诸葛亮的老师了，还是亲人中的父辈。他为诸葛亮一家人操的心比从前更多了。他知道黄月英在相貌上是配不上诸葛亮的，可他没有反对，因为黄月英才识过人，黄承彦又是襄阳大户，还与刘表是连襟，在荆州影响大，如果诸葛亮迎娶了黄月英，将来对诸葛亮的发展肯定会有帮助的。他让黄承彦直接去与诸葛亮说。

诸葛亮在黄承彦说出想法后，就把婚事答应下来了。黄承彦看诸葛亮答应了，很是开心，可也担心诸葛亮反悔，就急忙把女儿送到诸葛亮住处。诸葛亮没想到成婚会这么快。

黄承彦在送走女儿后，又高兴又不安。他毕竟是襄阳大户人家，就这么简单地把女儿嫁出去了，有失脸面，没法对亲友说。他准备给女儿补办个隆重的婚礼，便张罗开了，还请司马徽做主婚人。

司马徽理解黄承彦急着嫁女儿的心思。可他和庞德公都认为这么简单的让诸葛亮成婚了，对诸葛亮有点不公平，应该补办个隆重的婚礼，不然从情理上就说不过去了。黄承彦来找他做主婚人时，很是开心。一边是他的学生，一边是他的朋友，这是对他的看重。他跑前忙后，把诸葛亮与黄月英的婚事办得很是热闹。

刘表与夫人一起来参加黄月英的婚礼了。诸葛亮随从黄月英叫刘表为姨父。刘表在婚礼上再次感受到了司马徽的才学。他为没能得到司马徽辅佐有些失落，不知是因为参加婚礼开心，还是因为没得到司马徽辅佐失落，总之酒喝得有点多了。当他带着几分醉意回到家时正巧刘备来找他了。

刘备来找刘表商议时局大事。刘表感叹地说："如果能请到司马徽辅佐，肯定能得天下。"

刘备说："那为何不请他来呢？"

刘表轻轻地摇了摇头说："司马徽与庞德公一样，不愿意进城府为官，意不愿，也不能强求呀。"

刘备与司马徽相识在河南，听说司马徽已经搬迁到襄阳了，有意去拜访。司马徽与刘备多年不见了，在纷乱的年月里彼此都经历了许多事情，相互诉说着。刘备胸怀大志，关心天下大事，在寻找人才。他向司马徽了解襄阳人才情况。

司马徽对刘备说："儒生俗士，岂识时务？识时务者，在乎俊杰，此间自有卧龙、凤雏。"

刘备问："是谁？"

司马徽说："诸葛亮、庞统，二人得一既能安天下。"

刘备部下谋士徐庶也推荐了诸葛亮。刘备听到司马徽、徐庶先后都推重诸葛亮，知道诸葛亮一定是个了不起的人才，就带着关羽、张飞等人一起去襄阳城外隆中请诸葛亮了。隆中距襄阳城20余里，刘备前两次来到诸葛亮住处时，都没有见到诸葛亮。在第三次来时才见到诸葛亮。

诸葛亮向刘备精辟地分析了天下形势，提出了统一天下应走鼎足三分，联孙抗曹的道路。刘备听诸葛亮的透彻分析，茅塞顿开，诚恳请诸葛亮出山辅佐。诸葛亮虽然被刘备三顾茅庐的真诚感动，也有意辅佐刘备，可不能这么答应下来。他说："我得去请教德公和司马徽先生，征求先生们的意见。"

刘备有意请庞统和诸葛亮一起出山，也去拜访庞德公了。庞德公欣赏刘备的人品，便支持庞统和诸葛亮辅佐。刘备看庞德公如此爽快便说："德公何不出山成就大业呢？"

庞德公说："年龄已高，力不从心，成就大业是诸葛亮、庞统等年轻人的事情了。"

刘备感叹地说："德公乃襄阳奇才，天下大师。"

"玄德过奖了。"庞德公一笑说。

刘备说："今得卧龙、凤雏，定能得天下。其中必有德公的功劳，也是襄阳的功劳。"

"天下事，还是留给后人说去吧。"庞德公送走刘备、关羽、张飞等人后，便背着竹篓到鹿门山采药去了。

发表在 2014 年 4 期《博南山》（云南永平文联）
发表在 2014 年 6 期《松花湖》杂志（吉林省吉林市）
发表在 2016 第 1 期《壹读》（云南丽江市文联）

风流无过

1

九爷死了。

九爷死的时候是冬天。那冬天奇冷。九娘说出门能冻掉下巴。

那个冬天九娘没出过一次门。

九娘忏悔，九娘欲哭无泪，那个冬天里刚强爽快的九娘第一次没了九娘的风度。

九爷确实死去了。

那是一个夜里，星月一片暗淡，雪不知疲倦地拍打窗根，一片出奇的宁静。

九爷蜷在被窝里和九娘不停地搭话。搭话的表情怪怪的，眉头一皱一皱的偶尔拧在一起，眼角的纹痕仍是粗粗密密的。

九爷就在这时说冷。

九娘把手伸出被窝之外，摸九爷光溜溜灯光一样的脑袋，样子温温顺顺的。

九爷哆哆嗦嗦，目光辣辣地射过去，嘴里冒出九娘年轻时贼侉的名字……

九娘醒来的时候，摸身边的九爷，九爷没醒。九娘又推，仍不见九爷有动静。"像死狗！"随口骂九爷。翻身下哗哗一阵典当，尿盆子顷刻黄亮地满了起来。以往夜里，九娘都是推醒九爷，九爷朦胧之中连眼都不睁就去摸枕边事先准备好的火柴和煤油灯，点好。

九娘再推，九爷仍不醒。

灯点了，九娘一脸的怒气。油灯忽明忽暗，映了九爷的睡态——九娘没有想到自己就在这时惊叫着昏了过去。

九娘醒来时，九爷已被人抬到耳房里，那里，九娘才真切地感受到九爷死了。

九娘清晰地记得九爷当时的睡态——脑袋向一边耷拉着，睁着眼张着嘴，流出的涎水湿了半个枕头，脸紫青紫青的。

九娘不信，用手摸九爷的鼻口，鼻口凉凉的。

这一个冬天对九娘来说是一种残忍和痛苦。死神以从未有过的速度突然拥抱了九爷，让九爷从此与九娘天各一方。致使九娘在突来的厄运面前有种茫然的苦痛和罪恶之感。

这一个冬天，九娘活得懒散而忧郁。整个冬天，九娘就呆坐在那铺朝北的大炕上，表情木木的，死过了一般。九娘不笑也不哭，脸上的皱纹粗粗密密的，九娘老了。

九娘整个的心里都是九爷。

一个月之后，九娘明显地神经质起来，见人就絮絮叨叨地说你看见你九爷了么？你九爷出远门了，走的时候没穿棉袄。然后九娘就解开松松垮垮的棉裤，在补丁之间的针迹处细心地将虱子扔进嘴里咯嘣咯嘣地嚼着，直嚼得她满满是血为止，那样子跟九爷活着的时候相仿。

整个冬天，九娘就这样过去了，直到有一天，那个年轻后生经过九娘这里，九娘仍然神经质地重复。那后生见九娘就恶心得不行，就立刻拿话刺她：九爷算什么，九爷再好也比不上大贵！

九娘愣得直翻眼睛，神智立刻浇了冷水一般，脸颊痛苦地抽搐着，嘴角由左及右地歪去，干涩的眼里涌满了热辣辣的泪水。

对于九爷，九娘这是第一次。

2

太阳婆终于疲倦地睡去了。

狗叫声舒舒浅浅地飘过宁静的夜色。九娘就是在最后一次狗叫声中醒来的。那时她发现屋子里出奇地暖，火炉在地中央烧得很旺，木块噼啪地响着。身边的汉子黑瘦黑瘦的，模样陌生。九娘瞟了那男人一眼，惊慌地从枕边退到炕里："你是谁？"九娘感到一种从未有过的恐慌和寒冷。那男人仿佛早有预料，站起，用一种很平静温顺的眼光瞟她，并朝九娘憨实地笑，片刻那男人说："你躲在雪地里，已经不省人事了。"

"你纯粹是放屁！"九娘跟所有的乡间女人一样，在男人面前说这种话脸不红心不跳，粗着嗓门有种山摇地动的感觉，九娘不管这些。

那男人只是看她。任九娘发泄或者骂个狗血喷头。

那男人并不计较。

九娘倚在炕角，通红的便式夹袄裹着发育极好的身子，女人的味道就极富情韵地荡漾开来。青春在这种时候就是一种无法掩饰的美。

闭上双眼的九娘，一种强烈的感觉又重新回到心中，那是陷入绝望之后又重新在生的边缘抓住希望的感觉。一个真实的声音开始逼迫她挤压她。九娘的眼前又开始弥漫起漫天的雪飘和穿过耳边呼啸的风声，就是在这种漫天雪飘里九娘远远地逃离那炊烟那四角院落的天空和所有前来道喜的人，她仿佛听见优美的唢呐声穿过盘旋的山路变成女人的哭声如泣如诉。

噩梦里醒来，九娘没有回头，她不能回头，眼里涌满弥天大雾，她听见母亲绝望的呼喊一声高过一声响在耳边。

九娘慢慢移了移身子，目光都是看那男人，仍是很警觉的那种，因害怕而惊恐，在顷刻拉长了青杏一样的圆眼，九娘被深刻而苦难的事实围拢身不由己地战栗着，并朝那黑脸男人吼起来，声音尖刻，嗓门粗大，凄厉地喊声盖过了所有的寂静。

那不是喊，而一声冗长近乎绝望的哀鸣。

九娘在最大极限的哀号之后留下了两行酸楚的泪水。

九娘把目光从肮脏的墙上移回，正款款落于那男人的脸上——胡子青草一样浅浅汪出。

九娘的眼里滚过一片晶莹的东西，嘴唇也在顷刻之间落下了深紫色的痕迹。

当九娘终于从愤怒中清醒过来的时候，她发现自己付于一个无辜男人的莽撞和野性是多么地可笑和失态。

"你咋救了我？"

"走道碰上啦。"那男人平静地回答。

九娘觉得漫长时间搁在心里的痛苦和怅然又是多么难以忍受。

九娘说她不会克制自己，相反克制自己在某些时候是一种作假和耍奸。

九娘不会。她发誓要活自己。

那一年，九娘十七岁。

多少年之后，九娘仍不能忘记那让人流泪的往事，在充满苦难和流韵的人生里，九娘常常满含泪水地坐在那个紫色木漆柜边的炕角，在一种无限冗长的孤独之中，听自己沉重地喘息声。并在这种沉重地喘息声里九娘走了，远远地走了，走向那个曲曲折折缠缠绵绵的揪心岁月，那岁月深处盈满苦难和不幸，有着雪一样的宁静和忧郁。

"你睡紫漆柜那儿吧。"那男人叫大贵子。九娘凝固的目光随大贵子的声音从窗外遥远模糊的山峦中转过来，看那大贵子迎着九娘凄怨的目光。这是他二十五年来长久而清晰地打量起一个女人来，内心的狂跳无法节制。像多少梦里那清晰又渐次模糊的影像。这时候，他就安慰自己说这是人与生俱来的东西。人在某些时候无法抗拒本能，就像不能抗拒吃米饭一样。

这不是一种罪恶。

"嘿！"大贵子还是一拳砸在自己的脑袋上，抱着头，然后把头深深埋进两膝之间。

九娘吓了一跳，本能地抓过被子。

大贵子仍旧端坐在门槛上。九娘倚着紫色木漆柜目睹着大贵子进入梦乡发出舒缓而凝重的鼾声是怎样的一种淳朴和踏实。

天不亮，大贵子醒来，默默地出门。走时他朝身后的九娘扔过一句话："饭在锅里。"

沉重的关门声，把大贵子的身影隔在门外微茫的曙色和湿漉漉的雾气里。

九娘的心同样坠入迷离的雾气里。男人要去做什么呢？她不知道这男人的背景，不知道，甚至把他和那个麻脸的男人拴在一起……

恐慌再一次把九娘袭击得柔弱不堪。土屋冷寂的夜色，九娘一眼不合地坐了过来。

大贵子走后，九娘才发现自己通红的新娘夹袄已经被扯得不成样子，破了洞，露了棉花，破烂不堪。

那个麻脸男人终于被她甩掉了，逃出那个高墙大院，九娘就什么都不害怕了。

女人都是小脚的好。九娘脑袋一摇，我偏要大脚。

九娘妈气得不行，就拿起笤帚颤着小脚来打九娘。九娘跑几步，九娘妈就追不上，身后就飘来叫骂声："死丫头，小杂种……挨刀的……"

九娘看着妈骂自己，九娘不理，不生气。

九娘妈天天这样，九娘就习惯了。

也就是在这一年冬天，九娘十七岁的时候，九娘妈把九娘许给了东家的二少爷——一个患有麻风病的麻脸男人。九娘不吃不喝，把自己关在屋子里，以泪洗面。但九娘抗拒不过。

九娘毕竟才十七岁。

3

楚九行坐在马棚耳房的炕沿上，劣质蛤蟆头的烟圈把楚九行棱角分明的脸模糊起来。

他沉默地吸烟。烟吸得很重。

九娘被大贵子收留之后，楚九行就搬出了那个住了三十年的土屋。走时楚九行对弟弟不无语重心长："那女人慈眉善眼，不错。"

大贵子明白楚九行的意思，他坚持不让楚九行和自己分食另过。

"哥，还是跟你，你都三十了，该娶女人了。"

楚九行脸铁青着，脾气倔得很："少废话！"

然后，楚九行和他肩上的破烂行李卷一同裹在深重的暮色里。

大贵子的眼里潮湿得凄凉。

为这件事，大贵子几乎和楚九行闹翻了。

楚九行毕竟是楚九行，有父从父，无父从兄，楚九行说他不会对弟弟改变这种古训的。只是弟弟有些不理解。楚九行也不需要。这位年届而立尚未有女人的汉子坐在那里一动不动。由着大贵子永远读不懂楚九行在想什么，仿佛那逝去的岁月沧桑永远地烙在了他的脸上。

接下来的日子似乎比以往更艰难了，粮食越来越少，每天只能喝玉米粥。当他们绞尽脑汁想改善伙食时，也只能从地窖里拿出秋天准备过冬的地瓜。

在这般艰难的日子中，又多了九娘。

尽管如此，九娘少女的脸上依然似沐过雨水一般灿烂的鲜艳，温婉动人。

那个冬天很冷，但不凄凉。

冬夜很宁静，宁静得使人心绪不宁，使人心烦意乱，使人手足无措，就像那个场面让人尴尬让人预想不到。楚九行原想对九娘说你可以走了可以去找你坚贞无比舍身舍骨的情爱，可以……

楚九行没有说。

楚九行看见九娘一直用一双黑亮亮的眼睛看他，不自主的泪水在眼里打转，一颗又一颗地滴落下来。

九娘控制不住复杂的情绪，忧伤痛苦怅然全混杂在一起。她说话了，说话时很性感的胸脯一起一伏。她脸的距离和楚九行的脸离得很近，近得能看清他脸上的毛孔深深的皱纹和嘴角颤抖的线条。

九娘终于哭出声音。

九娘痛苦而不断抖动的双手抓住了楚九行的手。

九娘忧怨的抽泣淹没了喉咙里后面想说的话语。

那一刻，九娘没有孤独，没有噩梦。她从未有那么强烈地渴望生命渴望回归，渴望在生活的温情里热泪横流。

九娘极力克制自己不要哭出声音。所以她拼命地忍住眼泪，就像她发誓要忘记她夺门而出的那个夜晚。但是她已忘不掉那堆满横肉的麻脸面孔让她领略了噩梦后的恐惧和深深的后怕。

那恐惧和后怕在多少年后仍然永远地留在了那个飘着雪花的冬天，留在了九娘心中。

当楚九行的手被九娘握住时，那苦痛那眼泪那所有如烟往事都在楚九行全身抖动着，感觉肆无忌惮，令楚九行对自己大吃一惊。楚九行一直注视着这个青春味十足的女人，目光一刻也不肯离开。就在这时，楚九行和九娘都惊呼地回头，映入他们眼里的是大贵子肌肉变形的脸，那张着的嘴巴像是嘲笑什么似的。愤怒的关门声随大贵子一场肝肠寸断无比苦闷地叫喊便消失在夜的尽头。

楚九行甩开九娘的手，跑出门外。

4

九娘的肚子愈来愈像倒扣的锅。九娘就常睡不着。她就推身边的汉子大贵子，大贵子早已鼾声如雷。

"哎……"九娘把手搭在大贵的身子上："你猜白天那个算相的说我能生啥？"

"生啥？"一次，大贵子终于睁开生了眼屎的眼，眨了几下，反问。

"你说呢？"

"又不是我生，我咋知道！"

"哎……"九娘叹息着。

翻过身，大贵子又睡去了。九娘收了手，这时惨白的月光照了进来，洒在她脸上毫无血色，一片冰冷。

天不亮，大贵子就去离家五十里远的地方拉春天的种子和化肥了。

九娘没起来，饭是大贵子一个人做的。九娘想，她终于有时间看楚九行去了。九娘总觉得对不住楚九行，因为九娘，楚九行永远地离开了那个土屋。

春天的日子温馨宁静。躺在山坡上晒太阳实在是惬意。

楚九行躺在毛茸茸的草坡上，慵懒一冬的心境有些好转。仍沉默地吸烟。原为在一起如今有了女人的哥们儿见楚九行这副模样就开心一阵子："想女人了吧？"楚九行就听不得这种玩笑，每到这时，就立刻显出很颓然老成的样子理直气壮地回一句："女人算啥！"话没到一半，楚九行的脸就红得醉酒一般，心跟着毫无节制地狂跳。楚九行极力为自己做一种掩饰。

楚九行闭着眼，微睡的状态，眉头锁在一起。

远远的山道上闪出一角花头巾，楚九行睁开眼睛一愣。接着渐渐的是一张女人温婉动人的脸。

楚九行就在这种等待中狂笑起来。

这个春天，九娘没有成为楚九行的女人，这确实让楚九行好一阵落寞。

当九娘坐在楚九行身边时，楚九行甜蜜的怅然在睫毛之间闪动着一片晶莹。透过涌动的水雾，九娘看到了一个古怪模样的男人，正是挥霍青春年龄的人，却已如此地苍老和沉静。

九娘心中的泪水哗哗流过一片快要荒芜的田野。

命运有时像青面獠牙的魔鬼，太残忍太丑陋。

九娘解释不清楚自己把身子献给了大贵子心里却惦记着另一个比自己大十岁的男人。这是罪过！九娘自己对自己说，又一遍遍地否认。

楚九行睁开双眼，目光摸着九娘的脸："嗯，你咋来这儿？"

"烙饼。"九娘专注地看清楚九行："给你烙的。"

"大贵子他……"楚九行一阵心酸。

"瘦多了……"

楚九行翻身坐直，躲开九娘的目光，沉默地吸烟，心中慢慢涌满了悲悯和怅然。这悲凉这怅然绝不亚于九娘。

"吃吧。"九娘看着楚九行的眼睛，一种很遥远的痛楚一点点钻进心里。

楚九行的心在流泪，在哭泣。

楚九行再一次觉察出自己内心有比难过怨恨更深的情感。

那个春天里的黄昏，大贵子第一次饮酒，第一次喝得烂醉如泥。

身边躺着自己的女人，这时大贵子就哭了，一边哭一边骂自己。

出了事很多男人都爱凑在一起跟大贵子唠嗑："蔫巴什么？守着漂亮娘们儿……"

"嘿嘿，受不了！"

"行啊，哥俩享受不念旧恶，省得累着……"

大贵子清晰地记得，那个黄昏，已不是一腔柔情似水的感觉，那感觉已注入了一种锥心透骨的痛恨。大贵子张着嘴，想说什么却什么也没说，他已经说不出来。他看见跑掉的瞬间，大哥汗湿的面孔和突然睁大充满恐惧的眼睛只惊叫了一声就倒下去了。

那个黄昏，空气中有种蓝色的忧伤情绪。

大贵子一脚门里一脚门外的瞬间，他捂住了双眼然后匆匆逃离了山坡上那间孤零零的茅屋。他扔下牛车，在旷野的小道上拼命地跑着，他的意识全被当时的情景吓呆了。他看到灰色而肥硕的身子虫子一样扭动的时候，他感到内心有很多脏物要涌出喉咙，然后吐得一塌糊涂。

5

大贵子出走之后，楚九行病倒了。

那个冬天奇冷。冷得能冻掉下巴。

楚九行被村人抬回九娘的火炕上。楚九行也就成了名副其实的九爷。

九爷短命。村里人说。九爷不会享福，也有人说九爷罪有应得！

也正是这年冬天，九娘疯了。

发表在 1994 年第 6 期《北极光文学》杂志（黑龙江大兴安岭）

情很伤人

当我得知陈文学被赵利军用尖刀刺死的消息，好一会儿没有反应，被惊呆了。这是让我出乎意料的消息，但更让我吃惊的还是这件事情的起因。我没有想到陈文学会做出这种事情。在我看来他与婚外恋是不着边际，没有关联的。可这是事实。因婚外恋引发了命案，我认为不值得，也没有意义。但这件命案让我回想起赵利军与陈文学这两个人来。

陈文学是我兄长的朋友。我第一次见到他时，还是在二十多年前深秋的一个傍晚。那时我还在北方生活。当时我刚上中学。北方这个季节天黑得早。天近黑的时候，兄长领着一个陌生人回到里家。那时我们家住在离小城七八里路的村子里。我从小城放学回到家，兄长和一个年轻人站在院落里聊着什么。兄长对我说：你叫陈哥。

陈文学打量着我，然后对兄长说：你弟弟肯定比你学习好。

兄长说：这没有错。他学习一直不错。

我看着眼前这位陌生人，找不到话题，腼腆一笑，便进屋复习功课去了。

当天晚上我们村放电影。那时电视机才出现，还没有普及，放电影还是人们生活中的主要娱乐部分。陈文学没有回小城，看过电影便住在我们家了。

陈文学长得比较文静，中等个子，不胖也不瘦，腰板很直，皮肤有点黑。听兄长说他与继母没有感情基础，有些生分，不愿意回家。当时他和兄长都在小城一家国营单位干临时工，没有正式工作，收入也不多。两人性情相投，关系很好。那次之后，他又来过我们家几次。我跟他逐渐熟悉了，交往也多了。

我对陈文学的印象不错，觉着他人品还可以，不是那种不务正业的人。虽然他做事有分寸，可也带有年轻人的冲动与狂妄。

有一次放学路上，我在经过小城街道时，看见陈文学领着一群小青年与愣头青打架。愣头青是一个男青年的绰号。这个人经常跟人打架，打起架来不要命。因此人们就叫他愣头青。愣头青在小城没有人不知道的，很出名，甚至有些人一听到他的名字就有点怕。我不敢相信陈文学敢跟愣头青硬碰硬，较上劲。陈文学与愣头青完全是两种性格的人。我站在不远处的柳树下，好奇地看着他们。愣头青不是不怕，也不是没有怕的人，而是没有遇到真正的对手。他看陈文学这边人多，又步步紧逼，知道真要动起手来，肯定自己要吃亏，就退缩了，找个台阶，悄然溜走了。这样一来，陈文学给我的印象就有点英雄气概了。

那次事情之后，我很长时间没有见到陈文学，兄长说他当兵去部队了。在那个年月，当兵可是年轻人喜欢的事情。年轻人追求当兵几乎到了疯狂的地步。除了他们对绿色军营充满无限好奇外，还因为这是一种就业的好办法。从部队当兵回来，可以分配到正式工作。如果在部队能入上党，得到嘉奖，回来后还可以提干，到机关工作呢。

陈文学果然在部队干得不错，不但入了党，得过一次三等功，还当上了连队的文书。他能当上文书主要是他相貌文静，还写得一手好钢笔字。在那没有电脑的年代中，字写得好也是一种技能，能为事业发展多一次机会。部队领导赏识他写的钢笔字。他从部队复员回到小城后，就被分到工商局工作了。

这时陈文学的人生迎来春天般的朝阳，有着美好前景。他结婚了。爱人是医生，两个人的收入都稳定，还有一个活泼可爱的女儿。一家人日子过得幸福，美满。

我离开小城时，陈文学夫妻在饭店请我和兄长吃饭。那也是深秋的晚上，饭店不大，客人不多，屋内宁静。这是我第一次近距离接触陈文学的妻子。她相貌不错，话语干脆。我觉着他们两个人还是很般配的。

陈文学对我说：你能有机会到青岛发展真是不错。青岛是个好地方，好好努力，前程会不错的。

我说：你和嫂子如果有机会去青岛，就找我，我陪你们转一转。

他说：会去的。

我知道他经常出差，认为能有机会在青岛见到他。可他没有来过青岛。这些年里我也没有回过小城。恍然间，就近二十年过去了，不知不觉我们就苍老了许多。我没有想到在我重返小城的时候，陈文学已经离开人世多年了。

他因婚外情被赵利军用尖刀刺死的，掀起不小风波，也多少会有些不光彩。这件事情也一时成为小城的新闻了。人们在闲聊中都会提到。

友人是在请我吃饭时讲起这件事情的。这家饭店正好是当年我离开小城时，陈文学夫妻二人请我吃饭的那家饭店。我没想到这家饭店会开这么久，看来生意还是不错的。不过，我发现老板脸上多了许多皱纹，不细看我已经认不出来了。

我对友人说：赵利军这人听起来怎么耳熟呢？

吃饭的人中还有我的同学，同学说：咱们同学，你都不记得了。

我说：我怎么没有印象呢？

同学说：你离开这么多年了，他又不是咱们交往圈内的，哪还能记得清。

我一时真的想不起来赵利军这个人。饭桌上，同学举了好几个学生时代的例子，用来提醒我。我才渐渐对赵利军有了点模糊的印象。

赵利军确实是我中学时期的同学。上学时，他人比较老实，没什么个性，学习成绩一般。因为当时同学多，我跟他交往少，对他印象不深。毕业后，我再也没有见过他。参加工作多年了，在岁月风尘中，经历的事，相识过的人，太多太多了。我甚至把他的名字都忘记了。可就是这么一个看上去老实巴交的本分人，为了守住婚姻，挽留爱情，捍卫自尊，而成为了杀人犯，着实让我吃惊不小。

我带着无限的疑惑，听友人与同学讲述这个悲惨故事。

这是一次情杀，都是感情出轨惹的祸。

陈文学与赵利军的妻子发生了婚外恋，从而超出理智的界线。

人对爱情要求是专一的。在婚姻上是自私的。人在婚姻与爱情方面都不能容忍外人侵犯。

我认为夫妻能在一起生活，就在一起，不能在一起生活，就分开，应该好结好散才对。可赵利军不是这样想，也不是这样做的。他忍受不了妻子背叛爱情，也不能忍受妻子给他戴绿帽子。

当赵利军外出打工回来，听说妻子出轨了，还半信半疑。他知道抓贼抓赃，捉奸捉双的道理。他就背地里跟踪妻子。当他把妻子与陈文学堵到床上时，就抑制不住心中的怒火，拿起尖刀刺向陈文学。

陈文学也听说赵利军知道这事情了。可他认为这是个人感情的事情，如果赵利军想不通就应找妻子，而不是直接对他。他没有考虑到赵利军的感受，也就没有回避。可事情不是他想的那样。他付出了昂贵的生命代价。

据说陈文学面对手拿尖刀的赵利军时，没有一丝胆怯。赵利军把尖刀刺向他时，也没有心理准备。赵利军的尖刀刺到了他的要害之处，全身是血，惨不忍睹。

小城本来就很小，人口不多，走到大街上遇到的都是熟人。发生这种事情，不一会儿全城就都知道了。

赵利军得到了法律的惩罚，妻子跟他离了婚，改嫁他人了。一个家庭彻底破裂了。而陈文学的妻子在他离世后，也已经改嫁了。两个家庭就这样结束了。但这件事情留下的伤痛并没有结束。陈文学去了天堂，没有了顾虑，而这两个生活中的女人呢？她们心中的阴影恐怕这一生都是挥之不去的。还有他们没有成人的孩子呢？那幼小的心灵，能不受到影响吗？赵利军今后的生活又将是怎样呢？

其实，处理感情问题不是什么难事情，只要往开了想，豁达，坦然面对，别采取极端行为，理性对待就可以化解矛盾。

因为赵利军与陈文学都是我的熟人，所以在得知这件悲剧事情后，我格外伤感。在许多日子中，我都在思索爱为何物？情为何物？婚姻是否可长相厮守？

我在想同床异梦的人是否值得用死来搏，是否值得用生命来挽留？我认为夫妻不相爱了，还是放手，各走各的路为好。

我觉着情很伤人。

发表在 2013 年 6 期《岱岳文艺》杂志（山东泰安）

爱妻不按时回家

结婚之后,我最爱唱的一首歌是《爱上一个不回家的人》。这首歌我唱得很好,许多朋友都说我唱这首歌的水平与歌星没什么区别。我相信这绝对不是朋友的夸张,抬举,事实的确如此。我之所以能把这首歌唱成歌星的水准,这还要感谢我的妻子,因为我的妻子经常不按时回家,把我一个人丢在家里。屋子很大,一个人待在屋里显得空旷,孤独、寂寞总是围绕着我。很无聊,时间过得慢,我就打开音响,在音乐的节律中寻找感觉。

我之所以能和妻子成为伴侣,这还要感谢朋友李为,如果没有他的穿针引线,我和妻子今生恐怕就擦肩而过了。

李为是我们公司技术室的设计员。我在总经办做负责人。我的办公室与他的办公室只有一墙之隔。他是本地人,父母都是小城的机关干部,家境不错。而我是大学毕业从外地分到小城来的,有着异乡人的感觉。特别是周末休息时我无处可去,显得寂寞。单位餐厅里的伙食也单调,有时不合口味。李为就常把我叫到他家吃饭。他父母过生日时,我也会买些礼品送过去。加上都是年轻人,我们就自然而然地成为无话不谈的好朋友了。那天下班前李为从我身边经过,突然转过身匆忙地对我说:给你介绍个对象怎么样?

我和李为开玩笑开惯了,没有当真,顺口回应说:好啊!

那天电影院上演《红高粱》。也不知是因为《红高粱》获了国际大奖,还是小说本身就有轰动效应,反正电影还没上演,就引起众人的关注。我所在的小城里只有一家电影院,大家在许多天前就期待着《红高粱》在小城上映。电影院楼上的大喇叭正播放上映的消息,集体买票的单位很多。我们公司工会也为全体员工包了场。

吃过晚饭,我同往次一样在电影院门口等李为。李为最近每次都带他的女朋友。李为的女朋友是刚认识的机关打字室的文员。自从李为交了女朋友,我就很少跟他一起看电影了,因为跟他看电影有一种第三者的感觉。今天李为特别叮嘱,让我等他,说这话时还非常认真。我到电影院不一会儿李为和女朋友阿红就来了,还有小丽。

我认识小丽，她在群众艺术馆工作。我同阿红打了个招呼，又礼貌地朝小丽点了一下头。小丽侧着脸向我笑了一下，面带羞怯。

李为走向一个卖瓜子的小摊前买了两包瓜子，给我们每人分了一半。

阿红对我说，小丽就交给你了，我们进去了。我还没明白怎么回事，李为和阿红已经随着入场的人流进去了。事情如此简单扼要，一点思索的余地都没给我留。我和小丽就站在那里，看着许多人从我们身边走过。好一会儿，我才说：咱们进去吧。

小丽轻轻地点一下头。

在此之前我和小丽在李为家见过几次面，认识，但不熟悉。她去李为家是陪阿红。她和阿红是同学，也是好朋友。平时我和小丽交谈起来比较自然，今天却找不到自然的感觉了。我们心里都明白今天在一起意味着什么。毕竟是初涉爱河的人，没有经验，两个人虽然想尽量放松，仍然显得紧张。

电影放映前，吵吵嚷嚷，灯光一关，就静下来，没有杂音。我的目光盯着电影的画面，心早就飞了，没有看进去。我时不时看一眼小丽，过一会儿心里在想是不是该说点什么了？于是就问工作忙不，下班后干什么，经常和哪些朋友在一起，等等。

小丽回答了两三个问题后说，看电影吧！显然她看得很认真，不愿意让我多说话。不说话我也没心情看电影，觉着时间过得挺漫。电影结束了，大厅里的灯亮了，观众开始往外走，小丽问我：你觉着怎么样，好看吗？

我胡乱地回答：还行，但我不太喜欢。

小丽说：行什么呀，差得太远了。

我没有沿着这个话题说下去。我不记得其中的内容。事先在报纸上了解到的高粱地、日本鬼子、酒神之类吸引人的内容都没有记住。

我送小丽回家，在她家门口，她问：我们什么时间再见面？

我随口说了一句：明天吧。

她说：这么急呀！

我忙改口说：那就后天。

小丽笑而不答。

我见她不说话，有点晕，忙又说：那就下个星期吧。

小丽还是没有表态。

我的脸红了，热得很。我说：那你说哪天就哪天吧。

小丽说：就明天晚上吧！

这一夜，我产生了从未有过的激动，心里热得很，毕竟是初恋，新奇、向往一起涌上心头，搅得我翻来覆去睡不着。

黎明来了，新的一天又开始了。我一到办公室，李为便问怎么样？我说什么怎么样？《红高粱》我一点都没看进去。

李为说走神了吧，走神了好，那电影真没劲，看了也是浪费时间。他唱起《红高粱》的主题歌来：妹妹你大胆地往前走，往前走，别回头……

那天公司里很多年轻小伙子都在哼唱这首歌，像是在寻找一种精神上的刺激。我也学会了几句。到了晚上，我和小丽在一起时，也不自主地哼唱起这首歌。小丽说：看不出来，你还行，有点唱歌的天赋。我就不唱了。

她问：咱们的事你没意见吧？

我急忙回答：没有，肯定没有。

她又说：我这个人你也了解一些，我爱写作，写作这东西很占用时间，你要想和我在一起，别想让我围着你转，要有这个心理准备。

我潇洒地说：我总不会是爱上一个不回家的人吧。

她愉快地说：差不多。

我和小丽的恋爱进展得相当迅速，不需要在了解方面下更大的功夫，在经过短时间的热恋之后，便步入了婚姻的围城。

婚姻这东西挺有意思的，本来和生养自己的父母生活在一起，突然和另外一个人组成新的家庭，感觉就完全不同了。一种从没有出现过的责任出现了。

我和小丽结婚时，李为和阿红还在寻找爱的感觉呢。小丽曾经劝过阿红和李为，让他们也早点结婚，跟我们一起去俄罗斯旅行。阿红说她还没有找到结婚的感觉呢，怎么结婚？没同意。我和小丽可谓是后来者居上。

李为好羡慕我的恋爱速度，他问我是用什么良药秘诀，让小丽这么快就答应嫁给我的。

我笑而不答。我想最主要是因为小丽爱我。我家在外地，住公司集体宿舍，吃食堂，不方便，对身体不好。我的胃还经常疼痛，为了我的健康，小丽才决定快速嫁给我的。

相爱的人，在生活环境允许的情况下，最终都是要相守一生的。只要想生活在一起，早与晚是同一个结果。那么晚，还不如早呢。

新婚的甜蜜过去之后，一切又回到现实生活中。小丽和我的工作都不忙，都属于到点上班，到点下班的办公室工作。应该说小丽比我还要自由些，她的工作有时不到下班时，也可以离开。我每天都准时回家，小丽却不准时，她主要是忙她的创作。她从小就想当作家，一直也没有放弃过努力。她总在下班时给我打电话说，晚回家一个或两个小时。我说就不能早点吗。我回家把饭菜做好了，她还没回来，只好等她。她回来一开门，就笑着说：老公，辛苦了。

我说：作家，辛苦了。

她不高兴地说：你什么意思呀？我急忙认错，把自己当成受气的样子。我这样一做，她却高兴起来，把手搂在我的脖子上说：看你，像个妻管严，多没男人样，高兴一点吧。我这时必须高兴起来，如果我还不高兴，她会阴起脸，嘬起小嘴说：我也生气了。

妻子终于得到了回报。她在文学界的知名度不断提高。她的作品接二连三地在国家级杂志发表并获奖，使我们居住的小城一片哗然。那次市长见到她鼓励说：这么年轻，出这么多成绩，好好努力，没准在多年之后，还会获得诺贝尔文学奖呢。

人生路上，前程没法预测。但我们可以不停地努力去争取。只有我们努力去拼搏了，才会有更大的收获，才能让众人敬重。

大家都说我娶了一个有才华的妻子。其实，只有我最明白妻子的付出。晚上她看电视时手里也拿着书，电视不好看就看书，一点时间都不放过。她写作时怕人打扰，怕思路断了，就在办公室里写。她除了星期天之外，从未准时回过家。我让她在晚上十点之前回来，她嘴上答应好好的，可每次回来都十一点多了。

市文联准备调妻子去搞专业创作，当专职作家，却被她婉言拒绝了。我主张她去搞专业创作，那样她就可以用白天的时间写作了，再不用开夜车了。她说全世界只有中国还养着专业作家，现在连科研院所都可以个人买断了，国家都不养了，别说作家了，说不定哪天就把文联砍掉了呢。

我说中国现在讲专业作家和业余作家，业余作家的作品不是那么好发表……

妻子一笑，用手指指着我的鼻尖说：才不是呢，你是想让我准时回家吧？告诉你，这辈子你娶了个不按时回家的老婆，自认倒霉吧。

我一把抱起妻子说：好像我真是从高粱地里把你娶回来似的，野性不改。

发表在 2014 年 2 期《北国风》杂志（黑龙江佳木斯）

秋天好凉爽

1

都是你，都是你……

这句话，一粗一细，忽高忽低，总是围着老陈头转磨磨。这一夜，老陈头又被这声音唤醒了。他用手猛地把盖在身上的被子掀开，打一个滚，从炕上爬起来。爬起来，便坐在炕上发呆。

屋里黑，也很静。老陈头知道自己又做了一个梦。一梦醒来，他就再也睡不着了。

他摸起放在炕头的烟袋，抽起烟来。老陈头抽烟抽得极凶，在不大功夫内，一大堆烟叶就变为烟灰和雾霾了。烟雾便占领了屋里的空间，老陈头咳嗽起来。老陈头最近有个不祥的预兆，他感觉在这个秋季里，在他的生活中将有什么东西会丢掉或消失。可这只是感觉，只是在梦时出现的事情，于是他总是被噩梦惊醒。

老陈头醒来，眼前便浮着白天在地里干活的情景。

老陈头包了生产队里的两垧地，他把这两垧地全都种上了大豆，大豆长得好，预计每垧能收两吨五，这样便超过了历年来队里的最高产量。老陈头大豆的丰产，队里人都知道，并报到农场去了，前几天农场还专门派人来研究老陈头种地的经验。现在快要收割了，他心里很高兴，每天都拿着镰刀，早早地下地，先割掉长在地里的甜星星。

老陈头大豆种得好，甜星星长得也出奇的多。他割了四五天，竟看不出减少。

这种体力活，对近退休年龄的老陈头说，也是力所不支的。有人看见老陈头汗流浃背的样子，便问："老陈，你让大明和小明来帮你干呀。"

"不用，不用。"老陈头听到别人提起自己的两个儿子，就像听到了不幸已经发生似的那样失措。

老陈头最不愿让人提起大明和小明。一说到这两个儿子，就感觉人们在议论他的家庭，更觉着话语中嘲讽的意思极浓的。他这样想，就上火，老陈头在地里干活，心情还舒坦。可在干完活，回到家，就觉着心里空荡荡的，很闷，很寂寞，很孤独。

秋天很凉。他回到家，坐在炕沿休息一会儿，便洗手做饭。饭熟了，他一个人吃着。一个人，实在没有食欲，放下碗，把筷子往桌上一仍，站起身，推开房门扶着门框，望着远处的田野。他望着望着，心里就难受起来。老陈头心里有一片荒凉，那是一片总也盼不到的丰收季节的土地。

陈大明和陈小明前后只相隔半个小时，依次进入了老陈头的视线里。走进家门。但又按这个顺序，一前一后地离去。最后，仍是老陈头一个人。他仍站在门口，看着远方，但刚才那一幕，却如刀刻一样存留在他的心里。大明骑自行车到房前的木樟院外，把车子停稳，从车把上拎下一个方便兜，走进小院。他见老陈头说："爸，看啥呢？"

"没看啥。"

"你是在眺小明的鱼塘吧。"陈大明轻蔑地一笑。老陈头听着大明的话，气就不打一处来，火从心里往头上撞。他一想快到中秋节了，就极力控制住自己的情感，让心绪平稳一些。陈大明把手中的方便兜往老陈头面前的小木凳上一搁说，"爸，这是给你的。"

"我不要，你挣钱也不容易。"老陈头看了一眼兜里的罐头和月饼。

"这话还留着对小明说吧，我还忙着，走了，等十五晚上我回来陪你过。"

陈大明走出院子，骑车远去了。陈大明每出现在老陈头眼前一次，老陈头就会多一次不安，他怕有一天大明会同过去一样，离开他。

老陈头正想着，陈小明回来了。

陈小明仍穿着那件薄薄的小布褂，手里拎着一条鱼，他一直走到门口，老陈头退后两三步，让开门，陈小明走进屋。

老陈头翕动着嘴唇问，"吃饭了吗？"

"吃过了。"陈小明把鱼扔到盆里。

"快起鱼了吧？"

"明天。"

"要是忙不过来，我去吧。"

"不用，队里的人去给捞。"

屋里有些冰冷，父子间言语不多。

陈小明打开衣柜，翻腾了半天，才找到一件冬季穿的旧棉袄。他把棉袄披在肩上，朝院外走去。走到院门口，他停住步子，回头说，"爸，十五我回来过。"

"嗯，好！"

陈小明转身走了。

"小明，注意点身体，秋天凉。"老陈头叮嘱道。

天黑透了，老陈头的眼前只是茫茫夜幕。

陈小明回来，给老陈头带来了安慰。可老陈头知道小明一直在怨他，但小明不说。老陈头多么希望小明能大发雷霆，痛痛快快地发泄一顿，那样他会好受些。可小明总是沉默，沉默得让老陈头透不过气来。

一阵风吹过，撕碎了夜幕的屏障。老陈头打了一下哆嗦，关上门，回到里屋。

老陈头铺上被子，躺在炕上想着什么。老陈头的老伴离开人世那年，大明只有七岁，小明刚四岁。从此老陈头便拉扯着两个未懂事的孩子过。

盼星星，盼月亮，总算到大明上班了。可大明又因同一群流氓混在一起被牵扯进一个抢劫案中，被判了四年徒刑。

今年三月大明出狱了。在老陈头从来没有笑意的脸上，竟也笑开了花。他想，家里三个人，都是主要劳力，一年包上几垧地，用不了几年光景，日子就会好起来的。日子好了，给大明小明娶上媳妇，成了家，自己就算尽到心了。可老陈头万万没想到，自己的孩子同别人家的孩子不一样，这使老陈头很为难。陈大明从狱中回来，便惦记着家中仅有的八千元钱。

陈小明也要这笔钱。

于是就留下了这个噩梦。老陈头在梦中喊道，"都是你！都是你！"老陈头在梦里看见大明小明都用手指指着他的脑门。他拉亮屋里的电灯，才知道屋里只他一人。

2

小窝棚的门，被风猛地吹开。风灌满了小屋，柴油灯被风吹灭了，小屋漆黑。陈小明放下手中的书，从墙上摘下手电筒，下床关门。

屋里又恢复到了原来的安静。

陈小明划着火柴，重新点亮放在木箱上的柴油灯。他把灯捻调到最亮的位置上，又回到床上，拿起笔算着收入。

门外传来大黑的狂叫。大黑的声音打断了陈小明的思维。陈小明像想起什么似的，拎起手电筒，出了屋。

大黑已从窝里出来，来回在鱼塘前移动着，朝着对岸叫着。拴在大黑脖子上的铁链被大黑拽得哗哗响。

陈小明定了定神，弯腰，解开大黑脖子上的铁链，拎着大黑上了船。八月十三的月亮已很明亮了。在河水和野草的衬托下，整个鱼塘都显得绿幽幽的神秘。

船在河面上飞快地朝对岸驶去。大黑蹲坐在船头，全神贯注地注视着那片又密又高的蒿草丛，陈小明知道那里一定有偷鱼者。

小船将要靠岸，大黑纵身一跳，从船头跳到蒿草里，接着便是践踏野草的响动。大黑再次出现时，便是在那条小路上撕咬。

陈小明上岸，就朝小路追去。可在他与大黑还有二十米左右时。随着两道车灯的消失，他知道偷鱼者已逃之夭夭了。他止住步，等大黑的到来。

大黑围着陈小明转了两圈，然后趴在主人的脚下。陈小明用手电筒一照，见在大黑身边，有一条在地上跳动着的鱼。他弯腰，拾起鱼，就在拾鱼的瞬间，他发现了大黑头顶上的斑斑血迹。他转身，拎着大黑上了船，船像离弦的箭飞速划向窝棚。

灯里的柴油燃尽了，火苗正在渐渐熄灭。陈小明拿起地上的柴油桶，往灯里倒油。加满油的灯，得到了救援，又同从前一样明亮起来。

陈小明撕开天黑前从家拿来的旧棉袄上的布，取出柔软的棉花，又把棉花揉成团，把酒倒在棉花团上，为大黑擦拭着头上的血。这时，泪珠如黄豆般大的一颗颗从他的眼眶中落下，落在大黑又长又浓又黑的毛上。

大黑抬起头，看着自己的主人，眼睛也湿润了，大黑是十分理解主人的心情的。大黑也在难受，大黑真的哭了。

这个夜晚，陈小明第一次把大黑留在窝棚里。

陈小明躺在床上，大黑卧在脚下，这一对伙伴的夜晚很不宁静。第二天，捕鱼队很早就来到了鱼塘边。捕鱼队见到的第一个人不是陈小明，而是老陈头。

老陈头在天还没亮的时候便出小屋走向鱼塘。他觉着对小明的过失，在这一年里，他一道未给过小明帮助，于是他就想在这收尾的时刻做个补偿。这也许是最后一次吧。

老陈头来到鱼塘时，天上还有顽皮的星星在闪烁。他见小明还没起来，就坐在一块高坡上，静静地看着鱼塘。水面上偶尔有几条鱼跳出，老陈头看着鱼塘，心里有一种说不出的滋味。

捕鱼队都是本队人，他们见老陈头呆坐在河边，"老陈，你起得好早呀。"

"嗯。"老陈头强打起精神。

"小明养的鱼又大又肥，就是数量不够呀！太可惜……"捕鱼队长老李摇着头说。

老陈头低头不语。

陈小明听到外面有人说话，忙穿衣走出窝棚。东方一轮红日正冉冉升起。"小明，起来啦。"老李说。

"昨晚没睡好，没能早起。"陈小明伸个懒腰。

"我们这就开始捞鱼了。"

"好，你们先从西往东捞，然后再从东往西捞。捞一个来回就行了。"

陈小明在做着安排。

捕鱼进行得很顺利。天近傍晚，鱼全部捞完，并装上买鱼的卡车上。买鱼的付给小明钱时说："小明你的鱼真好，八月十五，我们能给职工们分到这样的鱼，职工们一定很很高兴。"

陈小明接过钱又数了一遍。

"小明，你今年发财了吧！"

陈小明仍没有说话，只是苦苦一笑。卡车开走了。陈小明付了捕鱼队的钱，捕鱼队也离开了鱼塘。鱼塘边只有老陈头和陈小明父子俩。

陈小明抬头看了看下垂的夕阳说，"爸，你把这几条鱼拎回家吧，留着明天中秋节吃。"

"你不回家？"

"等明天我把船和日用品拉回去。就陪你过节。"

"小明。这鱼我不拎，还是留着卖了吧。"老陈头看着地上的鱼。

"拿回去吧，钱多钱少也是不在乎这几条呀。"

老陈头拎着鱼离开了鱼塘，朝村里走去。

霞光极好，把荒草甸映得殷红。

晚上小明算完账，才知道实际收入要比他预计的更糟。他坐在鱼塘边，看着水中的月亮，想着一年来的事。大黑蹲坐在主人的身边，也无声息。啊！好一个中秋前的圆月哟。

3

村口有一个贩鱼的，在鱼贩子周围有一群村里人，他们正在为鱼的价格讨还。老陈头从远处走近了。鱼贩子见老陈头手里拎着的那几条鱼挺喜人，追上前说，"你的鱼卖吗？"

老陈头看了一眼鱼贩子，摇摇头继续走自己的路。鱼贩子看老陈头没理会他，眉头一皱，又说，"老爷子，给你四元五的价，这可比原来两元五多一倍呀。"

老陈头停住步子，转身，回过头没动地方，面对着相隔几米远的人群。人群朝老陈头这边移来。人群中有人说，"老陈，四元五一斤，就把鱼卖了吧。你家小明养了一年的鱼，还没吃够吗？"

"你真给四元五？"老陈头看了看手里的鱼，问鱼贩子。

"当然。"鱼贩子忙回答。

"称一下。"老陈头把鱼放在称盘里。

"十斤三两整。"

"好，算十斤吧，给四十五块就行。"老陈头说。

鱼贩子付了老陈头的钱，骑上三轮摩托车远去了。人群散开了。

老陈头回到家，用手攥着几张大团结发起呆来，他想着一年来的酸甜苦辣。那天，老陈头还没起来就听到大明和小明在院子里争吵。听到这声音，老陈头爬来了。他穿衣走出屋说："你们看我死得慢咋的？都给我滚！"

"这不是你惯的。"大明指小明。

"你也是我惯的！"

"这八千元，我给你们俩一人四千，谁想干啥就干啥吧。"老陈头从怀中拿出两张存折。

"爸，这不行呀，四千元都不够修鱼塘的呢，更谈不上买鱼苗了。"陈小明急了。

无论大明和小明怎样说，都不管了。

老陈头攒下这笔钱可真不易。前些年，他一人上班，要支配全家的开销。大锅饭那阵子，村里的奖金也少，一年到头剩不了一百二百的。直到改革后，村里实行了责任制，他才积攒起一点。可他不像机械户，承包的土地那么多，人家弄好了一年就能剩下万八千的，可他干了好几年才剩下这点钱。老陈头想自己要是有个几万，也就不会使大明和小明天天吵嘴了，他更恨自己无能。忙了一天的老陈头，实在累了。他懒得做饭，便从柜子里拿出两块月饼，倒了一杯开水，斜身躺在炕上，填着饿了的肚子。

老陈头的眼皮很重，一上一下，过了有那么几分钟，就再也睁不开眼了。他睡着了。

在睡意里，在他的眼前忽然出现了两名穿制服的公安人员。大明被公安人员戴上手铐，押上了警车，警车开走了。老陈头从炕上爬起来，抬头，见月光从窗外斜射进来。啊！老陈头想起来了，刚才这个梦幻，不就是自己多少天来那个不祥的预感吗？

老陈头走出家，踏着八月十四的月光，朝陈大明办的代销店而去。老陈头走过敞开的门，见大明在屋里正给买东西的人拿货物，很忙碌。大明在眼前，他才把悬着的心放下，转身回家。

大明的命很苦，从小就没了娘，后来又进了监狱，每想到这老陈头就难受极了。特别是大明开代销店时，他竟没帮一把，但大明还是有能力的，只用四千元钱便盖起了房子，办起了代销店。提起代销店，老陈头就上火，他知道如果只靠四千元办货，盖房子是不可能的，但大明又没去争取银行贷款，也没朝村里人借，这钱哪来的呢？这就是个谜。

老陈头感觉到了一些什么。

4

陈大明送走最后一个顾客，关上店门，清点起当天的收入。他把钱锁好，拿上两瓶酒、一条烟，装在提包里，准备回家。

他的手刚接触到灯的开关，墙上的钟打响了。他一看，已十一点了。他想，天晚了，明天再回去吧，他把提包放在一边，打开一盒午餐肉，又打开一瓶酒，自己吃起来。

夜越来越深，酒越喝越多。

忽然，陈大明嘤嘤地哭了起来，喝酒哭泣是他的一个习惯，在哭泣时，就能想起许多往事。

"没办法，没办法。"陈大明嘴中自语道。

他在为自己同小明闹翻的事而伤感。

陈大明从监狱回到村里，小村已同几年前大不相同。大明离开小村时，村里没有一台电视，没有一台摩托车，现在，除了他家没有，村里的家家都普及了。于是，他就很感慨。

经过选择，他看中村里的那块空地，他要在空地上盖一间房子，开代销店。开代销店一年能挣个几千元，就因这他和小明闹开啦。

他悔自己那次出手打了小明，他想小明无论咋不对，自己也不应动手，他毕竟是弟弟呀。自己在牢狱中不都是他给写信邮衣服寄钱吗？自己怎么这样鲁莽呢。陈大明很希望小明能像小时那样听话。

小时候，如果爸爸不在家，他说什么，小明都听，无论错还是对，从没反对过。现在却不行，他说一句，小明好几句对付他，他想也许是长大了的缘故吧。

他一直都想对小明解释，小明不理他。有好几次他刚想开口，小明却走开了。小明不理他，他就埋怨老陈头，他怨当初没把八千元全部给自己，埋怨没说服小明，但他相信在中秋节小明一定会回家，到时在把事说开，过个团圆节就行了。

"我。"

"你是谁？"

"老阎。"

"你等会儿。"陈大明听出是村党支部书记的声音，开门，开门。

门开了，阎书记和两个公安人员站在门口。

"这么晚有事吗？"

"他们找你。"阎书记说。

陈大明傻眼了。

"陈大明，你被捕了。"其中一名公安人员举起手中的逮捕证。另一个已把手铐戴在陈大明手上。

"你们弄错了吧？"

"陈大明，你还记得今年五月场部被盗的那家爱华商店吗？"

陈大明转过头对阎书记说，"你明天告诉我爸一下，我走了。"

"嗯。"阎书记点下头。

陈大明被押上车，车开走了。留下一片月光。

5

陈小明回到家时，老陈头正坐在门口的凳子上，看着远处的那片土地，陈小明问，"爸，你坐在那干啥？"

老陈头像什么也没听见一样，无动于衷。

"爸，你怎么啦？"

"嗨，小明，你知道吗，知道吗？"老陈头含糊不清。

"知道什么？"

老陈头仍发呆地看着远方。

"爸，我什么也不知道。"

"大明又被抓走了。"

"抓走了？"陈小明不相信自己的耳朵。

"对。"

"为什么？"

"偷了人家的东西呗。"

"抓走就抓走呗，这有什么好大惊小怪的呀。"陈小明转身回屋。

陈小明相信这是真的，他知道大明早晚都会出事，现在果真是这样，可他不想提有关大明的任何事，他恨大明。

陈小明一直都希望自己能成为养鱼专家，所以在上职业中学时，便学了该专业。他在工作后，终于拿着四千元的钱开始了奋斗。他雇来挖掘机，修鱼塘周围的堤，可这钱很快就用完了。在买鱼苗时，他到银行贷款没贷出来，便东奔西跑，好不容易才从亲朋手里借了两千元买回鱼苗。但买回的鱼苗数量要比原计划少一倍，这样就造成了因鱼数量不够而亏损，他后悔自己的好心，如果大明一直在监狱中，就不会同他争那八千元钱了。不然他一定会成功。老陈头进屋说，"小明，今天是中秋节，你拿上二斤月饼，到场部的拘留所里看看大明，好不好？"

"不去。"

"不去？"

"对。"陈小明很生气。

"怎么个不？"

"原先他在狱中我一趟趟地看，一封封地写信，最终我又得到了什么呢？"

"亲兄弟还要情义吗？"老陈头也火了。

"那也不能总尽义务。"

老陈头自语道，"这是啥年月，亲兄弟都相互计较。"

陈小明做自己的事去了。

老陈头从柜子中拿出二斤月饼，又挑了几件陈大明深秋穿的衣服，朝门外走去。

陈小明问，"爸，你干啥去？"

"看大明。"

"啥时候回来？"

"见着就回来。"

"我等你吃晚饭。"

陈小明做饭时，怎么也找不到鱼，于是，他杀了只鸡。当他刚把饭做好，老陈头已回来了。陈小明问，"见着了吗？"

"没有。"

"没有？"

"审前不准外人见面。"老陈头很失望。

陈小明把饭端在桌上时，中秋的月亮已爬上了树梢。月儿又圆又亮。夜色很朦胧。老陈头没动筷，他看着月亮，嘴里一遍遍唠叨道："都是我，都是我！"

"爸，你怎么了？"

"小明你恨我吗？"老陈头死死地看着小明。

"恨什么？"陈小明更不知其意了。

老陈头猛地站起身，迈开步，推开房门，朝夜色中走去。在夜空里只听到他那粗狂沉重的脚步声。

老陈头种的两垧大豆地收进了场院。老陈头的大豆产量比他原来预计的两吨五又高出五千斤。他的大豆产量是村里最高的，每垧地三吨。只是因甜星星没割完，使大豆的等级降低了。

村里有热心人，问陈小明"你爸的豆子卖了吗？"陈小明不回答。

"他真的是，如果把八千元都给你，你养鱼不就成功了。""我是他儿子，大明同样也是呀。"陈小明抬头看着天空中浮动的流云。这年，小村又丰收了。

场院上的人们同往日一样，有说有笑的，有干着活的，突然有人用手一指小村通往场部的那条路说，"你们看。"

人们顺声望去，见老陈头颠颠地朝这跑来。人们的笑声不知为什么止住了，人们看着老陈头想说什么，可又什么也没有说出来。

啊，好一个凉爽的秋天哟。

发表在 1992 年第 3—4 期合刊《北大荒文学》杂志（黑龙江哈尔滨）

发表在 2017 年第 4 期《红杜鹃》杂志（四川广安华蓥市文化馆）

发表在 2018 年第 2 期《牡丹》杂志（山东菏泽市文联）

两情相悦

　　张老三注定要与美娘发生一段不同寻常的感情。这种感情的萌生是在张老三预料中的事情，可美娘确实是没有想到的。

　　美娘与张老三是两种性格完全不同的人。她没想到在这么个年龄的时候，还会遇到像张老三这么个老男人。她更没有想到在与张老三邂逅之后，自己的情感会发生微妙变化。这种内心深处的情感变化似乎让她重新回到少女时代。

　　女人在少女时代总会萌生梦想，也有着无限美好的幻想，总会想象着心中那个还没有出现的白马王子。总希望有一天，那个骑白马的英俊男人会飞驰而来，把自己带走，奔赴海角天涯。

　　美娘在少女时代做过春梦，也有过期待白马王子出现的心事。但她心中的那个白马王子一直没有出现，她的幻想成为一场空洞的梦。现实生活赐给她了一个实用型的男人做伴侣。她在嫁给这个男人后，生活变得真实起来，不再有美梦与幻想了。她遗憾，总有些不甘心。她的心就如同小草似的在秋天到来时枯萎，在冬季时休眠，只要见到春风，就会萌生新的生命力。

　　张老三就是美娘情感世界中的春风，就是那一缕让美娘重新焕发激情的暖阳。他让美娘找到了一种美妙的情怀。

　　美娘在第一次遇见张老三时，眼睛一亮，怦然心动，总觉着张老三就是她寻找的白马王子。霎时，她产生了少女般的情怀与梦想。她看着张老三想着心事，如同在梦中，思绪有些缥缈了。

　　张老三看美娘的眼神也与众不同，非常特别。他的眼神总能勾起美娘的心事，让美娘浮想联翩，情由心生。

　　美娘知道她与张老三的这种情感，并不能长相厮守，而是花开花落，如同一场没有结局的初恋，来也匆匆，去也匆匆，无果而终。可她还是渴望与张老三交往。

　　张老三与美娘交往，并没想要有个什么结局，或归宿，只是想排解工作之余的无聊和心灵的寂寞，得到一点情感安慰。因为他知道自己生理方面已经不行了，没有能让女人得到满足与快感的力量了。他既想接近美娘，又怕接近美娘。

男人面对自己喜欢的女人，总会产生许多生理上的想法与欲望。当这种欲望得不到满足，而受到压制时，就是痛苦的折磨。

张老三有自己的女人，有自己的儿女，只是妻子儿女离他工作的地方较远。美娘也有自己的男人。美娘不在自己男人身边，张老三也远离自己女人生活。他们两个人都是感情的渴望者。美娘不缺少肉体方面的两性生活，她看张老三，只是想得到一种心灵的安慰。

张老三与美娘有这种想法，可能同相识的特殊地点有关系。

美娘与张老三是在高尔夫旅游度假村相逢的。

张老三是日照人。日照也是山东省的沿海城市。可日照的经济与城市规模都没法同青岛相比。更何况张老三的家是地处远离日照市的一个小村子里呢。

张老三是赵总司机介绍来公司工作的。关于他是通过什么关系认识了赵总的司机，那就不清楚了。

赵总的司机别看只是个司机，在公司里没有什么显眼的职位，可他比较有权威，能力通达，许多部门经理，还有公司副总经理都让他三分呢。当然这也是给赵总面子。他每天都跟赵总在一起，说话方便，万一说点坏话，打个小报告什么的，也挺麻烦的。为了自身利益，谁都不想多事，不想得罪赵总的司机。

赵总的司机在公司里有权威，张老三也就自认有了后台，腰杆也硬得很。可张老三没有美娘的后台硬。

美娘已经年过五十了。她个子不高，身材不胖不瘦，脸色白嫩没有一丝皱纹，挺耐看的。她年轻时的风韵依然能体现出来。她来青岛之前在菏泽老家的商场工作。菏泽虽然也是山东的地级城市，可因是内地，与沿海的经济不能相提并论。有许多菏泽人都来青岛打工，寻求发展与创业机会。美娘就是菏泽来青岛千万打工者中的一员。

美娘在来青岛之前已经办理了退休手续，每月能领到数量不多的退休金。不过她的老伴还在工作，是政府工作人员，工资还可以。她就一个儿子，并且儿子已经大学毕业了，在上海东方卫视工作。美娘家中的经济条件不错，不出来打工也会生活得很好。美娘退休后背井离乡，到青岛打工，让人不能理解。

美娘就是美娘，人与众不同，想法也与普通人不一样。她虽然年龄大了，在家守了一辈子，在人生接近黄昏时，就想得到新的体验。

美娘在来青岛之前学过面点的制作。她心灵手巧，面点制作技术好，一来到高尔夫旅游度假村便成为会所的面点师了。当时会所里已经有两个从广东来的面点师了。那两个面点师是行政总厨带来的知己。美娘是在高尔夫旅游度假村不缺面点师的情况下进公司的。有人说她是公司集团总经理介绍来的，关系硬着呢。不然她也不可能进公司工作。这种言语或多或少给美娘披上了一层金色外衣。

美娘也从不避讳别人说她有关系，有人问她是怎么来公司的，她就微笑着说：赵总介绍来的，怎么了？

公司里人面对美娘的直爽与坦荡也就不多问了。

美娘比张老三晚来高尔夫旅游度假村几个月。

张老三在来高尔夫旅游度假村工作时，根本就没有想过会在这里能遇到一个像美娘这样的女人。他来这里只是为了挣钱，贴补家用。

高尔夫旅游度假村地处青岛市郊区的一个山坡里。这里有人工湖，有绿色的草地，还有各种树木与花草。高尔夫旅游度假村虽然远离市区，远离大海，可这也是人间的世外桃源，有着别样的风景。

来这里消费的都是些有钱人，这里也是有钱人的乐园。可在高尔夫旅游度假村工作的人就不一定是有钱人了。在高尔夫旅游度假村的工作人员中，除了经理级别的管理人员是高薪外，其余的工作人员都是普通人。

美娘在没来高尔夫旅游度假村时，只是听说过这种行业。可张老三在来之前连听说也没有听说过。张老三心想老板真就不简单，能想起在青岛郊区建高尔夫旅游度假村。

高尔夫旅游度假村的老板栾愣子还真就是个不简单的人。他是一个年龄不到四十岁的青岛本地人。虽然在他这个年龄事业发达起来的人为数不少，但资产达到他这么多的人并不多。他从开汽车修理店起家，在短短几年中，就已经发展成为拥有数家分公司，资产多达好几个亿的集团公司了。他能发展得这么好、这么快，主要与魄力有关。他是个说干就干，从不瞻前顾后的人。当初他选择办高尔夫旅游度假村，想来就与众不同。他认为在青岛这座海滨城市，创建一个与大海无关，与城市反差大的度假村是应该不错的。他便找来风水先生，乘着直升机，在空中寻找。风水先生便选择在这里了。他认为这里也正如他梦中幻想的一样。

高尔夫旅游度假村是服务行业。主要是依托青岛大环境，开发青岛本地有钱人到郊区游玩的兴趣。外地人来青岛是看海，也因海而来。而青岛本地人对海太熟悉了，总想寻找与海无关度假的地方。当然高尔夫旅游度假村主要是面对有钱人的服务了。

高尔夫旅游度假村负责员工的吃住。公司里设有两个餐厅，一个是高职餐厅，一个是职工餐厅。高职餐厅设在办公楼里。职工餐厅设在职工的生活区里，两者之间相距有二里多路。说来也巧，张老三在职工餐厅当厨师，而美娘是在高职餐厅任面点师。虽然两个人都是在厨房工作，可因工作地点不同，在工作时间是遇不上的，没有交流机会。他们只能在下班后见面。

职工餐厅与高职餐厅都是早、晚两班制。张老三和美娘有时都上早班，有时都上晚班，下班后就有时间交流了。可他们有时一个上晚班，一个上早班，这样就没机会交流了。不过张老三和美娘会尽量创造交流机会。

他们好像都怕寂寞，都怕孤独似的。

美娘虽然是在高级餐厅当面点师，工资很高，可职务还是普通员工，还是要来员工餐厅吃饭的。

张老三爱开玩笑，主动搭话。美娘每次来打饭的时候，张老三就用色眯眯的眼神看着美娘。他的眼神中放谢着不同寻常的意思。

美娘性格开朗，也能找到同张老三交谈的话题。

美娘来不久，那两位广东籍的面点师因与厨师长谈不来，工作中无法沟通，辞职回南方去了。美娘接过面点房中的全部工作。她每天一个人要做出多达几十种的食品，如果没有点真功夫，别说做了，就算是想都想不出来。美娘还真行，不但保持了原有的品种，还有创新。美娘经常加班到深夜。晚上一个人在工作间里有些怕，就让张老三作陪。

张老三当然愿意在夜晚来陪美娘了。他可以消磨多余的时间，还可以聊天。他们两人的感情也在美娘的加班中渐渐加深了。

张老三虽然也是厨师，但技术不高，员工餐厅做的都是普通家常菜。他陪美娘加班，也只能当个下手，做些辅助事情。

美娘不知是为了感谢张老三呢，还是同情张老三，只要美娘一有空余时间，就会把张老三换下来的脏洗衣服拿去洗。

张老三本来就是一个不爱干净，又懒散的人。在认识美娘之前，他总是让女同事帮着洗衣服，然后买个雪糕、矿泉水什么的来做回报。他的雪糕、矿泉水也不会白买，他连内裤都让吃雪糕的女同事帮着洗。

员工餐厅的女工作人员都是些上了年龄，文化不高，附近村子里的妇女，她们泼辣，不拘小节。有一次一个女员工拎着张老三发黄的内裤，对着众人说：张老三，你看这内裤上喷的是些什么？是想老婆弄的吧？

张老三说：你男人没给你喷点吗？

女员工说：张老三，你的雪糕可没白买，你这东西都让我们洗。

张老三说：能为我洗这种东西是你们的福气。你们除了能见到你男人的这东西，还没见到别的男人的吧。

女员工说：哪个男人没有。

张老三说：那你见过几个。

女员工说：不想见，想见找个男人就能挤出来。

张老三说：那是胡说。你以为这是挤牛奶呢？咱们员工餐厅，就我这一个男人，你们能见到就是福气了。

女员工说：小黄不是男人吗？

张老三说：小黄是小男人，他能让你们这些老女人看这东西吗？你们这些老女人，还有着老牛吃嫩草的心思呢。

小黄是厨师，三十多岁，胖胖的，个子不高，处事稳重。整个员工餐厅就他和张老三两个厨师。其余工作人员都是四十五岁以上的女人。小黄羞涩地说：张老三，真是个不正经的人。

张老三说：你正经你还娶老婆？还能生出孩子来？

小黄本老实，脸皮薄，张老三这么一说，他就无话可答了，满脸通红。

女员工解围地说：有几个张老三，不就一个吗？

张老三奸笑着。

美娘出现后，女员工再找张老三要雪糕吃，要矿泉水喝，张老三就推三推四的不给买了。因为张老三的脏衣服都让美娘给洗了。

员工餐厅里的人看美娘为张老三洗衣服，就羡慕、妒忌。她们说张老三和美娘两人有男女关系的事情。当然是在开玩笑时说的，说得巧妙，当真行，当假也没错。

美娘听到那些风言风语的话也从不生气，只是一笑说：别胡说好不好。

张老三更是不往心里去了。他觉着这是好事情，这是男人的本事，有本事你也找个美娘聊天，洗衣服。

人活到张老三与美娘这么个年龄时，就把男女情缘之事看得淡了。

张老三和美娘家都在外地，两个人都住在公司的集体宿舍里。高尔夫旅游度假村周围只有几个小村庄，离市区又比较远，如果没有班车，到公司外去一趟，还真挺麻烦的。平时在公司里生活比较寂寞。他们只是在寻找打发寂寞时光的一种方式。

美娘的儿子要结婚了。儿子让美娘去上海生活。美娘不加考虑地递交了辞职申请。高尔夫旅游度假村会所的行政总经理这时才发现美娘的重要性了，因为一时找不到适合的面点师，要给美娘涨工资，挽留美娘。美娘看着总经理解释说：不是工资的事。

总经理说：你出来打工不就是为了挣钱吗？

美娘说：你只说对了一半。

总经理看着美娘，不明白美娘说的意思。

美娘说：挣钱当然好，可也不能总为钱活着。我不出来打工生活的也不错。但是退休了，待在家里就没了生活情趣……

总经理这时才刮目相看美娘了。他没想到一个退休的妇女，一个普普通通的面点师会有这种想法。

美娘说：经理，不用急，等招聘到适合的面点师我再离职。我不会因为个人的事损失公司的利益。

总经理有点感动了。他在美娘走时，又特批多发了美娘一个月的工资。

美娘成为在高尔夫旅游度假村辞职时唯一多拿工资的人。

人们都说美娘不简单。

美娘临去上海时，把许多生活日用物品留给了张老三。

张老三这时才意识到与美娘的相遇只是人生中的一道风景，来去一瞬间。无论他对美娘，还是美娘对他来说，都只是寂寞时的一朵玫瑰花。他们彼此打发着闲暇时光。他在送别美娘时遇到了美娘的男人。

美娘的男人已经办理了退休手续。他是从菏泽老家来接美娘，然后同美娘一起去上海儿子那里的。

美娘把张老三介绍给她的男人。又把她男人介绍给张老三。

美娘的男人憨厚、本分。他说：我听玉花说起过你。

玉花是美娘的小名。

张老三虽然与美娘相处这么久，这么熟知，但他还不知道美娘的小名。他知道了美娘这个小名，也就知道了自己与美娘之间还有很遥远的距离。

美娘对张老三感慨地说：一个人在外面闯荡不容易。别总不回家，经常回家去看一看吧。

张老三听到美娘这句话，心里涌起一种酸意，萌生了回家的想法。他在美娘走后不久，就离开青岛高尔夫旅游度假村回日照老家看望亲人去了。

发表在 2014 年 2 期《秀谷春》杂志（江西金溪文联）

发表在 2015 年 2 期《新民文化》杂志（辽宁新民市文化馆）

发表在 2015 年 5 期《永善文学》杂志（云南永善文联）

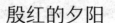

殷红的夕阳

小村里的人们发现蜗牛死了，是在夏季的一个傍晚。说来也是怪事，自从蜗牛死后，小村便有一种不幸。有好奇者追踪其因，说那是因为小村上空有片殷红的夕阳，笼罩了小村，于是人们的感情就这样变了。

这是个四五十户人家的村子。小村的人们常议论谁家死了猪死了猫死了狗之类的话题。如今死了人，并且吊死者是位年轻人，人们又怎能安静了呢。在田间，在地头，在夜晚，人们开口便是这事。小村骚动起来。

蜗牛是那个落日的黄昏，骑着一辆白山牌自行车，飞快地在小村里转圈地玩着。

村里搬进一户外来的人家，这家有一位少年。少年帮父母把屋里收拾利落，天已近黄昏，霞光极好，少年从屋中走出，站在门前路的正中，朝西看，看着天空中那片夕阳。

小村对于少年来说还是陌生的，更是诱人。忽然，有人在少年背后喊了句什么，但没等少年反应过来，一只有力的手已把少年推出，少年没站稳，摔在地上。那声音又说：你没长眼睛，非要站在路中间！

少年感动脸上一阵疼痛，用手一摸，出了血。少年慢慢地从地上爬起来，顺声看去，见一个身高不足一米四，罗锅背的男青年骑着辆自行车站在夕阳下。

这时，有位中年过路人说：蜗牛，你就知道疯撞了人，还不领人去看医生。

这世界谁管谁呀！蜗牛说完一笑，骑车走了。

少年在小村认识第一个人，便是蜗牛啦。

在小村学校里，常见小学生自由自在地骑着自行车，在操场上兜圈。蜗牛也常吹着口哨，口哨的主题曲便是"甜蜜的事业"。

蜗牛口哨吹得非常成功，常把学生们吹走了神。学生不认真听课，老师便反映到校长那里。校长是名五十多岁的四川老头。说话是一口地道的乡音。他骂："蜗牛，你给老子鬼混。"

蜗牛被校长骂没了身影，学校安静下来。

蜗牛希望自己能当官，于是，他便恐吓放学的小学生。学生岁数小，不敢违抗蜗牛的命令，常常走出校门，被蜗牛堵截在回家路上，然后按蜗牛的意图做事。

蜗牛走在前面，后面跟着一群士兵。蜗牛还真有将帅的风度。他带着手下们，在田野里，在柴垛周围玩游戏。可这样的日子没有多久，就结束了。学生们家长找到蜗牛父亲，原因便是蜗牛这一做法把孩子们带坏啦。学生们回到家里不写作业，而练起拳脚。

那阵子，小村里到处可见一群小孩，学着武打影片的阵势"开战"喊杀声夹带着童音，把小村弄得神魂颠倒。

学生们不信家长的话，他们相信蜗牛是个伟人。

有天傍晚，蜗牛在路上又遇见了少年。少年正在闲走。蜗牛让少年去自家玩儿。少年感觉蜗牛很神秘，带着好奇，去蜗牛家了。在蜗牛家，少年见房间里放着很多书籍及无线电零件，还有各种机械模型。少年没想到蜗牛心中有个大世界，不解地问："你学这些干什么？"

蜗牛叹了口气。

少年更不解其意了。

蜗牛又说你不懂，我同你们不一样，不学点真本事，我就完了。

少年知道蜗牛说的是真话。但不知其中道理。

那时，蜗牛十九岁，高中刚毕业。

蜗牛挺神，他常和村里的女孩子在一起，女孩子也愿和蜗牛在一起，她们愿听蜗牛讲的故事。蜗牛很会讲故事。常使听故事的女孩沉浸在感情里云雾里。可女孩子们一发现蜗牛内心深处有另一层意思，便躲开了蜗牛。

癞蛤蟆想吃天鹅肉，便是出女孩子们口中的。

蜗牛每遇到这种不公正对待时，痛苦地骂道：有什么了不起，你看不上我，我还不想娶你呢。我非找个比你强的。

蜗牛和许多女孩子分手了。

转眼蜗牛二十五岁时啦。这个年龄在小村里算是晚婚了，蜗牛的父母一急托人从山东领来一位离婚的少妇给蜗牛做妻子。不过那女人还有生育能力，蜗牛的父母只希望抱孙子。从此蜗牛心中的美梦成了现实。

婚后的蜗牛不但结束了娶少女为妻的梦，人也更勤快了。当年便喂了两头猪。闲时候也很少同人们扯闲话了。人们说蜗牛变了，变得会过日子啦。其实，蜗牛的秘密是被一群小孩发现的。

那个晚上，小孩们沿着房檐下，捕捉麻雀，他们走到蜗牛家房檐下时，从窗棂缝中，看见蜗牛媳妇打蜗牛两耳光，蜗牛跪在他媳妇面前不动。这条新闻从小孩口中说出，大人不信，说小孩造谣。

蜗牛卖猪的下午，发现箱子被撬开了。他找媳妇，怎么也找不到。有人告诉蜗牛说：那女人走了。蜗牛眉头一皱，找农场公安分局。公安人员封锁了农场各个路口，那女人却早已无了踪影。

后来，据消息灵通的人士透露，那女人是个诈骗犯。

蜗牛住着空房子寂寞，寂寞时，他找来村里的年轻人搓麻将、喝酒。蜗牛的父母知道了这事也不管，因为蜗牛上有哥姐，下有弟妹，老人把心放在其他儿女身上了。蜗牛的兄弟说他太无能，连个女人都看不住。蜗牛听了，垂头丧气。

蜗牛聪明，村里的人为了照顾他，让他负责院上机械修理工作。有一天，蜗牛不知怎么和主管场院的胖主任争吵起来，胖主任说你有啥本事，使出来吧，我能摔死你。

蜗牛想起自己的不幸。

他原本有名字，只因背后有了包，人们才叫他蜗牛，时间一久，就忘了他的原名，只记得他的这个雅号。

提到这雅号，他就恨自己的奶奶。小时，奶奶看他，不小心使他从炕上掉到水泥地上，摔坏了骨头。就这样他成了残疾人，成了蜗牛。

天快黑的时候，胖主任告诉蜗牛今晚场院上女工班打夜班，给二百吨小麦吹风，要蜗牛晚上去看看，如果机械出了故障，也好现场解决。蜗牛背着双手，走自己的路，只是嘴里面"嗯"了声。

他走到队部门口，有人喊："蜗牛，有你的信。"

蜗牛不信，头也不回。

你不信，那就撕开了。

哪来的？蜗牛回头问。

拿信者读出了地址。

蜗牛听完，跑上前接过信，撕开信口，看着，他看完信忘掉了人间烦恼。到小卖店买了两盒罐头和一瓶北大荒酒，美美地喝着。

他想起胖主任的话时，已喝高了，他锁上门，摇摇晃晃地走着。他倒下了，直到胖主任来找他时，他还问：你是谁？

胖主任问你咋喝成这样？

就这样。

……

蜗牛到场院上。很快就修好了机械，排除故障的机械又开始运转。静静的夜空被机声震撼着。蜗牛离开人群，嘴里喊着小木匠、小木匠……

半年前村里来个木匠，不知道蜗牛怎么同木匠扯在一起了，并很快地有了共同语言。木匠比蜗牛岁数小，他们兄弟相称。小木匠得知蜗牛三十岁还没有女人，很为蜗牛叹息，说要为蜗牛找一个关内的妹子做妻子。蜗牛怔怔听着后说，能行吗？行，关内日子不好过，为了生活，会有女人愿到北大荒来，北大荒有白馍馍吃。小木匠的话果真起了作用，蜗牛隔三岔五，买来鱼呀肉呀，把小木匠拉到自家撮一顿。

小木匠离开生产队，蜗牛便算着日子，盼邮递员进小村。蜗牛等信的事，被细心人察觉到。有人说蜗牛是在等情书，等得发狂，话语中，嘲笑的意思很浓。蜗牛不理会这些人。

夏季的北大荒正是麦收，非常繁忙，可在收到信的第三天，蜗牛便向村领导请假，领导问他什么原因，他不说。领导不给假，蜗牛生气了。后来领导便批准了。这也是蜗牛最后留给人们的印象。

许多天以后，蜗牛的父亲打开蜗牛房门的锁，进屋里找修理机械工具（蜗牛走后他父亲替他修理机械）。蜗牛的父亲进屋就被熏人的气味逼出来。他站在门口，等了一会儿，又走进屋。他愣了，蜗牛吊死在屋中，那气味就是从蜗牛尸体上散发的。

蜗牛的尸体已腐烂了。

蜗牛的父亲找来村里人，把蜗牛从棚上取下来。然后，埋在小村北面的山岗上。

蜗牛的母亲哭个不停，从黄昏哭到天明，又从黎明哭到黄昏。她嘴里说儿呀，你怎么死了呢？怎么死了呢？是呀，这是亲情。

蜗牛的姐妹兄弟们却没有一个哭的，他们还对母亲说，本应这样，只是早和晚的事。

你们胡说，蜗牛母亲骂道。

针对蜗牛的死因，村里人便追踪到小木匠身上。说蜗牛带着两千元钱是去关内找小木匠，让小木匠帮着找关内的妹子。小木匠骗了蜗牛的钱。也有人说蜗牛没有一个完整的家，没有自己的女人才死的，更有很多人洗耳恭听。

小村里就此有了故事，有了神秘。

后来，有人在蜗牛抽屉里发现了他留的一张条子。条子上这样写着：世界上只有我一个人，我孤独。

人们看后，相互对视，不明白。因为世上有很多人，蜗牛说的是什么呢。

蜗牛写的是自己的世界。每个人都有自己的世界，那是独特，不可侵入的。

这天黄昏，在小村的山岗上，在蜗牛的坟旁站着一位潇洒的青年。青年是从省城回村度假的，他是一所名牌大学的学生。他听说蜗牛死了，孑然一人，在暮日时来了。他不像村里其他人那样，他知道蜗牛的心，所以他才来看蜗牛。

人啊，就是人。

青年自语道：太不应该以死来解脱。只要坚强地生活下去，才是人的品性，才是强者。

那青年，就是被蜗牛撞倒的少年郎。

发表在 1992 年第 9 期《北大荒文学》杂志（黑龙江哈尔滨）
发表在 2018 年第 2 期《牡丹》杂志（山东菏泽市文联）

交错的情缘

朋友哈桑从内蒙古大草原来青岛旅行，我想请他坐游艇海上观光，尽地主之谊，他很高兴。他生长在大草原，第一次看见大海，有着许多新奇。他没有坐过船，得知我要请他坐快艇海上游玩，兴奋不已。我怕耽误他的行程，为了节约时间，也为了省事，便在网上搜了一下，准备网上订票。

这是个信息时代，网络的普及给人们生活确实提供了方便。

我没有在网上订过票，以往出去游玩都是到售票处现场购票，对网上订票没有任何经验。我在一家网站上看到了售票信息，打电话询问了一下售票与取票的细节，认为没有问题，便通过网上银行把钱汇到对方的账号上。网站告诉我取票地点是在海军博物馆。我去过那里多次，路线比较熟悉，就没有多想。

早晨，我和哈桑到海军博物馆取票乘船。

售票处的工作人员说这里没有我订的票。我对工作人员说是在网上订的票，工作人员说你跟谁订的票就去找谁。

我迟疑片刻，心想也只能这样了，便拨通网站的订票电话。电话占线，过了好长时间，我才拨通。电话还是那位女子接的，她让我到团岛路去，我一听就生气了。我说不是告诉我到海军博物馆取票吗？怎么随意改变了呢？女子说这是临时决定的，不好意思，只能让您去那里了。我问到那找谁呢？她说她会把我们送上船的。我说团路什么位置？她说找佳丽宾馆，到佳丽宾馆就看到了。我不想在哈桑面前多说这事，认为这事办得不理想，有点丢面子。

我和哈桑重新上了公交车，上了车我就更生气了。如果网站早告诉到团岛取票，刚才就不用下车了。刚才我们乘的那趟公交车就是到团岛的。这可好，不但要多花车费，还耽误时间。本来顺利的事情，反而弄得这么烦琐。可没办法，事情已经这样了，那就到团岛再说吧。

我到团岛找了好一会儿，也没找到佳丽宾馆，只能向路人打探。在路人的指点下，转了几个弯，我才找到佳丽宾馆。我四处看了看，没有看到有谁来送票。我去找谁呢？我再次拨通了对方的手机。她说不是在宾馆里，而是在宾馆外，街的对面。我站在宾馆门前，拿着手机，眼睛朝街对面看去，果然在不远处，东南方向的树下有一个人。那人好像也看到了我，向我招手。我和哈桑快步穿过街道，来到那人面前。

这是一个女孩，戴着太阳帽，肩上背着一个包，手中拿着一个夹子，还有笔，她一笑说：好找吧？

我责备地说：你们是在欺骗顾客，说好了在海军博物馆拿票上船的，怎么又改到这地方了呢？这里交通不是很方便。

女孩不好意思地说：对不起了。

我说：幸亏我是青岛本地人，不然到哪里找呀！要耽误多少事呀！

女孩说：没耽误您的时间就好。

我看发牢骚没有意义了，还是抓紧时间去乘船吧，别因为这事影响游玩的好心情。我问：我们在哪上船？

女孩打开手中的夹子，里面有个三联单记账本子，在上面写了她的手机号，还写了另外一个手机号。她说那个号是她们老板的，如果有解决不了的事情可以找老板。她叮嘱说：你拿这个条，往下走，走过一条小路，穿过一个小铁门，就到海边了。那有个大码头，还有个小屋，你到那找一个短头发的中年女人，她会领你们上船的。

我心中不快，她原来是说送我们上船的，现在不送了。不过，我没有表现出来。我怕哈桑会有想法，接过女孩手中的纸条，照女孩说的路线走去。

这是一条离海边不远的大街，不过因树木密，建筑物多，看不到海边，只能听到船的汽笛声。我们穿过树林，走了不远，就来到海边了。海边停着好几条游船，船与船相隔几十米，每条船前都有许多游客，他们在等着上船。我来到那个大码头前，看没有人，只是远处的里面有人。我猜测不会是这个地方，便离开了，到停着的船前去问。我拿着条子给人家看，工作人员都说不是他们的活。我问找谁呢？他们说你把钱给谁了，你就去找谁。我是用网上银行买的票，还没见到人呢。但人家说的没错，我只好继续找短发中年女人与小屋。我找了好一会儿，也没找到小屋与短发中年女人。我便给女孩打电话。

女孩问：你找到那个大码头了吗？

我说：我刚才去了，没有小屋和短发中年女人呀！

女孩说：你往里走，就看到了。

我不想多说，叹息了一声，挂断电话，又返回到那个大码头。大码头很长，向海里延伸有一段距离。我看到了那个小屋，但没有看到中年短发女人，而是一位中年男人接到我手中条子，让我们上了船。

我们是从左侧上的船，右侧是拿票上船的人。我想他们是在私自经营。这样能多得一些报酬。这么一折腾，我的心情就不好了。如果只是取票时地点的改变，我不会生气，乘船也费了这么大的事，无论如何让我想不通。我决定找网络销售站讨个说法。可现在不行，我还要陪朋友哈桑呢。如果我现在讨说法，哈桑会误认为我不想接待他呢。

哈桑站到快艇边上，扶着护栏，高兴得很。他看着远处海边的风景，那么忘我。海风吹来，他长发随风飘动。让这位来自草原的男人兴奋不已。

我虽然生活在海边的城市，坐快艇还是第一次。但没有感到有什么不同，我看着时间，看着观光的景色，认为没有什么新鲜感，心中有一种厌倦。当快艇返回到岸边时，我的不满情绪高涨，想举报这家网站欺诈顾客。

哈桑高兴地说：大海真美。

我说：草原呢？

哈桑看着我略有沉默地说：草原也美。可这是两种不同的美。

我说：我还没有去过草原呢，真正的大草原我还不知道是什么样子呢。

哈桑说：那你就跟我去草原吧！

我说：到草原上骑马，吃羊肉，喝奶茶吗？

哈桑说：马可以随时随地骑，奶茶也可以随便喝，羊肉就只有在过节与来客人的时候吃了。不过，我肯定能让你吃个够。我阿爸家养着五六百只羊呢。

我开玩笑地说：我去了，你杀羊？

哈桑点头说：你来到草原，当然要杀羊招待你了。

我与哈桑是在北京认识的。他是呼和浩特一家文化公司的艺术总监，也是一位画家。性格直爽，开朗，为人纯朴。他一听我是青岛人，就要来看海。我说：青岛欢迎你。他就来青岛旅行了。我还陪他去了崂山、海底世界等景点。

哈桑结束在青岛的旅行，我送他到机场时，他说：你来内蒙古大草原做客吧。

我送走了哈桑后，觉着劳累，疲倦，也就把投诉网站的事情忘了。有一天，我在报纸上看到有外地游客被欺诈的报道后，便想起这件事情来。于是我向有关部门讲了自己乘快艇的遭遇，进行了投诉。

青岛旅游行业是比较发达的，有关部门也重视。当然也不能完全排除个别工作人员玩忽职守现象。我只是做了公民的监督义务，能否处理与解决，那是相关部门的工作了。

那天，我正在办公室里看一份工作总结，电话响了。我接起来。一个女孩的声音传来，她开口便说：你怎么能投诉我呢？那天你不是上船了吗？我也没有欺诈你们呢？

我说：你们这种营销方式不正规，给顾客带来许多不便，误导顾客。

女孩委屈地说：你知道你的投诉给我带来的影响吗？

我沉默了。我没法回答。我不清楚这件事是怎么处理的。不过直觉告诉我，肯定是处理了。不然，女孩不会给我打这个电话。

女孩带着责备的口气说：我失业了。我一个外地女孩，才来青岛生活也不容易，你这不是落井下石吗？你也不是什么好人，你是伪君子。

我解释说：我不是对你个人的，我是对你们网站，对一个经营性的集体。

女孩没有听我继续解释，挂了电话。我想我做错了吗？我没有错啊！举报违规行为是尽一个公民的责任与义务。如果谁都不管不问，社会不就乱套了吗？可一想起女孩的委屈与无奈的声音，心就放不下。在这么一个大城市里，女孩没有工作怎么生活呢？当然在城市中没有工作的不只是她一个人，找工作的人到处都是。可女孩是因为我的举报而失业的，我是有一定责任的。我想万一女孩为生活所迫走下坡路怎么办？那样我不就成为罪人了吗？我想了很多。我决定帮助女孩。我拨通女孩的电话，她挂断了。她不接我的电话。我没想到女孩的脾气会这么倔强。我也来了不到长城非好汉的倔强劲，隔三岔五就拨一次。那天女孩没挂电话。我问：你在哪？

她说：在海边。

我问：天都黑了，你在那里干什么？

她说：活不下去了，想跳海。

我说：生活是美好的，没有过不去的困难。坚持一下就过去了。

女孩说：坚持不下去了。

我问：你在哪？

女孩说：你这人怎么这么多废话，不是问过了吗？

我说：你是在什么位置？

女孩说：石老人海水浴场。

我说：你在那等我。

女孩说：你请我吃饭吗？

我说：行。这没有问题。

我走出公司的办公室，司机问我去哪里，要送我，我没有让送。我拦了一辆出租车直奔女孩说的地点。路上我在想女孩会不会骗我？

女孩果然一个人坐在那个礁石上。海风吹起她的长发。远处的灯光照来，还算是明亮的。她看到我有些意外地说：你真来了？

我说：我从来不说假话。

女孩说：谁能证明呢？

我无言以对。因为没有人来为我证明。

女孩说：你也不是什么好人。

我说：那你也不能说我是坏人吧？

女孩说：你背后捅刀子，就是坏人。好人谁会那么干。

我说：你这人还记仇呢？

女孩说：你不记仇你举报我？再说，我没有伤害你，你都那么做了。现在你已经伤害了我，为什么不让我记着你的坏处呢？

我说：这是两回事。我举报的是你们单位，一个集体，不是针对你个人。你明白吗？

女孩说：不明白，反正你伤害了我。

我问：你还没有吃晚饭吧？

女孩说：电话中你不是问过了吗？怎么这么啰唆，是怕花钱了？还像男人吗？

我说：走吧！

女孩一愣，问：去哪？

我说：吃饭呀！

女孩也不推脱，从礁石上跳下来跟着我走了。夏季海边的餐馆人多，找个清静的地方不容易。我们进了好几家餐馆，女孩都不同意。她说吃饭还是找人少的地方好。我看在海边找不到地方，就建议到城区里面找。女孩同意了。我们坐出租车回到城区里面，找了一个宁静的餐馆。

屋中人很少，就四五对情侣模样的人。但他们是不是情侣我并不清楚。我跟女孩就不是，别人是什么关系我哪里知道呢？

女孩叫楚素素，辽阳埠新人，父母都是下岗工人，开了家食杂店为生。她是在北京上的大学。父母为了供她上大学，借了不少钱，现在还没有还上呢。她从北京才来到青岛工作，就让我给弄失业了。她说她恨我，也伤心。

我说我们公司正缺一位文员，如果她愿意，可到我们公司工作。她藐视地看了我一眼，说你是经理呀？你说让我去我就能去呀？我没有解释。我虽然不是总经理，但总经理会同意我的申请。因为我负责这方面工作，文员这个职位正好归我管。我说只要你有这个想法，就应该不成问题。

素素说我才不愿意跟你这种人在一起工作呢。我说我这种人怎么了？素素说你背后整人，谁受得了。

吃过饭，我要送素素回住处。她不肯。她说她一个人在外面生活习惯了，什么都不怕。我还是担心，毕竟是深夜了。虽然青岛的治安比较好，但犯罪事件也会时有发生。这是不可避免与预见的。素素不让我跟着她，我就坐出租车跟着，可还是被她发现了。她走到车跟前说：我不用你管。你跟着是什么意思啊？

我说：你上车，送你回去。

素素冷冷地说：不用。

我说：夜深了，不安全。

素素说：我跟你没有关系。最危险的人就是你。

我看好心当了驴肝肺，真生气了，坐车走了。这一夜，我失眠了，不知为什么？素素总浮现在我的眼前。

韩国出现了经济危机，公司业务受到前所未有的冲击，公司突然派我去韩国出差。我这一去要半年左右的时间。我本想跟素素打个招呼，可一想到她那副样子，就放弃了这个想法了。我到了韩国，换了手机号。当半年过后，我从韩国回到青岛，才重新使用原来的号码。我看到了素素的手机号，给她打了电话。

素素气愤地质问：你上哪去了？

我说：怎么了？

素素说：我还以为你在地球上消失了呢？

我说：出国了，才回来。

素素的态度来了一百八十度的大转弯，突然柔和地问：哪天回来的？

我回答：昨天。

素素说：你刚回来就给我打电话，证明你的心里还有我。

我说：当然了。

素素高兴地说：晚上请你吃饭吧。

我问：找到工作了吗？

素素说：这么久找不到工作还不得饿死呀！

我问：什么工作？

素素说：别浪费电话费了，见面再说。

晚上，我如约来到上岛咖啡厅。素素已经等在那里了。她目不转睛地看着我。我感觉到她眼神与平时不同，那种感觉我说不出来。她点好了食物，问我还想吃点什么。我看东西已经不少了，说这些就够了。我们聊到了下半夜，才离开。我没有让她付款，我说你的钱还是留着给你父母吧，下岗工人的日子不好过。她嘻嘻一笑。

路上没有行人，我们走着。素素说她爱上我了。她说从她见到我第一眼时起，就忘不掉，认为我是她生命中的爱人。她问我在不在乎她父母是下岗工人及不好的家境。其实，我也喜欢上她了。我说只要心灵相约，父母与家境都是次要的。我说那些都是可以改变的。就这样我们相爱了。

　　中秋节的时候，素素让我跟她回辽宁拜访父母。她之所以选择这个时间，而没有选择在春节，也是为我着想。她说东北的冬天寒冷，怕我受不了那种气温。她的细心让我感动。我没有推脱。我还没有去过东北呢，也想看一下塞外的北方风景。我把工作安排好，向公司多请了几天假，就跟她一起去东北了。

　　素素的父母不但都不是下岗工人，工作还很好，这是让我没有想到的。她父亲在工商局工作。她母亲是在人大工作，这是一个收入不错的家庭。他的舅舅和叔叔也都在各政府机关工作。家境相当不错。

　　我说你说谎了。

　　素素呵呵地笑了。她说看你是不是真心爱我。

　　素素的父母就她这一个孩子。她又一个人在外地生活，老人想让她早点结婚成家。两位老人见到我直言表明了态度。这让我感受到东北人的直爽。他们的想法正好符合我的心愿。我在职场上拼搏了这么久，也想休整一下身心。我和素素定了婚期。

　　我问素素想到哪里旅行，她说想去草原。这时正好哈桑来电话问我的婚事，他说他们公司有个蒙古族女孩各方面条件都不错，问我是否可以考虑一下。我说我有女朋友了。哈桑说那好。他爽快地邀请说：那你们到内蒙古大草原来玩吧。我和素素便去了呼和浩特。

　　哈桑在准备一场大型画展，工作很忙。但他还是放下手中的工作，抽出时间，陪我和素素到他阿爸的牧场骑马，喝奶茶，吃手抓羊肉去了。

　　辽阔的大草原，给我和素素心旷神怡的感觉。

　　哈桑觉着素素眼熟，可一时想不起来了。我也没有提醒他。我想看他是否能想起来。过了一天多的时间，哈桑才想起来，他对素素说：你就是送票的女孩吧？

　　素素笑了。

　　哈桑说：怎么会这么巧呢？

　　我说：这是网站的功劳。

　　素素说：也感谢你去了青岛。不然，你们也不会去坐快艇呀。

　　我说：这是谎来的情缘。

　　人生中就是这样，幸福与不幸总会在意想不到时来临。坏事不一定就是坏事，好事不一定就是好事。好事能成为坏事，坏事也可变成好事。我们只要真诚面对就可以了。

发表在 2012 年 2 期《牡丹》杂志（河南洛阳）

喇叭花小院的故事

　　村东头那条爬满喇叭花的土围墙小院就是张老板的家。自从在那个初春的日子的晌午，张老板赶的马车毛了，车轮便把张老板和在路上玩耍的几只鸡鸭一同送上阴间。于是，这个爬满喇叭花的小院便成了张老板媳妇独自一人的了。

　　张寡妇默默地生活了一年又一年。可不知是谁在无意中对张寡妇结婚多年没为张老板留下一儿一女提出了疑问。这下本来平静的村庄好似一潭湖水投进了数粒石子，涟漪四起。

　　就在这时候，村里来了一个算卦先生，四十余岁，瘸子。他的到来，又给人们的茶后饭余增添了新的话题。

　　由于他对同村来占卜的人收费很少，因此门庭若市。这样算卦先生在村民心里霎时高大起来。人们都敬服他，没有说他不是的。

　　一天下午，张寡妇正在院里洗衣服，邻里的李快嘴（因为嘴快，所以人们都叫他李快嘴），气喘着跑进了小院，拽着张寡妇的手说："走，大妹子，我领你算一卦，他算得可准了！"

　　张寡妇听了连连摇头，甩了甩手上的水珠说："我不去，你还是自己去吧。"

　　"我是为了你才来的，我都算过了！"李快嘴说着又拽着张寡妇的胳膊往外走。

　　张寡妇强笑着说道："卦都是骗人的，我不信。"

　　"你可别这么说，如果被外人听到了，会骂你的。"说着拉着张寡妇的手就往外走。

　　张寡妇也不好再拒绝，只好随李快嘴来到算卦先生的家。刚进门口，李快嘴就嚷道："先生，快来给我这妹子算算，啥时能有好运！"

　　算命先生坐在张寡妇对面，用他那火燎燎的眼睛贪婪地盯在张寡妇的脸上。

　　算卦先生用手撩开张寡妇手臂上的衣袖，然后抓摸她的手臂。他那粗糙的手在张寡妇细嫩的皮肤上摩擦，随即产生了心里的骚动。张寡妇害怕自己的目光与算卦先生的目光相遇。她低着头，等待结果。

在一旁的李快嘴，耐不住性子忙问："你看怎样？"

"她天生有晦气，这晦气使她不能生育，并克死了她的男人，如果再有人同他来往也将会染上这晦气。她是难有好运气的。"算卦先生说着紧皱眉头。

李快嘴又问："没办法去除这晦气吗？"

"没有。"

张寡妇听后气愤地指着算卦先生说："你胡说八道。"

"信不信由你！"先生站起身。

围观人众多。

张寡妇扒开围观的人群，朝自家跑去。

因为算卦先生是村里公认的权威人物，听他这么说，从此再没有人敢同张寡妇来往。

一天，张寡妇洗衣服找不到自家的洗衣板，便去邻居家借，走进邻家小院，邻居连看都不看她。她呆呆地在院中站了一会儿，转身就走。

夜晚她很早就躺下，躺在炕上翻来覆去睡不着，透着窗户看着悬在天空的月亮，她的心随同月亮在云层中行进，但不知道前方的归宿在哪里。

想着想着，泪水流了出来。忽然有吱吱嘎嘎的撬门声，她的心猛地缩成一团，战战兢兢从炕上下地走进厨房，在菜板上摸到了菜刀，心里才平静了许多。然后身贴墙壁，朝门口走去。因张寡妇是蹑着脚步，门外人没有发觉。门开了一道缝，一双贼眼同张寡妇的目光相遇，她举起菜刀大喊一声："谁？"

只见门外人转身就跑，院子里响起一阵脚步声。张寡妇站在门口，借着月光，看到逃走的是个跛子。顿时，那张长着两只贪婪眼睛的脸在脑海中闪现。

第二天，张寡妇找到村支书，把昨夜的事讲述了一遍。

村支书叼着烟漫不经心地听完说："算卦先生可不是那种人。"

"没错，就是他。"张寡妇一口咬定。

"你再想想。"

"不用想。"

张寡妇找村支书抓贼的事，一下子在村里就传开了，人们都说算卦先生绝不会干那事，是张寡妇想男人想疯了。

到后来，张寡妇真恨自己不应把这件事张扬出去，要不然决不会惹这么多的非议。

这天，她站在院里怔怔地看着被贼践踏了的院墙上的喇叭花时，一群爱花的孩童跑到墙下，欢呼着，争先摘取着红艳的花。

张寡妇见到孩童，比见到花还要欢心，她高兴地把孩童喊到院里，为够不到花的孩子，每人摘了一朵。她顺手抱起一个叫欢欢的男孩抚摸着，泪水慢慢地涌出。

欢欢不知发生了什么，挣脱了她的手，跑回家。

欢欢回家不解地问妈妈："张阿姨为什么抱着我流眼泪？"欢欢妈听完儿子的话。傻了许久，仍不相信这是真的，直到别的孩子都来做证，她才慌了手脚。

欢欢妈慌忙找算卦先生。算卦先生听后，眯缝着眼睛，掐着手指说："这是不祥的兆头，如果不想办法消灾，欢欢必将有大难了。"

"这可怎么办？"欢欢妈不知所措。

算卦先生在欢欢妈耳边小声说了些什么，欢欢妈出去了。算卦先生用凉水给欢欢擦了身子，欢欢刚才出了汗，现在用凉水一激，浑身打战，直打喷嚏。

夜里起了风，雨也下得很大，在风雨交织中，整个夜被搅得天昏地暗。

欢欢妈正在守护着欢欢，欢欢盖着被子躺在床上安静地睡着了。这时，一位粗壮的女人推门走了进来，那女人穿着雨衣，她一进来就说："走吧，她们都来了。"欢欢妈犹豫了一下，拿起手电一同跑出屋去。

屋外还有四五个女人站在雨中，她们随着欢欢妈一同朝张寡妇家走去。

雨还在哗哗地下，雷声忽远忽近，整个世界被黑暗笼罩，形成漆黑的一团，张寡妇还没入睡，她怀中抱着一只猫，在静静地想着什么。忽然，听到外面有脚步声，她准备穿衣下炕，可还没等她坐起来，插着的门已被踢开。随着一道闪电，她看到几个女人蜂拥般走进屋里。张寡妇被几道手电光照得睁不开眼。还未等她反应过来，几个女人已揭开被子，把她从炕上拽了下来。她只穿着短裤、背心，被突如其来的举动吓呆了，再加上羞涩和雨夜凉风的侵袭，早使她缩成一团。双手本能地捂在胸前，瑟瑟地说："你们，你们想干什么？"

"干什么，你最清楚，欢欢家哪点对不起你？欢欢从去你家回去就发高烧，欢欢可是她家的独苗啊！"那粗壮的女人指着她的鼻尖说。

她听后，脑袋顿时嗡嗡作响。她揪心自问："为什么？这是为什么？"还未等到她找到答案，几个女人已经动手了。拳脚相加，短裤和背心已被撕破，身上留一下了片片伤痕。

女人们折腾了好一阵子，才扬长而去。赤裸裸的她躺在地上，任凭雨夜的风袭在她那麻木的心和失去知觉的肉体上。一个闷雷响过，张寡妇才从地上站起来，拖着疼痛的身体爬上炕。她躺在炕上，看着黑洞洞的屋顶，像是死了。

屋外的大雨还在横扫着夜的世界。

雨停了，是在第二天下午。阳光仍和从前一样灿烂。张寡妇仍坐在自家门前晒太阳。只是她的脸颊上已经消失了血色，眼角上带些泪痕，眼光也没有先前那样精神了。这时一辆马车经过她家门前，车上坐着欢欢和他的妈妈。欢欢妈看见张寡妇，骂了句脏话。张寡妇好像没有看到欢欢妈。两只没神的眼睛只是仅仅盯着马车而已。

张寡妇看着马车离去的影子，自语道："真想不到，人间的事总是那么不顺心，那么不如愿。"

不知哪天，她的房门上了锁，并且锁上好多年没有人开过，人们也只在闲谈的时再提到几句，有人说张寡妇泪流满面，一步一回头，走出小村的。

张寡妇走后，她家院墙上的花再也没有人摘过。花开花落，年复一年，在日月的交替中，喇叭花又浓又密地生长着。

不知不觉中，又是一个夏日的黄昏。从村外走来一位妇女，怀中抱着一个孩子，她踩着落日的霞光，走进小村，走进那五年没有人烟的喇叭花小院。

这个女人就是张寡妇。

有的人说张寡妇原先不生孩子是因为张老板生殖器有问题，又有人说不是那样，是他们夫妻生活总不能协调。总之，张寡妇的回来，又勾起了人们的话题，使平静的小村又喧腾起来。

张寡妇打开门，走进了小院，伫立了良久。看着爬满小院的粉红喇叭花，思绪翻滚，泪水慢慢地滚下来。自离开小院，她便回到了老家，又重新嫁了人。这次回来，就是为了再看最后一眼这曾带给她悲欢离合的小院。

她把怀中的孩子放在炕上，拿起了抹布慢慢地擦去桌上厚厚的灰尘。有几位好奇心较强的中年妇女，为了想知道张寡妇离开这些年的详情，没吃晚饭，就来到她家。

人们进了屋，她既没有惊讶，也没有难为情，反而冷冷地说："你们来了，坐吧。"然后再也不说话，无论谁问起什么，她只一笑，不是点头，就是摇头，人们看着躺在炕上熟睡的孩子，都夸这孩子长得漂亮。人们夸孩子时，张寡妇的双眼却盯着小院，目光是那样冷。

当人们走出院门时，她说："烦你帮我问一问，谁买这房子。"

村里人听说她要卖房子，都觉着她的房子位置好，价格也便宜，有几位房子紧张的人家，便来找她商谈。

算卦先生在天空布满星星时，也来到张寡妇家。张寡妇很客气地让算卦先生坐下。算卦先生没坐忙说他想买房子。她沉默了一会儿说："天很晚了，该休息了。"算卦先生尴尬地转过身走了。张寡妇望着他的背影，感到他已失去了原来那股与一般人不同的傲气。

算卦先生的生活确实有了很大的变化，起初他搬进小村，村里生活条件差，人们因他会算命，很尊重他。他为此很得意。但是后来人们发现他算命算得并不准，都是骗人的，因此，屋前也就罗雀了。

后来，他跟一位外村的寡妇结婚了，老寡妇很有钱，她为算卦先生盖三间红砖房。人们都说算卦先生有福。但他却身在福中不知福。

有一天傍晚，他从别村算卦回来，碰到一个从公社放学回家的女孩，便心起歹念，走上前说："姑娘，我跟你做个伴。"姑娘看见是一个大叔就点头同意了。可是走着走着，却向姑娘伸出了手，姑娘大声哭喊，逃出了魔掌。他想追，但腿不允许。后来被公安局拘留了。打那起，老寡妇把他赶出了家门，直到现在还没个归宿，村里人再也不理他了。

最终，张寡妇把房子卖给村里一对刚结婚的青年。

张寡妇处理完房舍后，便抱着孩子，告别了这曾给她带来幸福，也曾使她饱受委屈的小院。母子俩刚出村，就与往村里走的欢欢妈遇上了。欢欢妈见到她很尴尬地点点头就过去了。她也往前走着自己的路。

张寡妇从此再没回来。

在张寡妇走后的一个清晨，小院的新主人拿起镰刀，把爬满院墙的还带着露珠，还未来得及接受当天阳光沐浴的喇叭花都砍倒了，在他的脚下积了好大好大一堆。

打这后，这间小院便和村里众多小院一模一样。人们渐渐地把原来喇叭花小院的主人淡忘了。

发表在 1993 年 2 月北大荒作家协会三棱草文学丛书
发表在 2017 年第 4 期《红杜鹃》杂志（四川广安华蓥市文化馆）

复杂的心情

经过十几个小时的旅途奔波，列车终于到站了。车厢里的人骚动起来，开始收拾起行李，准备下车。我揉了揉眼睛，带着倦意，透过车窗朝外看去。车窗外的小站被夜色笼罩着，灯火通明。这趟列车到达A城是终点站。而A城只是我行程中的转折点，我的行程还要继续。虽然我是第一次来A城，可这座城市对我来说并不陌生，因为在这座小城里有我大学时一位要好的同学。多年来他一直约我来A城做客，叙旧，我因工作忙，琐事缠身，一直没有机会来。我这次出差经过A城，顺便看一看老同学，也是行程中计划的事。

我怕打扰他，之前没有通知他。再说他已经结婚成家了，我没有见过他的爱人，过于麻烦也不好。所以当我随着下车的人流走出车站，有两个选择，要么找一家旅馆住下，来日再跟同学会面；要么就直接去找他。我买了接下去行程的车票，经过片刻的思考，为了不耽误第二天的行程，决定先找一家旅馆住下，再跟同学联系，这样不失礼节。

我朝路边走去。

路边有几个男出租车司机朝我围了过来，问我是否用车，去哪里？有一个身材魁梧的男司机还放肆地伸手要拿我的旅行包。我说我到家了，就住在附近，不用车，几个司机才洋洋散去。在夜间，特别是在陌生的城市，我很少乘出租车。如果因有事非得坐车出租车不可，我也尽量不坐男性开的出租车。因为我被男出租车司机欺诈过。真是一朝被蛇咬，十年怕井绳呀。

我没走多远，又被几个女司机围住了。看来在这个偏僻的西部小城出租车生意并不景气。我觉着有点累，便停下来，看着眼前这几个开车的女人，又把目光投向不远处的出租车。这些出租车都是从沿海大城市淘汰下来的旧车。我想还是把价钱谈好再上车吧。我跟一个外貌看起来比较顺眼，还带着文静的女司机讲起价钱来。

女出租车司机要价二十元，我认为不高。我也认为她不会带来麻烦，没有还价，就上了车。她问我去哪家旅馆，我说你把我送到一个条件比较好的旅馆，最好离车站近点的就可以了。她说你是第一次来这里吧？我看这个女人面带善意，就没有遮掩地回答，我是第一次来这里，不过我有个同学在你们市委工作。女司机说那你咋不让他派车接你呢？我说这么晚了，又多年不见了，不好打扰人家。女司机执同样观点地说：你说的没错，能不打扰朋友就别打扰，这年头人情薄。

车开了好一会儿还没有停，我提醒说不要太远。女司机看我不高兴，就停下车。我一看没有旅馆，便说：这是哪？我不是让你把我送到旅馆去吗？

女司机指了指路的对面说：那家旅馆条件就不错。

我侧身望去，在路的对面果然有一家旅馆。旅馆的牌子上有闪烁的红灯，从外面看还可以。我疑惑地问：那你把车开过去呀？停在这干什么？

女司机面不改色地说：把钱付了吧。

我说：你还没有把我送到地方就要钱，这是没有道理的。

女司机态度强硬地说：没多远了，你走过去累不坏，就当锻炼身体好了。

我看这个女人不讲理，不想再说下去了，把钱付给她，起身要下车。我还没有打开车门呢，那女人就伸手一把拉住我的衣服。我一愣，转过身质问：你干什么？

女司机说：这些不够，再加三十。

我一怔，疑惑地说：不是讲好二十元吗？

女司机一副不可理喻的样子说：二十老娘拉你，你以为你是刘德华呀！还是周润发呀！就算你是刘德华、周润发也不行，拿钱！

我愤怒地说：不要脸，无赖，你松手！

女司机冷冷一笑，从牙缝里挤出几个字：你要是不给钱，我就喊人了，我说你调戏我，在这漆黑的夜晚，在这就你我两个人的地方，你说得清吗？

我还真被她这句话给震住了。出门在外谁想多事呢，多一事不如少一事，少一事不如没有事，为了三十元钱惹火烧身不值得。我拿出钱扔给她，她才松开手。我急忙打开车门，从车里钻出来。

女司机朝我挥了一下手说：做个好梦，旅行愉快。

这时我才轻松起来，吐出几个字：真不要脸。

女司机漫不经心地把车开走了。

我来到旅馆，办完住宿手续，便给老同学打电话。老同学接到电话很热情。他责备我之前没有通知他。他又责备地说住什么旅馆呢？家里一百多平方米的房子，还用得着去住旅馆吗？他问了旅馆的名称，然后说他正好办事路过这里，马上就到了。刚才的一场虚惊，让老同学这么一说，我得到了几许安慰。

老同学果然几分钟后就到了。他让我去他家。我没有推辞，就上了他坐的车。车上还有几个他的同事，他简单地做了一下介绍。

老同学家里装修得挺好，家具、电器也上档次、跟潮流，能看出物质生活很富裕。这时从厨房里走出来一个年轻女人。老同学给我介绍。我一看这不正是刚才开出租车的那个女人吗？我有点懵了。

女人也认出来我了。我没好意思提刚才的事。她却满不在乎地说：是你呀，你也不早说……真是的，不好意思，误会。

老同学在旁边看了看妻子，又看了看我，然后吃惊地问：怎么，你们认识？刚才见面了？

他妻子说：我送他去的旅馆，还收了他的车费呢。

我的心好难受，真像她说的收了我的车费那么简单吗？如果真是那样就好了。我绝对不会在意那点钱的。

老同学责备地说：你怎么能收他的车钱呢？我不是跟你常提起晓峰吗？晓峰可是我大学时最好的同学。

他妻子说：这都怪你，晓峰来你，也不跟我说一声。如果我知道他来，我会去接他的，也就不会发生这场误会了。

老同学把脸转向我说：这都怪晓峰，你在来之前也没有通知我。你不告诉我，我哪里知道你今天会来呀。

我不想多说什么，我的心在隐隐作痛，我说：怪我，是怪我。

老同学自豪地说：我这家还不错吧？

我看了看说：你真行，用工资能把家收拾得这么好，不简单。这地方的东西一定便宜吧？消费低。

老同学一摇头，否认了我的观点。他说这地方的东西一点都不便宜，要是靠工资也就能买个空房子。我用疑惑的眼光看着他。他接着说这钱主要是他妻子赚的。

我脑子发热，有点晕，不想说话。

老同学和他妻子确实热情，做了满满一大桌子菜，酒也是正宗茅台。可我一点心情都没有，看着满桌子丰盛的菜没有一点食欲，饥饿的肚子被一股莫名其妙的东西填满了，酒没喝几口，就有些醉了。老同学不解地说，上大学时你的酒量可以呀，怎么现在这么差呢？

我没有解释。我真的没有心情。老同学要留我住在他家，被我婉拒了。我坚持让他把我送回旅馆。

老同学开着他妻子的车送我。

夜深人静。

老同学说：你的酒量真是大不如从前了，从前你是很有酒量的。那时我是喝不过你的……时光过得可真快啊！转眼大学毕业这么多年了。

我一时间找不到感觉了，心情十分复杂，叹息一声说：是啊！人都会变的，都在变化中……

发表在 2012 年 1 期《雪莲》杂志（青海西宁）
发表在 2012 年 3 期《剑南文学》杂志（四川绵阳）

小妖是一个女人的名字

小妖不是很漂亮，但很有女人味。尤其是她看人的眼神和走路的姿势，能让所有的男人心动，能让所有的男人萌生那种欲望。很不幸的是可爱的小妖没有出生在都市里，而是出生在干巴巴的连过年也不能灯红酒绿的农村。

小妖生活在乡村，很不情愿。她常常独坐在乡村碧绿的麦田里，想象着夜巴黎是一种怎样的情景，马可波罗又是什么？她连最简单的练歌房也没进去过。她为自己单调的生活难过，她总想做点什么。

一年三百六十天的日子，总是在吃饭、干活、睡觉中度过，真是很没意思。

六月八号是一个阳光格外灿烂的早晨。小妖踩着阳光的碎片，从村外的河湾走进自家的小院里，一眼看见她男人伍运蹲在墙根和几个男人扯闲话。小妖气不打一处来，冲着她男人喊："伍运，你蹲在那里说东家长西家短，能说饱肚子？还是能说出钱来？"

伍运抬头看一眼小妖，慢慢地站起身，没吱声。

旁边的那几个男人看小妖凛然的样子，哈哈大笑地说："小妖，你把伍运装在兜里算啦。"

小妖狠狠瞪了他们一眼，没说话。

那几个男人没趣地走出小院。

小妖说："伍运，你别跟他们学，你看他们那个穷酸样，马瘦毛长的，整天像吃不饱似的。你看人家刘晓丑，刘晓丑让你学的太多了。像刘晓丑这样的男人才叫男人。"

伍运见小妖不高兴，也就忙自己的去了。

这天晚上，伍运没去搓麻将，也没到邻居家去闲聊，而是早早地脱了衣服钻进被窝里去了。几天来，伍运对小妖的身体很感兴趣。他与小妖婚姻生活近十年，有这种感觉还是少有的。他要让小妖享受做女人的快乐。小妖很喜欢那种事，一直对他的不坚持到底而失望与责怪。现在他行了，小妖却失去了兴趣。他喜欢听小妖在他身下发出无拘无束的快活声。他刚钻进被窝，便用双手从小妖身体的背后包抄过去。

小妖扭动了一下身子说，"烦人。"

伍运嘻嘻地笑。

小妖扭过身子，打掉伍运的手，不耐烦地说，"你烦不烦人呢。"

伍运所有的心情都被小妖的话打扫得一干二净。他生气地质问，"我怎么烦你了？你不是我老婆吗？是我老婆我就得用，不用白不用，白用谁不用。"

小妖瞪了伍运一眼，叹了口气，把身躺平说，"你用吧。"

伍运看小妖把双手捂在脸上，身子僵在那里，也就没了心情。他也躺平了身体。

小妖哭了。小妖抽泣地说，"我不是烦你。看见刘晓丑赚钱都赚疯了，你还在家老牛拉慢车。我心里着急，咱家猴年马月才能有钱花。"

伍运见小妖把自己跟刘晓丑比，便有点火燎燎地说，"刘晓丑有钱，你跟刘晓丑去过。"

小妖说，"你这男人真没劲。"

伍运一转身连被带人滚到了一边，小妖的身体赤裸裸地露着。小妖也没有动，仍然躺在那里，仍然是那种姿势。伍运生着生着气就不生了。他知道小妖是穷怕了。这么一想，他又觉着对不住小妖，又觉着实在委屈了小妖。他转过身，把被盖在小妖赤裸的身体上，搬过小妖的肩，把小妖搂在怀里。他对小妖轻声地说，"我也想赚钱，但没有门路。"

小妖没有说话。

伍运又说，"谁不想赚钱？谁不想阔气，谁不想……"

小妖移开双手，露出泪湿的脸。缓慢的细声说，"你不会跟刘晓丑学？"

伍运沉默了。

刘晓丑有钱是方圆几十里的人都知道的。

有钱的刘晓丑出手很大方，出手大方，就有了男人的阳刚之气。村里人都认为刘晓丑是响当当的男人，钱的魅力掩盖了刘晓丑的缺陷。从前村里的女人，也包括小妖在内看都不愿看刘晓丑一眼。现在刘晓丑成了村里女人心中的偶像了。常把自家男人跟刘晓丑相比较。

其实刘晓丑只不过养了几年鱼而已。

刘晓丑的日常生活是在河湾里。

这天中午，刘晓丑在河湾的一棵柳树下歇息时，他的女儿小恨子和往日一样来送饭。今天小恨子除了送饭，还送来一封信。小恨子没进过学校自然不知道信是从哪里寄来的。她把信递给刘晓丑时问，"爸，谁来的？"

刘晓丑看了一眼信皮上的字，便知道是谁来的，但他没有告诉小恨子。他不想告诉小恨子。他不想提来信人的名字。那个写信的女人伤了他的心。既然她已跟了别的男人，而且那个男人是个臭修鞋，他也就没什么可说的了。女人知道刘晓丑日子好起来后，来过许多信，想回来。刘晓丑一直是那个态度。既然无情无意地走了，就别想再回来。刘晓丑连看也没看便把信扔到了河里去了。他不信有钱找不到自己喜欢的女人。

刘晓丑吃过饭，小恨子就回村子里去了。

刘晓丑坐在树下一支接一支地抽着烟。烟雾后面是一张沧桑尽现的脸。显然信搅乱了他的平静思绪。他突然觉着自己从未有过的孤独和寂寞。那种男人的孤独是很可怕的。

"喂！想谁呢？"小妖的声音像一股温柔的风，从刘晓丑的背后传来。

刘晓丑先是一怔，刚缓过神，小妖已站在他的面前。小妖的意外出现使刘晓丑眼前的烟雾立刻飘走了。白云与蓝天同在。小妖像一朵明媚的云，使刘晓丑产生了一种动力。他看着小妖在冲自己笑。

刘晓丑扔掉嘴里剩下的半截烟。站起身，迟缓了一下说，"啥风把你刮来的？"

"哟，看你说，我来了你不欢迎？"小妖细声地说。

刘晓丑的目光停留在小妖的胸部。小妖的两只丰满乳房在胸部突起。小妖也意识到了刘晓丑的目光带着一种逼人的光。她不说话，故意不说，只是轻轻地扭动自己好看的身姿。刘晓丑说，"你来有事呀？"

"没事，我就不能来了。"小妖说，"是不是有钱了，就不愿搭理人了？"

"对你，我哪敢。"刘晓丑说。

小妖是来找刘晓丑跟他说能不能让伍运来帮刘晓丑的事。小妖没有立刻说，故意变得吞吞吐吐。她看出刘晓丑对她很客气。

刘晓丑愣了一下，没有再说。

小妖又家长里短地问了刘晓丑一番，似乎很关心刘晓丑，刘晓丑与小妖说话也就更加自然了。小妖觉着到该说的时候，便说了。

刘晓丑没有一点准备，但也毫不含糊地问小妖，"干吗伍运不来，让你来？"

"我来不行？"小妖柔情似水的目光一直没有离开刘晓丑的脸。她要刘晓丑立刻给她答复。她往刘晓丑身前凑了一下，几乎闻到了刘晓丑的喘息气味。

刘晓丑认真地说，"这可不是闹着玩的，要起大早，贪大黑，还要懂水性。"

"伍运执着要来呢？"上妖又笑了。

刘晓丑说，"我这人挺大方。那你怎么来回报我呢？"

"你说咋回报就咋回报。"小妖心领神会地走向刘晓丑。

从此后，小妖也成了村里的名人了。她的名字总和刘晓丑连在一起，就连村长见到她也比从前温和多了。

小妖她神光焕发，也出手很阔。

伍运很听话，做了刘晓丑的搭挡，别提有多高兴了。他的计划是五年之内，完成超越小康的梦，盖上小楼，骑上铃木一百，遥控纯平彩电。为此，伍运很感激刘晓丑，也就常邀刘晓丑回家喝酒，很快就喝出了兄弟一样的感情。

刘晓丑的养鱼场经过几年的折腾，出现了从未有过的规模。城里的酒楼和饭店，天天来车拉鱼。刘晓丑很快又雇用了几名工人，专职养鱼。他买了一辆松花江微型运输车，用来联系业务，并让伍运负责。

伍运心花怒放，小妖没说错，跟着刘晓丑干果真有花不完的钱。

晚上，伍运买来肉和菜，又把刘晓丑请到家里，他明天一早要去城办事处。今晚无论如何他都要跟刘晓丑喝酒，并且要一醉方休。

刘晓丑心里明白，嘴上却推辞说，"不去你家喝了。我总去你家里喝，闹出闲话不好。咱们是兄弟，不必客气。"

伍运说，"别人的嘴咱管不着，爱说啥说啥。你有恩于我，我才不信呢。"

刘晓丑说，"不信最好，你要信，我也没有办法。"

伍运说，"我信。我信他们眼红咱们赚的钱。"

"我没有看错人。"刘晓丑说。

"走。"伍运拉起刘晓丑往自己家走。

刘晓丑没有再说什么，跟着伍运走了。

小妖已把炒好的菜摆在桌子上了，仍甜甜地称刘晓丑为大哥。

小妖甜甜的声音在刘晓丑的心里产生一股融融的暖流。

两个男人淋漓尽致地喝酒。

小妖倒酒的壶在两个男人的酒杯之间来回舞动。一会儿的工夫，伍运的脸红了，舌头也有点硬了。小妖说，"你喝多了？"

"我没喝多。"伍运端着酒杯里拉歪斜。

刘晓丑说，"伍运没喝多。小妖，倒酒。"

小妖便为两个人又满上了杯子。与此同时，刘晓丑已把手从桌上伸向小妖，小妖忙挣开刘晓丑的手说，"我去端饭。"

"不吃了。"刘晓丑说。

伍运哗哗吐了一地，醉得一塌糊涂。

夜开始了它的疯狂，欲望也涌上刘晓丑的心头。事后，小妖疲惫地躺在刘晓丑的怀里很不客气地说，"你这样太卑鄙了。"

刘晓丑一笑，像什么事都没发生一样。他体会很深地说，"一个臭修鞋的睡了我老婆，我也没觉得臭修鞋的有多卑鄙。我睡了你，伍运也不亏。"

"你把我当成什么了？"小妖不高兴了。

刘晓丑一把搂过小妖，纵身骑上她说："你说我把你当成什么了？"

小妖的两只小脚踢打着刘晓丑的后脊梁，咯咯地笑。

两个人扭成一团。

没过两年，伍运真的成了腰包鼓鼓响当当的男人了。他骑着铃木一百在村里和城里之间风风驰电掣般地狂奔。因为生意忙，伍运不回家也是常事。不知是为了生意，还是为了让伍运少回家，刘晓丑在城里为伍运聘请了一位年轻的女助手，还给伍运配上了手机和传呼机。伍运骑着摩托车驮着漂亮的女助手，在大街上真有了大哥大的感觉。一开始，他不习惯说，"刘哥，你这不引诱我学坏吗？"

"你个老帽，男人不坏，女人不爱？生意需要嘛。"刘晓丑说。

伍运知趣地说，"小妖要是知道了，还不剁掉我的耳朵。"

刘晓丑甩一甩头说，"又不硬气了吧。没男人气了吧。"

伍运摸了摸自己的板寸头说，"那妞真有韵味。这等于把肉放在了我嘴边，想吃，又不能吃。真是难受。"

"随你便，随你便。"刘晓丑拍了拍伍运的肩说。

有一次伍运从城里回来对小妖说，"我接你去城里吧？省得我来回跑。"

"我不去。"小妖说，"你在城里能买起房时我就去。租房，不行。"

"城里房贵，只有刘晓丑这样的人才能买得起。"伍运叹口气说，"我哪能买得起。"

"买不起我就不去。"小妖说。

伍运虽然有心让小妖去城里，但并不坚决，并不是实心实意的。只是说一说，不说一说他怕小妖怀疑自己。小妖不去，他也就少了担心，因为在城里伍运有那个女助手。

晚上两个人躺下谁都没有了相互需要的兴趣和要求。

因为生意上的事，伍运和妇女助手被刘晓丑派往省城。他们要去一个月才能回来。临行前的早晨，小妖没有像往次那样起来送伍运。她躺在被窝里对伍运说多注意身体，别被女助手迷惑了。伍运答应着，接着说看你把我看成什么人了就走了。

刘晓丑是晚上十点钟从河湾来到小妖家里的。他一进门就抱住了小妖。小妖并不热情。她的眼神看着别处，她说我们像做贼。

刘晓丑刚喝过酒，急需解决那种事。见小妖没有回应的意思，就从兜里抽出一叠钱，豪气地说，"你的！"

"你那点破钱谁稀罕？"小妖漫不经心地又说，"我就值这么三瓜二枣？在你眼里？"

刘晓丑火火地说，"那你以为你真是什么金枝玉叶？我给你钱，你觉得你是商品。我不给你钱，你又觉得我心里没有你。"

小妖说，"你懂什么是爱情吗？"

"我不懂。啥爱情不爱情，两个人在一起顺心，就行。"刘晓丑说，"我需要你，我要和你睡觉，这就叫爱情。"

"屁话。"小妖说。

刘晓丑又抽出一叠钱说，"这回十瓜八枣！"

小妖拿起钱翻来覆去地看，她的表情却让人捉摸不透的呆。

此后的每天晚上刘晓丑都在一个时候里从河湾回到小妖的屋里过夜，又在天刚亮离开小妖家回到河湾。

刘晓丑从小妖的身上找到了男人的快乐，那种快乐使他萌生长期拥有小妖的念头。小妖心里还装着伍运。小妖不快乐时就是因为想起伍运造成的。刘晓丑看到小妖不快乐，他就恨伍运。他认为伍运不应该睡像小妖这样的女人。就小妖这样的女人，只有他睡才配得上。他渐渐发现自己离不开小妖了。他突然生了一个想法，而后又被这个想法吓了一跳。

伍运从省城回来那天，刘晓丑为他接风洗尘。村里没有酒店，刘晓丑家又没有女人做饭。于是刘晓丑买了东西，把东西拎到小妖家。

小妖没有客气，接过刘晓丑的东西便去了厨房。

伍运不好意思地说，"大哥，你看你，还能让你去买？"

"伍运，你干得我很满意。"刘晓丑说。

伍运说，"大哥满意就行。"

"过些日子我给你涨点工资。"刘晓丑说。

伍运说，"不用，不用。"

小妖端上了热气腾腾的菜。

　　三个人照旧喝酒。但彼此间好像都有了心事。尤其是刘晓丑，他看着小妖和伍运亲热，心里就难受。脸上笑，心里恨。他笑的一点也不自然。

　　小妖不主动和伍运亲热，她怕引起刘晓丑的反对。

　　伍运不在乎，他不知道刘晓丑和小妖之间的事，他没把刘晓丑当外人，所以他对小妖的亲热很热烈。

　　刘晓丑生伍运的气，便拿伍运开玩笑说，"大哥就爱看你们恩恩爱爱的，只是可惜你们没有孩子。"

　　伍运的脸红了，他恼火，他不喜欢人当着面这么说。若不是刘晓丑，他肯定会发作，像条疯狗扑过去。

　　刘晓丑看穿了伍运的心，接着说，"老弟，不是大哥揭你的短。你这样会没有后代的，你应该吃点偏方治一治。"

　　伍运的头低下了，他和小妖都希望能有自己的孩子，但他不行。小妖和他都苦恼。

　　刘晓丑仍没有停话。

　　小妖打断了刘晓丑的话。她说，"喝酒只管喝酒，别哪壶不开提哪壶。"

　　刘晓丑说，"不喝了。我还有事。"

　　刘晓丑离开酒桌。

　　伍运蔫头蔫脑地站起身，有气无力地说了一句，"你走啊！"

　　"不走我还能睡在这儿。"刘晓丑脸色如霜打了一样。

　　伍运说，"睡就睡这儿。能怎么着。"

　　"够意思。爽快。"刘晓丑说着对小妖笑。

　　小妖着打哈欠说，"走吧，走吧。"

　　刘晓丑走了。小妖家里恢复了夜的宁静。

　　小妖没有半点睡意。她只是烦刘晓丑，不愿听刘晓丑说话。

　　伍运神速上了床，小妖也被他拉上床。他责怪小妖不该用那种口气对刘晓丑。他说刘晓丑是恩人。

　　小妖瞪着伍运说，"人家把你卖了，你还颠颠地帮着人家数钱呢。"

　　"你这人，可真是的。咱可不能把好心当成驴肝肺。"伍运反对小妖。

　　小妖心烦地说，"行啦行啦，你不把好心当驴肝肺，你不当……"

　　伍运真的弄不懂他老婆小妖对刘晓丑讨厌的原因了。他嘟哝一句：女人的心，天上的云。

　　伍运半夜醒了。他浑身是劲，无处宣泄，他没有去弄醒小妖。小妖睡得正香。小妖有个习惯，别人弄醒她，她会不高兴，他一直等着小妖醒来。小妖是早晨五点钟醒的。两个人也正是在新一天开始时缠绵在一起的。

小妖醒来的准确时间是四点半。但是她一直没睁眼。她不想睁眼,一动不动地躺着,任思绪翻飞。她眼前总是刘晓丑和伍运两个人交替出现。她的身体不只属于一个男人,而是属于两个男人。两个男人让她的心乱成一团。她会突然想起刘晓丑在自己身上的每一个细节。她不明白自己怎么容忍了刘晓丑这个男人在自己身体上兴风作浪了呢?是因为刘晓丑有钱吗?是刘晓丑比伍运更有男人气吗?她说不清。她不否认自己喜欢有钱的男人。当她得到了某种满足时,又觉得一切都不那么美好了,甚至觉得有点恶心,并且有一种罪恶的感觉,有一种对不起伍运的惭愧。这样一想,她就不能原谅自己了。

小妖睁开眼,伸出双手搂住伍运。

伍运说,"你醒了。"

"你早就等我了吧?"小妖问。

伍运已等不及了。

转眼到了秋天,城里的生意开始淡起来。刘晓丑先是辞退了伍运年轻的女助手。随后卖掉了办事处,把伍运招回村里。鱼场的其他几个工人也被刘晓丑辞退了。整个鱼场只有伍运和刘晓丑两个人。两个人喝酒的老节目一直没有改变。伍运一直很关心地让刘晓丑找一个女人结婚。刘晓丑装作若无其事样子,伸个懒腰说,"习惯了。没有女人到也省事,有女人倒麻烦。"

"你晚上就真的不需要女人?"伍运问。

刘晓丑很心事重重地说,"我没钱时女人躲着我。我有钱了,女人又往我怀里钻。女人真是很难说的东西。"

伍运说,"大哥,捡漂亮的娶一个女人吧。"

"没有心情。"刘晓丑说。

伍运说,"大哥,你对嫂子还怀有感情?"

"那是不可能的。"刘晓丑说,"除非我死了。我会在地狱里想她。她是一个让我失望的坏女人。她真的让我伤了心。"

伍运说,"她的心真是狠。"

"女人都是这样。不说了,来喝酒。"刘晓丑举起酒杯。

伍运说,"我喝好了,我喝好了。"

刘晓丑又接连给伍运满上了几杯。伍运的舌头已不听使了,话语说不清了。刘晓丑突然说,"网还没捞呢。"

"我去捞。"伍运站起身就往河湾走。

刘晓丑说,"伍运,你先去。我上一趟厕所,马上就到。"

伍运不识水性，喝了酒，下水后头就晕，往前走了几步，脚像被什么东西绊了一下，一头栽倒水里再也没有起来。

刘晓丑来到河边，没看见伍运，只有流淌的河水。他四处张望了一遍喊，"伍运，伍运！"

三天后，小妖从晕觉中醒来，径直走向河湾。她明白是怎样一回事。小妖像树叶一样悄然飘到刘晓丑的面前。她不哭也不闹，镇静地看着刘晓丑。

刘晓丑说，"你别用这种目光看我。"

"你心里有鬼。"小妖说。

刘晓丑说，"我不明白你在说什么。"

"伍运就是你杀死的。"小妖说。

刘晓丑虽然有准备，还是一惊说，"你别乱说，这可是人命关天的大事。"

"他就是你害死的。"小妖哭了。

刘晓丑走上前搂住小妖的肩说，"我需要你。"

"那你就害死伍运？！"小妖说。

刘晓丑说，"这是老天给的机会。你喜欢钱，我有钱。你想去城里生活，我能满足你。"

"是我害死了伍运！"小妖哭着说。

刘晓丑见不能说服小妖，便狠狠心说："你开个价。"

小妖木呆呆地立在那里，大脑空白白一片，也不知是怎样走回家的。小妖整夜都没有合眼，往事一幕幕在脑海不断出现，撞击着她的良心。

第二天一早，小妖认真梳洗她漂亮的脸面和秀发，像是去参加什么盛大节日活动，但小妖的脸上却没有一丝喜悦的表情，她穿戴整齐后，径直走进了县公安局。

发表在 2001 年第 2 期《草地》杂志（四川阿坝州）

美女救英雄

　　寂静的北方电子公司大院内突然被一阵吵架声搅乱了，工人从车间的窗口向外张望，办公室人员从楼上朝下看，大家都把目光集中在门卫室这边。在门卫室前有几个人扭成一团，他们正朝公司办公楼的方向移动。大家都看清楚了，这是公司门卫李小强和绿化队的技术员打起来了。绿化队是北方电子公司招来搞绿化的外单位。北方电子公司的员工与绿化队的技术员交往少，接触不多，很多人都不知道他的姓名，但是大家都知道他是青岛本地人，狂傲，放荡不羁，没人敢惹。李小强是公司的门卫，工作认真，责任心强，公司人都知道他，也非常了解他的为人。因为在不久前公司其他门卫都出现工作失职现象时，他一点问题都没出，所以公司员工对他的印象比较深刻。大家一看这情形，就知道事情责任肯定不是李小强，绝对是由绿化队技术员引起的。此时李小强一直没有还手打绿化队的技术员，而绿化队的技术员追着李小强，挥舞着拳头，嘴里还骂着北方电子公司总经理的名字。

　　负责生产车间工作的岳经理和杨主任跑过来质问绿化队技术员："你干什么？！"

　　"我要教训教训他。"绿化队的技术员仍然挥着拳头。

　　岳经理一个箭步冲上前，把李小强挡在身后，站在两人之间，因绿化队技术员的个头大，身体强壮，而岳经理个头小，技术员差点把岳经理撞倒。这时杨主任也冲上前，他和岳经理两个人才把绿化队的技术员挡住。

　　绿化队的技术员满脸通红，酒气熏天，不用问就知道他喝了不少酒。他仍不肯罢休地说："小李，你不让我干，我也不让你干。你不就是田家英的保卫吗？"

　　小李看着绿化队的技术员，他觉着绿化队的技术员说的田家英就是北方电子公司的总经理，但不能完全肯定两个人就是一个人。他来北方电子公司工作时间不长，只知道公司总经理姓田，但不知道全名。

　　绿化队的技术员虽然喝了很多酒，但并没有喝多，虽然有些醉意，但思维很清醒，他从李小强的表情中看出李小强的疑惑。他又往上冲，嘴里还补充说："我告诉你！你们的老板叫田家英！他有什么了不起！"

"你要干什么？！这是我们的公司！"岳经理、杨主任再次挡住了绿化队的技术员。岳经理看绿化队的技术员不听劝告，声明立场，也在警告。

车间司机跑过来对李小强说："小李，你快进去！"

楼上的龚会计探出头喊："小李！你快上来，快上来！"

李小强马上意识到他现在应该做的事情是什么，他应该打电话报警。于是他转身跑到二楼上。

二楼的办公室里有好几个人，大家一看见李小强就问怎么回事。只有龚会计没有这么问，她说："小李，你应该把这事告诉田经理。"

"他不在公司，我不知道他的手机号。"李小强说。

龚会计说我给你拨，她说着拿起电话机，拨起电话号码来。

李小强看着龚会计，有点感动。人在需要帮助时会记住瞬间发生的事，那种感觉就像冬天里的阳光。

龚会计过了一会儿说："小李，他打你，你就不会打他？"

"我要用法律来解决这件事情。"李小强说着打了110报警电话。

此刻，绿化队的技术员早就跑了。

岳经理询问李小强事情的起因。他了解完后跟田家英通电话，交换处理意见。然后就跟绿化队的领导联系。但绿化队的领导迟迟没有来北方电子公司解决这件事。

大约过了半个小时警察还没来。龚会计对警察这种工作效率不满，她指责说：人打死了，警察也来不了。这时李小强第二次打了110报警电话，这次在李小强放下电话四五分钟后，警车就来。

两名警察和一名协警员来的。警察询问了一下情况后，对岳经理说："先让他去医院检查一下伤势，然后到公安局做法医鉴定。我们会依法处理的。"

"行。"岳经理表态。

警察说："是你们公司送他去医院呢？还是我们送？"

"怎么都行。"岳经理说。

警察问李小强："你身上有钱吗？"

"上班时我没带钱。"李小强回答。

警察转过脸对岳经理说："公司给拿点钱吧。处理完我们会让肇事者赔偿的。"

"可以，可以。"岳经理说着签了张借据，龚会计把钱交给李小强。

这件事情过后，李小强特别注意龚会计，他发现龚会计不仅有正义感，人也漂亮，并且非常热心帮助人。

龚会计确实是北方电子公司公认的美女。虽然人近中年，但仍然魅力四射，性格开朗，活跃无比。她总能在别人需要帮助时伸出援助之手。

龚会计的美丽不仅是容貌，而是在心灵，更是一种气质的美。

最让人佩服的是她能用她的美丽化解矛盾，改善同事之间的人际关系，造就良好的工作氛围。

北方电子公司在很短的时间内接连发生被抢，被盗及警卫工作失职等一连串的事情后，公司加大了治安力度，把原来的治安科长辞退了，任命李小强为治安科长。李小强深知要想保护公司的财物安全就必须要有一批责任心强的保卫人员，如果要做到这一点，就必须要有严明的组织纪律，要严把进人关，不能滥竽充数。因为从前保卫科招收工作人员都由人事科长负责，而人事科长又脱离保卫工作，不了解工作细节，所以招进来的人素质差，并且不服从保卫科长的工作安排。李小强认为要想把保卫工作干好，就要树立自己的威信，要审核保卫人员的素质。但人事科长不放权，两个人为这事闹得不可开交。最后把事情闹到总经理田家英那里了。

田家英对公司的保卫工作一直很头痛，成了一块心病。他不想提高保卫人员的工资待遇，可在有限的工资待遇条件下又很难招收到更好的保卫人员。他相信李小强对工作是负责的，但又不想让李小强完全说了算。可是人事科长又不能担负起公司的保卫职责，这让他左右为难，所以在李小强跟人事科长两个人之间出现工作矛盾时，他就各打五十大板，结果弄得李小强和人事科长两个人都不开心，都有情绪。

李小强在反思后认为没有这个必要，工作不开心还不如不干了，想离开北方电子公司。但在离开前他想找人跟人事科长沟通一下，如果沟通不成就辞职。他不想承担不应该承担的责任。他去找龚会计。

龚会计笑着说，我早就听说你们两个人的事情了。其实没有这个必要，你是为工作，她也是为工作，都是为了工作，有什么不好说的，如果不在一个单位了，见面还不说话了吗？人哪里有十全十美的。

其实李小强想离开北方电子公司也是这么想的。但龚会计劝阻他。龚会计说事情可以沟通，千万别说辞职……没什么大不了的。

龚会计成了李小强与人事科长之间的外交官。在她的斡旋下两个人化解了矛盾。李小强真的很佩服龚会计的魅力，这种魅力不是权力所能做到的。她有一种柔性，能让人顺服。这种魅力不是体现在一个人身上，而是展现在群体上。

北方电子公司员工很多，每天上下班要打卡，进出要下自行车，出门要有假条，如果不安手续办，门卫有权阻拦。

潘工程师很有个性，技术能手，才华出众，但脾气也有点怪。他认为公司的规定他可以不服从，不受约束。他认为这是浪费时间。他对李小强说有打卡的时间，还不如多划一张图纸呢。他举着工作卡，说：有什么用？实际上潘工程师是在摆架子，他哪有那么忙？公司又不是搞开发的，一年又一年都从事同样的生产产品，图纸可以备案轮回使用。他认为让他开出门证，打卡、下自行车，没面子。他想搞特殊性。再说他也没瞧得起门卫。

那天新来的门卫小赵到办公室送报纸，潘工程师一招手说：什么东西，拿来我看看。小赵刚来北方电子公司工作，不认识潘工程师。他看潘工程师戴着一副眼镜，说话语气十足，很有派头，还以为是公司哪个领导呢，便大气不敢出地把报纸递给潘工程师。潘工程师扫视了一眼，不耐烦地说：放到那边去吧！小赵便小心翼翼地把报纸放到潘工程师指的地方。小赵性情直爽，脾气暴躁，他送完报纸问李小强："科长，那个戴眼镜的人是什么领导？"

"哪个？"北方电子公司办公室里有好几个戴眼镜的，李小强不知道小赵问的是谁。

小赵说："就是说话有点辽宁味的。"

"他不是领导，他是工程师。"李小强明白小赵说的是潘工程师。

小赵一听"腾"一下火了。他说："原来他只是个工程师呀！我还以为是个大人物呢，工程师就这么牛吗？下次他进出公司再不下自行车，我就收拾他。"

"潘工程师的工资很高，月薪好几千。"李小强说。

小赵说："他再高也不给咱们。"

李小强还以为小赵是在说笑话呢。他怎么也没想到小赵真的会向潘工程师开炮。那天潘工程师上班时间要离开公司，他骑着自行车，往外走。小赵喊他，他没理，小赵追出去说：你回来老子就收拾你！李小强知道事情不妙，就去找生产车间的杨主任，让他说一说潘工程师。同时他也知道杨主任不敢说潘工程师，说了也未必管用。他又去找龚会计。

龚会计笑着说：老潘也真是的，一个月挣那么多钱，还做出这样有失身份的事情。行，我说说他。

潘工程师本身就没瞧得起门卫，门卫拦他就够让他恼怒的了，更何况门卫对他说出无礼的话了。他从外面办完事回到公司，抓起一块石头，就跟小赵打起来。小赵也不示弱，顺手摘下挂在墙壁上的警棍，迎着潘工程师冲了过去。潘工程师有点胆怯，说：你还敢用警棍电我？你电我试试。我违反公司制度有公司来处理，我违法有警察处理，你算什么？你电我就侵犯人权，你电我试试。

这时公司其他员工过来把小赵和潘工程师拉开了。但潘工程师还摆出一副没完没了的架子，要来个鱼死网破。

李小强见势，忙去做潘工程师的工作。但潘工程师不接受，倔劲十足。他非要跟小赵拼命，分个高低。气得李小强说："你的命也不值钱，你去拼吧！"

龚会计走过来一伸手，拉起潘工程师的手说："走，我给你上一上思想课……都这么个年龄了，还冲动。"潘工程师被龚会计拉进另一间办公室。龚会计说："老潘，你还年轻吗？你都这么个年龄了咋还耍小孩脾气？你挣多少钱？他挣多少钱？这不影响你的工作吗？再说，你为什么要搞特殊化呢？虽然你是工程师，但是你也要服从公司的制度，这制度不是给哪个人定的，他是针对整个公司集体！没有规矩能成方圆吗？"

龚会计说这些话时眼睛一眨不眨地看着潘工程师，手还攥着潘工程师的手。潘工程师被这火辣辣目光征服了，瞬间一点脾气也没有了，只有洗耳恭听。他觉着有一股暖流正从龚会计的心灵之处传递给他。他过了好一会儿才说出几个字："真气人。"龚会计不客气地说："气人的事多了，你都这么冲动吗？我想不是，如果遇到气人的事你就去拼命，我想你的小命早就没了。你自己思想有问题，好好反省反省吧。"

"你不用再给我上课了，你是老师行了吧。"潘工程师脸挂笑容说。

龚会计也笑了，说："那你这个学生可要听老师的话，从今天起要遵守纪律。要么老师可要惩罚你的。"

"行！"潘工程师深深吸了口气，轻松了许多。

龚会计又化解了一次矛盾。

李小强笑着说："龚会计，你真行，我们这些英雄男子汉都被你征服了！"

"小李，你说错了，我纠正一下。你们不是被我征服了，而是被我挽救了。如果不是我勇敢出手相救，你们真的动起刀枪来，必有一伤。"龚会计说完就笑了。她笑得那么阳光；她笑得那么灿烂；她笑得那么自信；她笑得那么从容。

发表在 2007 年 6 期《新青年》杂志（黑龙江哈尔滨）

柱子是个兵

深秋北方的天气与冬季相接了。在这秋末冬初的日子里，坐落在凤翔镇东南十里的马家屯，被一股紧张而渴望的气氛围着。马家屯的人们都在注视着凤翔镇的局势，这局势关联着每个人的心愿与命运。

昨天午夜，人们被凤翔镇的枪声惊醒。醒来的人们爬到屋顶朝凤翔镇方向张望。枪声像是马家屯人的心跳，紧了一阵，慢了一阵，直到天光渐明，枪声停止，马家屯的人们才把提着的心放下。马家屯人关注凤翔镇的表情，如检查自己的体温一样细心，他们知道不能马虎，不能有丝毫差错。

柱子同往日一样，穿着单薄的衣服，两只胳膊插在袖筒里抱在胸前，迎着清晨冷飕飕的风，从屯外走进屯里。柱子走近人群时，他看见刘愣妈在哭。柱子正准备听下去时，有人对他说："柱子，抓紧找个女人吧，也好真正体验体验生活的乐趣！"

"现在不也挺好的吗？"

"好？别人穿棉衣，你还没穿。"那人停了停又说："晚上别人搂老婆，你搂啥，搂枕头？"

柱子没说话，他觉得腿很冷，便低头看。柱子发现裤腿不知什么时候剐破了，破了的布垂在下面，风一吹，忽闪忽闪，像一面小旗在摆动。

那人看看柱子，同情的话又脱口而出："柱子，告诉你，你要现在不找个女人，等仗打完了，就找不到了。"

柱子皱了皱眉，仍没说话。

"仗打完，女人还都抢着嫁给兵。"

"那我就一辈子不找女人。"柱子说话时往地上吐了口唾沫。

眼前，柱子对女人的兴趣远不如他对战争局势的兴趣大。战争局势的突变是出乎柱子意料的事。假若那个传进马家屯的消息在昨天夜里真的成为现实，柱子将会留下终生的遗憾。所以，柱子对消息的真实性，要比别人更细心、更急切。

自从小日本来了，马家屯便多了许多灾难与不幸，屯里的女人被日本兵糟蹋，男人被抓去运军需物资等一件件惨不忍睹事情的发生，让人们恨透了日本人。人们渴望日本人投降，渴望日本人远离这块黑土地。然而，在有关苏联对日宣战的消息传开多天后，仍迟迟未见苏联兵过江。在凤翔镇的岗楼上，仍是小日本人的太阳旗高高飘扬。马家屯的人都很清楚，苏联兵如对小日本发动进攻，第一仗便是凤翔镇，因为凤翔镇与苏联只隔黑龙江的江面。马家屯的人着急，却很少有人敢进凤翔镇里了解真实情况，他们怕苏联兵突然过江对日本人发动进攻，那样自己有可能死在战乱之中。马家屯出的消息只能从很少几个愣头愣脑的小青年那里知道。小青年好奇心大，敢冒风险，他们总在老人不留意时，悄悄离屯去凤翔镇，他们想亲眼看看日本人逃跑的场面。

刘楞昨天一早进凤翔镇就一直未归，他的老妈哭得死去活来。刘楞妈绝望的哭声，给人们增加了安全与真实的感觉，他们猜测昨天夜晚的枪声是否是苏联兵对日本人开的。

黎明，凤翔镇却没有一点声音。忽然有人惊喜地喊："刘楞，刘楞，那不是刘楞吗？"

"是刘楞。"有人补充。

刘楞妈看见了刘楞。刘楞钻出屯外那片柳树林，往屯里跑，跑向人群。

人群像开闸的洪水，把刘楞围住。

刘楞四处张望着寻找他妈。他妈最后跑到人群。她扒开围住刘楞的人群，才见到刘楞。刘楞满脸灰尘与疲倦回答众人的问话。有人重复地问刘楞："日本人真逃跑了？"

"这还有假。"刘楞说，"明天，我领你们去镇里。"

"楞儿，你饿了吧？"刘楞妈拉着刘楞走出人群时，还回头对众人说："要想知道底细，就自己去看……真是的！"

众人觉得刘楞妈像个英雄的母亲。刘楞是马家屯唯一看见日本人逃出凤翔镇的人。

众人回过身，再次把目光投向凤翔镇，凤翔镇如湖水一样平静。

柱子离开人群，孤单单地走出屯，沿着那条小路，朝自己住的地窖子走去。

冷风卷起枯黄的树叶，在柱子眼前飞舞。柱子感觉他像枯黄的树叶一样，没有自身的重量与位置。柱子在极为痛苦的思索与追忆中来到地窖子前。他住的地窖子与屯子相距五百米。柱子选择这个地方修建自己的住处是因为他喜欢静。可这种喜欢霎时变成一种不祥的预感……

柱子和屯里人还陌生，屯里人觉得柱子的地窖子与山里抗日联军留下的小窝棚出自一个模子。人们只知道屯里新来个人叫柱子。柱子告诉屯里人这个名字之后，再不提自己的过去。屯里人对柱子的过去，像对他修建地窖子的水平一样，心中没底。

柱子同屯里人有来有往。在谈话中柱子曾多次避开屯里人问他来马家屯前，在什么地方谋生的话题。他谈得最多、最精彩的是有关赵尚志率领抗联战士打日本鬼子的事。他滔滔不绝地向屯里人讲述那充满硝烟的故事。屯里人聚精会神地听着，不知是谁在柱子停顿时插了一句："柱子，你看见了？"

"没有，没有。"

"那你咋知道这么详细？"

"听别人说的，别人都这么说。"

柱子在心里责怨自己差点失了嘴。

人们等着柱子往下讲，他们想真实地知道抗联战士怎样打击日本人的，想知道赵尚志将军如何指挥部下的。可柱子把话题一转，谈别的事去了。旁边有人说："柱子，你别瞎扯，继续讲，赵尚志后来怎样了？"

"往下我不知道。"柱子说，"最后赵尚志就死了。"

马家屯的人曾发现，在赵尚志壮烈牺牲的日子里，柱子双眼圈红了好多天。有人问："柱子，你眼睛怎么红了？"

"闹眼睛。"

人们觉得不像闹眼睛。

夜幕笼罩大地。沉睡在荒原深处的马家屯正朝梦中走去时，柱子从屋的一个墙角拿出一把钢刀，然后出了屋，在星辰的陪伴下，向凤翔镇走去。

柱子没走小路，他走的是大路，虽然小路要比大路近一半，但他知道小路要穿过一片柳林，柳林里充满了杀气。这杀气主要来自野兽。在这空旷的荒原上，野兽随处可见，有许多夜行人，曾被野兽夺去了性命。柱子一出门，便听见狼的叫声，那声音就在他的附近。柱子紧紧握着手中的钢刀，警觉地听着周围的声音，有这把刀在手，柱子便没了恐惧。他曾在钢刀的陪伴下，度过许多危险的夜晚。可自从他住进马家屯，钢刀再也没有露过容颜……

凤翔镇的大街灯火通明。苏联红军到来后，黑暗不再属于这里。柱子一进镇，正遇上一队苏联兵从大街上急行而过。凭着经验，柱子断定苏联兵是开往前线或追击敌人的。苏联兵过后，街上跑来几个玩耍嬉闹的孩子，孩子手中举着灯笼，他们相互追逐着喊："小鬼子投降啦、小鬼子投降啦！"

光复的凤翔镇，有了新的生机。

柱子在镇里转了一整夜，在黎明时他出了镇……

野草枯黄瘦弱，草叶上挂满冷霜，寒气逼人。柱子脚上的布鞋，很快被冷气刺透。柱子觉得冷，便加快了行走的速度，他想尽快回到地窖子。在柱子正准备穿过那片柳木时，前方传来了声音，柱子止住步，警惕地从后背抽出闪亮的钢刀。过了好一会儿，柱子断定那声音来自人的呼吸，并且是来自女人的呼吸。于是，柱子把钢刀放回原处，继续走。

一阵沙沙的脚步声响起，接着一个女人挡住了柱子的路。柱子一愣，见竟是一个日本女人。

"小日本，你再威风啊！"柱子对日本女人大骂。

苏联兵进凤翔镇后，日本人便逃的逃、降的降。男人被苏联兵押起来，丢下的女人四处奔命。这个日本女人是昨天夜里从凤翔镇逃出来的。

"小日本，你们完蛋了。"柱子绕开日本女人，继续往前走。柱子没有伤害日本女人，他觉着日本女人没有给他带来不幸。

日本女人一扭一扭地紧跑几步，再次站到柱子面前。她往地上一跪，接着趴在地上，两只手死死搂着柱子的右腿，仰着脸对柱子说着什么。

柱子不懂日本女人的话，他看日本女人不松手，反而狠了心。他一挥手，巴掌实实在在打在日本女人的脸上。日本女人低下头，把脸贴在柱子的鞋面上，嘴里仍说着什么。柱子觉着手疼，也感觉右脚面热乎乎的。他拖着日本女人，走了很长一段路，回头看见走过的路上染上了血。他低头再一看，日本女人有气无力喘息着。柱子掰开她的手，发现日本女人的衣服磨烂了，胸前一片鲜红。柱子朝屯里跑去。到屯口，他回头，日本女人摇摇晃晃随他而来。

这天清晨，马家屯的人们起得特别早。他们准备去凤翔镇看日本兵走后的变化，看苏联兵的英姿。

日本女人进马家屯，就挨家要吃的，受尽日本兵苦头的人们，再无丝毫对日本女人的同情，他们把日本女人撵出院。日本女人身后总跟着几条狗，狗追着日本女人咬，日本女人连滚带爬地围着屯转。有上了年岁的老妇人摇着头说："报应啊，报应。"

柱子回到地窖里，肚子打着响提出强烈抗议。此刻，他觉着又饿又困。他拿起一块冰凉的玉米饼一阵狂嚼狂啃。当他觉着肚里有了底，又喝了半瓢凉水。然后，他往炕上一躺，大睡起来。一觉醒来，柱子从炕上下来，准备到屋外撒尿。他伸手推门，门未开。他又推了推，门仍未开。他感到奇怪，他用力朝门撞去，门"咣当"开了，柱子被甩在屋外。趴在地上的柱子一回头，见日本女人拎着一捆干草站在门后……

"小日本，你滚！"柱子站起身。

日本女人放下手中的草，朝柱子走。柱子转身回到地窖里，上了门闩。

日本女人站在窗前，朝屋里比画着，说着。柱子把尿尿在灶坑里，提着裤子，坐在炕上看着窗外的日本女人。日本女人面容耐看，或能引起对她的同情。柱子的心里琢磨日本女人年龄不超过三十岁，很可能在二十四五岁。柱子的心千变万化，说不上怎么了。到了深夜，屋外的日本女人没了力气，她手扶着窗，脸贴在玻璃上，看着里面的柱子。柱子虽然不懂日本女人的话，可从声音中足辨别出她求生的渴望与要求。柱子的心中涌起一股强烈的愿望与人性的责任。就这样，他开了门，允许日本女人走进地窖子。日本女人泪流满面跪在柱子身前，很感激，却无力地说："你不要我的我死啦死啦……"

柱子看着日本女人脸上留着手印，透过破烂的衣服，柱子仿佛看见了日本女人的肌肤。他想起与日本女人相遇的整个过程。

那是一九四四年的初冬。当时柱子三十八岁。在日本女人住进柱子地窖里的那个晚上，北方迎来了入冬的第一场雪。

马家屯的人知道柱子收留一个日本女人，像在灶下发现一枚炸弹，炸开了锅。他们觉得日本兵杀的人抢的东西强奸的妇女，都像是柱子干的。仇恨涌上人们的心头，在一个无风无雪的早晨，他们不约而同地围住了柱子住的地窖子。他们来找柱子算账。

自从日本女人住进地窖里，柱子每天睡得早，起得晚。日上三竿柱子的屋门还未开。等烦的人上前敲门。日本女人开门，见外面那么多人，忙又把门关上，转身去喊柱子。柱子掀开被，穿着内衣内裤，走出屋问："你们有事？"

"柱子，你搂日本女人睡觉啦？"

"关你们事吗？"

"我们要报仇。"

"找谁报仇？是我、还是日本女人？"

"当然是日本人啦。"

"请便。"柱子说这话时想笑。他看着这些日本兵来时，连大气都不敢喘的人，有种说不出滋味。

人群里走出几个人，进地窖里捉日本女人。日本女人晃动着手说："不要三滨。"

"想杀了她？"柱子又说，"当初日本兵在这里你们干啥去了，都死了吗？日本烧、杀、抢、淫，你们怎么不报仇！"

人们觉得柱子像个将军。柱子的举动，人们无法理解。人群散了。

转眼又是两年，新年来临前，柱子领着日本女人进凤翔镇采购年货。走在街上，遇见了一队军人。军人出现让柱子紧张，他没有心买东西，拉着日本女人回马家屯。在凤翔镇岗楼上，站着一个解放军。解放军端着枪看着来往的人，柱子心里怕。

马家屯成立了共产党支部，支部由凤翔镇领导。马家屯支部把柱子收留日本女人的事汇报给了凤翔镇。凤翔镇派刘支委到马家屯了解情况。刘支委在马家屯支部书记陪着走进柱子的地窖子。

柱子看见刘支委，慌了手脚。

刘支委看见柱子，也一愣，然后问："你叫什么名？"

"柱子。"

"不对……不对。"刘支委摇头，接着肯定地说，"你叫李强。"

马家屯支部书记被刘支委与柱子的对话弄懵了。从未见人说柱子有个李强的名，也没想到柱子与刘支委早就认识。

刘支委走时，带走了柱子。

柱子走后，再没回来。

日本女人一个人住在地窖里，寂寞、无奈。她摸着已有变化的肚子等了好多天，仍没见柱子回来，便去找马家屯党支部书记问原因。党支部书记也不清楚柱子为何一去不返。他本想不管，可刘支委走时告诉他支部要多关心日本女人的生活。没办法，党支部书记只好去凤翔镇找刘支委打探消息。

刘支委没过多说话，他从办公桌上拿起一张纸，递给马家屯党支部书记。

回屯，打开一看，纸上这样写着：

①柱子，原名李强。

②原籍，山东省梁山人。

③抗日战争时期参加抗日联军。

④临阵脱逃。

马家屯的人都被惊住了，谁也没想到柱子当过兵。

小屋又小、又暗，阳光只在下午光临。柱子被关在小屋里。屋的一侧是武装部，另一则是厕所。柱子总能听见厕所里人解腰带、喘粗气声。好在是冬天，要是夏天柱子非被厕所里的味呛死不可。柱子是个不受欢迎的人。门口那个持枪岗的兵，对柱子很无礼。柱子不怕他，柱子问："冷不？"

"咋不冷！"兵瞪着柱子说，"一枪毙了你算啦，要不我们还陪着你。"

"开枪吧。"柱子把脑袋一伸。

"你要真不怕死还能有今天。"

"死谁不怕。"柱子说，"我知道你不敢开枪。"

"你看着！"兵摘下肩上的枪，枪口顶住了柱子的头。

"不怕死的，你出来。"兵喊。

柱子没理兵的茬。这是个不足十七八岁的小兵，小兵容易动怒。柱子了解兵的性格，他也有过兵一样的历史。对自己的过去，柱子有过回顾与思索，但没找出正确与完整的答案。柱子参加抗日联军前，在南山煤矿当矿工。矿工的生活苦不说，很危险，过着今天活明天死的日子。在他们中有个能说的工友，那工友领着他们三十多个兄弟进了山，参加了赵尚志的抗联队伍。这时柱子他们才知道那个工友真实姓名叫刘峰，是地下党员，后来成了柱子的队长。柱子因身体高大，成为队里的机枪手。当时，抗日联军有几百人，人们打小日本的情绪激昂。可仗打来打去，人越打越少。柱子看着同自己一同来参加抗日联军的工友牺牲了，就越想报仇。不想最后一仗赵尚志也牺牲了。柱子负伤后就再也找不到部队了。柱子正想着，外面传来了说话声。柱子听出是刘支委，刘支委说："没想到呀！"

"没想到咱们还能见面。"

"那回和我们一起离开南山矿的工友，看来只有你我两个活着。"

刘支委觉得很幸运，不但没死，还当了官。但他总也忘不掉在日本情报部门的那些日子。柱子活着，却是另一种命运。

柱子弄不明白为什么要送他到劳改农场，是因为日本女人？

日本女人来看他时已换了装束，一副中国农家妇女的打扮，黑裤、蓝上衣，肚子凸出得很高，看样子快生了。柱子对日本女人的肚子发生了从未有过的兴趣。他上车前说："等着我！"

"一定等你，等你回来！"日本女人用中国话说。

柱子到劳改农场常梦见日本女人及女人肚里的孩子。想到她们，柱子就有了信心。可有一天日本女人出乎意料地来到柱子面前。柱子双眼看着日本女人怀中的孩子，孩子看见柱子害怕地躲着他，柱子看着孩子那小巧的样子，脸上露出从未有过的笑。日本女人伤感地说："我要回日本国了，你给孩子起个名吧。"

"男孩女孩？"

"男孩。"日本女人低头看着怀中的孩子说，"挺像你的。"

"叫李誓吧。"柱子叹了口气。

日本女人回国了。柱子情绪极为反常，他找管教说："我头疼，心也闷。"

"你身体这么结实，哪能有病？"管教是个没有文化的青年人。他很负责地说："你要老老实实接受人民政府的改造，才能有新生。"

"屁话，人都快死了，还接受啥改造。"

管教瞪圆双眼，准备说什么，可柱子转身回牢房了。

同屋的犯人问："柱子，你不怕管教？"

"怕个屎，"又说，"老子也拿过枪，还抗过日，凭什么关我！"

柱子死了，他死的那天夜里，天空无月，一片漆黑。犯人们报告给管教，管教带着两个持枪的兵走进牢房。管教摸了摸柱子的胸口，扒开眼睛看了看，然后站直身说："埋了吧。"

柱子的尸体被几个犯人抬着走出牢房，穿过一片空地，埋在荒山坡上。

马家屯后来集体搬迁到凤翔镇，那片树林成了一个公园。人们为了纪念赵尚志命名为尚志公园。赵尚志纪念碑，便矗立在柱子住过的地窖上。每年清明节，都有人来扫墓。

多年后，从日本来了友好访华团。其中有个叫三郎的日本男青年，由人陪同去了劳改农场。他给柱子扫了墓。柱子的墓是个小土包，土包上面有个牌子，牌子上写：抗日逃兵李强。

发表在 1995 年第 6 期《北极光文学》杂志（黑龙江大兴安岭）

生命的含量

　　春节刚过，秀才和往日一样坐在办公室里跟几位同事闲聊。这时办公桌上的电话响了。县委精神文明办打来电话说，要到奶粉厂检查库房标准化管理达标的事。秀才放下电话，起身去库房通知保管员阿兰。

　　阿兰不在仓库里。几十米长的库房里只有一个十八九岁的男青年正在吃力地搬着什么东西。他是在整理摆放零乱的物品。可能是因为物品太重吧，超出了他的体力，看上去男青年要被压倒的样子。秀才没有见过这位年轻工人，他迟疑了一下问：兰姐呢？

　　年轻工人没有停下手中的活，也没有看秀才一眼，还是弯腰专注地搬着物品，只是随口说了一句：不知道。年轻工人的口气挺生硬，很冷漠。

　　秀才觉着有点不是滋味，认为这个年轻工人没礼貌，太傲慢了。他有些生气，转身就往仓库外走。这时阿兰手里拿着一件工作服从外面走进来。秀才回过身，一指年轻工人问：他是谁？

　　阿兰一笑，轻声说：小九。

　　秀才摸不清头绪的重复说：小九？不是咱们厂的吧？

　　阿兰补充道：才来的。

　　秀才这时才知道奶粉厂新来了一名年轻工人叫小九。

　　小九真正地走进秀才的生活中，还是在两个月后的一天。

　　那天秀才感冒了，身上发热，没有食欲，不舒服，就没有去上班。一个人躺在宿舍里看了一会儿书，就在不觉中睡着了。不知过了多久，宿舍的房门"咣当"一声被人踢开了，秀才猛然被惊醒，他愤怒地扭头，朝门口一看，见是小九抱着东西走进来。他正要对小九发火，看小九的姐夫走进来了，没好多说什么。秀才经常到小九的姐夫家去喝酒，两个人关系不错，转变了态度。

　　小九的姐夫还在班上呢，把小九送到宿舍后，同秀才打了个招呼，就回去上班了。小九一边整理着床铺，嘴里还一边哼唱着《世上只有妈好》那首歌。他这样唱：世上只有妈妈好，有妈的孩子像个宝。世上只有妈妈好，没妈的孩子像棵草，幸福哪里找……他的声音沙哑，让人听起来难受。

秀才听得心烦，故意咳嗽了一声。

小九便停止了歌唱，把目光移向秀才问：你怎么没上班？秀才不冷不热地说：感冒了。小九立刻做出一副惊慌失措的样子说：这可不得了，不得了。这次感冒的人太多了。你可别传染上我。

秀才听这话挺不入耳，就不再跟小九搭腔了。

小九收拾好床就出去了。过了好一会儿，他拿着几盒罐头回到宿舍里。他走到秀才床前，往床上一放说：补一补，好得快。

秀才没想到小九会给他买东西，两个人没有交往，怎么好收人家的东西呢。秀才说什么也不肯收下。两个人来回推让几次后，小九发火了。他坚决地说：你不收下，就是瞧不起我小九，你把东西扔到垃圾桶里好了，我就再也不理你了。秀才看小九是实心实意的，也就不好再推让了。

从这天起，小九就住进单位的集体宿舍里了。他也走进了秀才的生活中。

徐尚昆二十五岁，省技校毕业从外地分到厂技术科已经两年了。他不仅是集体宿舍里最活跃的人，还是厂兼职团支部书记。他每天都在琢磨着，怎么才能把团支部的活动搞得有声有色。五四青年节又要到了，团支部准备发展一批新团员，送走一批退团的老团员。他又忙开了。

那天小九对徐尚昆调侃地说：书记大人，我能入团吗？

徐尚昆把文件夹往床上一扔，在屋里踱着步，摆出一副领导讲话的姿态说：这次你恐怕赶不上了，下次吧。

小九说：为什么？

徐尚昆说：你还没写申请呢。总不能你连申请都不写，就让你入团吧？

小九好像看到了入团的希望，也认为徐尚昆说得在情在理，就毫不怠慢地走到秀才面前说：帮个忙，写个入团申请吧。

秀才抬头看着小九说：申请自己写最好，这表示你对入团的真诚与重视。

小九连连点头，微笑着说：有道理。他拿过秀才的笔和纸，趴在秀才的桌子上，低头就写起申请来了。他写得很认真。过了好一会儿，他才如同从痛苦中解脱出来一样，站起身。他把写好的申请递给秀才，让秀才给看一看。

秀才一看惊住了。他看到的不是申请，而是自传，或者是决心书。秀才没有表态，让小九把申请递给徐尚昆看。

徐尚昆接过申请，在宿舍里一边来回踱着步，一边放声朗读。那样子带着极大的嘲讽。这严重刺伤了小九的自尊心。他上前一把抢下申请书，七上八下地撕个粉碎说：老子不入这个团了！徐尚昆万万没料到小九会发这么大的火。

他跟小九还是比较熟悉的。因为他常到小九的姐夫家去喝酒。

从那以后，小九一提到徐尚昆这个人就生气，愤恨地说：他不是人。

小九本名不叫小九，只是在兄弟姐妹中排行第九，家人才称呼他小九。他到奶粉厂工作不久，便被人称谓九哥了。

小九被人称为九哥，还真有着惊心动魄的一幕呢。

小九到奶粉厂正式上班是在冬天里。奶粉厂是自己的取暖锅炉。他被分到锅炉房烧锅炉。烧锅炉的工人每天是三班倒，又脏又累，都是一些在厂里没有技术，没有固定岗位的闲散工人。不过这些人到也愿意干。因为锅炉房管理松散，只要把锅炉烧热，别让厂里的暖气管冻坏就行了。小九来的那天，正好上夜班的一名工人请假了，他就被分在夜班上了。

小九的班长是酒仙。酒仙以胆大，身体健壮，不讲理，爱喝酒闻名。

这天酒仙本来应该是晚上八点接班，可到了九点，还没见酒仙的人影。小九刚来锅炉房上班，从前也没有接触过，不懂烧锅炉的技术，只能从外面用独轮车往屋里面进煤。酒仙来时，屋里堆满了煤。小九已经是大汗淋漓了。酒仙看见还没有供气，就急了，火冒三丈地说：你是死人呀！天这么冷，还不供气。冻坏了水管怎么办！

小九说：我不会。

酒仙说：你干啥吃的？

小九说：你干啥吃的。

酒仙说：这么简单的活你都不会，一头撞死算啦。

小九毫不示弱地说：你要死也没人拦你。

酒仙说一句，小九有两句，寸步不让。两个人吵了起来。夜静，声音大，传播面大，有住宿舍的年轻工人跑过来看热闹。小九不一会儿就把酒仙给逗乐了。酒仙是全厂没人敢惹的人物。有一年夏天厂里举办篮球比赛，原来定的有他，后来被临时撤换下来。他喝了酒，在比赛时只穿着红色三角短裤，光着上身，站在球场上大骂，全厂没人敢管。此时他看眼前这个又瘦又小的小九不服气的样子，觉着很有意思，不但不生气了，反倒笑了说：你是哥，你是哥，行了吧。

小九说：那倒也不是。

酒仙说：是。

小九说：不是。

酒仙说：你是，你是九哥。

打那以后小九，就成为厂里人的九哥了，并广为流传。

九哥看到秀才常在报纸上发表文章，受到厂领导的重视，还能到省城出差，心里痒痒的，就模仿秀才的样子，把业余时间都用在了读书和写作上，并且他每天都看得很晚。但是两个人看书的种类却不同。秀才看的是新闻写作方面的书，而九哥看的却是畅销小说。这天九哥同往日一样，手捧着琼瑶的小说痴迷地看着，浸沉在感人的故事情节之中。徐尚昆不解地问：九哥，你这样玩命的看，想干什么？

九哥抬起头，不加思考地说：我想让人尊重我，就像厂里人尊重秀才一样。

秀才在一旁听了，才恍然大悟，原来九哥每天拼命地读书是为了这个目的。他的心一颤，劝说：你看那些书没用。

九哥怔了一下说：那看什么书？秀才，你教我写文章吧？让我小九的大名也上上报纸，风光风光。

秀才说：写文章不是教出来的。这要靠悟性，没有悟性是不行的。

九哥生气地说：不教算了，凭我的努力，将来一定比你强。不过他的话没引起其他人的在意，只当一阵风从耳边刮过。

汛期到了，江水猛涨，在不足一个星期的时间里，江水就超出了警戒水位。在关键时刻县里成立了抢险突击队。奶粉厂也成立了分队。抢险队员要求身体好，年龄在二十到三十岁之间。九哥十八岁，不到年龄，可以不参加，但他自告奋勇参加了突击队。

抗洪抢险突击队整天在江堤上巡视，同沙石、草袋、木桩打交道，抢修危险江堤，累得人缓不过劲来。那天九哥正背着一袋沙土走在堤上，眼前一黑，倒了下去。旁边的人急忙跑过来拉住他。大家都被九哥这突然的晕倒吓坏了，多险呀，身边就是滔滔的江水，九哥要是顺着江堤滚下去，谁能负起这个责任呢。领导过来问：你怎么了？

九哥装成没事的样子说：没事了。

领导说：这里太危险，你回去吧。

九哥不再说话，拿起铁锹，要接着干，但被人拦住了。后来人们才知道九哥有先天性心脏病、大脑供血不足，还有胃病，这下子九哥轰动了整个抢险突击队。县电视台来给他录了像，电台来录音，他成了抗洪战线上的标兵。地区报纸上还以一篇《抗洪前线的小战士》为题，发表了专访，并配有照片。

九哥名声大振。在那段日子里，奶粉厂的人见到九哥，都笑着说：九哥，你真行。九哥却装成无所畏的样子说：没什么，这有什么。他嘴上虽然这么说，心里却如同喝了蜜一样甜。

　　那天秀才正在宿舍看书。九哥进来了，把报纸往秀才的眼前一扔说：秀才，咋样，没你，我小九的大名也照样上报纸，也照样名扬天下。

　　秀才还是看着书，不理九哥。他觉着九哥跟常人有点不同，可是不同之处在哪？他又说不清楚，这只是一种感知。

　　九哥并没有因为秀才不理他，而停止他的自我表现。他好像是扬眉吐气了。他说：并且我的名声比你的大。

　　秀才火了说：九哥，你走开，走开。

　　九哥说：秀才，瞧你那样，有什么了不起的，装什么呀，谁不知道谁呀！你写那么多，才发表几个？别累白了少年头。

　　秀才听见这刺伤自尊心的话，恼羞成怒地吼道：九哥，你快去死吧！

　　九哥说：你死去吧。我不能死。我还要好好地活着。可是九哥的话音没落，就吐出一大口鲜血来。

　　宿舍的人都被惊住了，大家急忙把九哥送进医院。从此他再也没有回来。

　　九哥死去半年后的一天，秀才、徐尚昆等几个住集体宿舍的年轻人，再次聚集在九哥的姐夫家喝酒。话题不自主的就提到了九哥。九哥的姐夫说，小九从山东老家来东北的第一个心愿，就是想到奶粉厂里面当一名正式工人。他帮小九实现这个心愿了。

　　大家一时无语。

发表在 2011 年 9 期下《山东文学》杂志（山东济南）

马大帅的悲哀

马大帅是马明峰的绰号。他的这个绰号是到青岛瑞克美精密机械有限公司当保安后才有的。在此之前，与交往的人都称呼他的本名马明峰。可他到青岛瑞克美精密机械有限公司当保安后，就有了绰号，名字就发生了改变。改变他名字的人是邱虎。

邱虎是马明峰的同事。他年长马明峰两岁。可马明峰有女朋友了，而邱虎却没有女朋友。邱虎个性强，棱角分明，而马明峰性格有些柔软与缠绵。马明峰带着女人味，而邱虎有点像梁山好汉。

马明峰看不惯邱虎霸道的处事方式，邱虎也看不惯马明峰带有女人味的性格。邱虎从不喊马明峰的本名，而一直呼马明峰为马大帅。马明峰也不叫邱虎的名字，而称邱虎为小诬赖。他们两个人相互这么一喊，那些当保安的年轻同事感觉新鲜，觉着有意思，也就跟风似的都这么喊起来了。从此马大帅与小诬赖这两个绰号就在公司里流传开来。

从直观来讲小诬赖没有马大帅好听。在绰号方面马明峰是占了邱虎的便宜。邱虎给马明峰起绰号是与赵本山主演的电视剧有关。而马明峰给邱虎起绰号是与邱虎的相貌有关。可不管怎么说两个人都存有诋毁对方的用意，出发点是不友好的。

当时赵本山主演的电视剧《马大帅》正在青岛地区热播。人们被电视剧中的主人公——马大帅的戏剧性人生深深吸引着。

邱虎正是从电视剧《马大帅》中得到的启迪，萌生了灵感，才给马明峰起了马大帅这个绰号。他不是出于赞美，而是带有嘲讽与贬低的意思，因为他没有瞧得起马明峰。

马明峰也没瞧得起邱虎。他看邱虎又小又瘦的，还带有地痞气，作为回敬，便送给邱虎小诬赖这个绰号了。邱虎万万没想到马明峰会送这么个绰号给他。这个绰号如同一只苍蝇放在他的嗓子里那么难受。马明峰在邱虎面前总是表现出胜利者的姿态。

他们两个人在互相贬低与嘲讽，暗中较劲，矛盾尖锐，渐渐升级。

邱虎与马大帅相识在青岛瑞克美精密机械有限公司。这家公司从前在青岛市的市南区。市南区是青岛市商业最繁华的区。因为用地紧张，地价高，影响公司扩建与发展。公司决定扩大生产规模后，就在郊区买了地，建起了新的办公楼与厂房。公司搬迁到郊区后，为了公司财产安全，便决定成立保安队了。

公司老板常年居住在美国，又加入了美国的国籍，公司注册时便被定为美资公司。外资公司在政策上能得到优惠。因为董事长常年在美国，公司在国内的经营运转工作就由公司三位副总经理负责。

公司聘用的三位副总经理在公司都有股份。他们中有两位是主管业务的，而另外一位是主管行政事务的。三位副总经理各负其责，分工明确，互不干涉，相敬处事。

付万林是公司主管行政的副总经理，年过五十，头发渐白，体态略胖，社会经验丰富，是三位副总经理中年龄最大的人。虽然三个人都是副总经理，看上去付万林的权力要比另外两位主管业务的副总经理大，可实际上还是两位主管业务的副总经理有实权，能得到更多实惠。公司年产值过亿，生产资金流动性大，生产经营权力都在两位业务副总经理管辖之内。付万林能支配行政方面的资金却很少。他在两位业务副总经理面前是有名无实的。

两位业务副总经理非常尊重付万林，付万林尽量表现出自己的管理能力，用来弥补对业务上的不足。

付万林负责保安队的组建工作。他在与两位业务副总经理商量后，决定招聘六名年轻保安。人事部把招聘启事张贴出去后，又在人才市场上的电子屏幕上发了信息。保安不属于人才，只是一般无技能的劳动者。招聘信息发出后，前来应聘的人还真就不少。付万林在社会上招聘了四人，而另外两人是工业园管委会邱主任和刘办事员介绍来的。

工业园管委会是公司所在地的行政管理机构，公司有许多经营手续都要上报管委会审批。付万林与工业园管委会打交道是家常便饭的事情。他非常用心打理与管委会的关系。当邱主任把邱虎介绍给付万林时，付万林不加思考的就答应下来了。

付万林心想邱主任不就是推荐一个年轻人来当保安吗，这是小事一桩，举手之劳的事情。要么也得到社会上招聘。可邱虎根本就不适合当保安。这是付万林没有想到的。

邱虎身材矮不说，还瘦，又瘦又小的人怎么可以当保安呢。可他懒散习惯了，不愿意到车间工作，一心想当保安。他在去好多家单位应聘保安失败后，才找邱主任帮忙的。

邱主任是邱虎同村同族的远房叔叔。开始邱主任并不想帮这个忙，担心邱虎不认真工作，给他带来负面影响。可他经不住邱虎软磨硬泡，最终还是答应了。

付万林虽然没看上邱虎，可他要照顾邱主任的面子，便把邱虎安排在保安队工作了。

邱虎是与马大帅同时来到公司当保安的，这也许是巧合，也可能是命中注定的事情。马大帅与邱虎两个人品性反差大。他们是保安队里最有特点的两个人。

马大帅果真名不虚传，这个绰号还真就适用他。他是保安队中个子最高，长相最好的保安。如果说他是保安队中的美男，还真不过分。他在来青岛瑞克美精密机械有限公司当保安之前，已经在青岛市南区的几家大型超市工作过了。当然他的工作也都是保安，只是商场称保安为防损员。虽然称呼不同，但工作性质相同。他是一位有丰富保安工作经验的年轻老保安了。因为他在大型超市从事过保安工作过，很有资历，自我感觉良好，有些得意忘形，眼中无人了。他更没有把邱虎这位瘦小矮个子同事放在眼里。

邱虎虽然人长得瘦弱矮小，可自尊心并不小，他有着强烈的支配欲望，总喜欢指挥别人。他与马大帅在一个班次值班时，就总让马大帅一会儿去扫地，一会儿去开灯，不停地干这干那的，好像马大帅是他部下似的。

马大帅被邱虎指挥着，心里别扭，非常不高兴，也不服气。他与邱虎总有口角之争。两个人谁都不服谁，时不时还动起手来。当然还没有到大打出手的程度，只是朝对方比画着，咬着牙，发着狠，说着脏话，如同在示强。

公司院落大，办公楼与厂房在中间，前后有两个门。前门是院落的主门，面对一条大街，行人多，来往的车辆也多，公司车辆与人员进出都走前门。后门没事时不开，有事时才开。下班后，后门就上锁了。前门比后门热闹，后门比前门冷清。

晚上公司安排三个保安值夜班，前门两个，后门一个。后门就是一个寂寞的岗位。年轻人怕寂寞，喜欢热闹。晚上哪个保安都不愿意在后门值班。邱虎与王德亮在前门值班，马大帅一个人在后门值班。

马大帅也不愿意在后门值班。可邱虎坚决不去后门，而王德亮是保安队长不可能去后门。三个人中只能他去后门了。

青岛的夏季天黑得晚。傍晚的时候，工人都下班了，街上的行人也就多了起来。在工业园区内的行人中打工者占了主流，并且都是年轻人。工作一天了，当地人都回家去了，只有打工者像水中的浮萍在街上荡来逛去的。

王德亮和邱虎在传达室里觉得无聊，索性就来到公司门口，叉开腿，抱着肩膀，如同观众似的，看着街上往来的行人。街上的行人如同演员，他们就如同观众。

街上的行人能排解值班保安的寂寞，也能帮助打发时光。

马大帅一个人在后门值班觉得没有意思，就骑着自行车跑到前门来了。他们三个人看着往来的人流，你一言他一语地发表着议论。

邱虎指着一个打工妹说：长得怎么会这么丑？真难看。

马大帅接过话说：将来你找的老婆说不上比她还丑呢。

邱虎说：你的意思是你老婆比她好看呗！

马大帅说：当然了，我老婆与章子怡差不多。

邱虎说：你就吹吧。

马大帅说：我跟你吹什么呢。

邱虎说：哪天晚上把你老婆领来，让她陪我睡一觉，也让我感受一下你老婆的温柔。

马大帅说：就你那矮样，亲嘴都够不着。

邱虎说：现在就把你老婆喊来，试一试，看我够不够高。

马大帅说：你也太丑了。你这么难看，我老婆都不会正眼看你。

邱虎最反感别人说他丑了。他先后交往了几个女朋友都因为长相不理睬他了。他的脸瞬间就红了，血往上涌，有点恼怒。他说：你一个从临沂穷地方来的打工仔，有什么好神气的。你有本事别来青岛打工呀。

马大帅说：青岛也不是你家。青岛这么好的城市，你长得这么难看，你不觉得给青岛人丢脸么。

邱虎大骂：你想死了是不是？

马大帅毫不示弱地伸出手比画着，发着狠话说：小崽子，我弄死你。

王德亮看邱虎与马大帅发生了口角，怕两人真打起来，急忙劝说：你们别动手，说一说就行了。开玩笑是开玩笑，不要当真的。咱们是公司保安，可别内部打起来了。

马大帅看天黑了，转身骑上自行车去后门值班了。他离开时的架势，大有凯旋的气魄与神气。

邱虎回过头看了一眼马大帅远去的背影，心里如同喝了一大碗醋似的不舒服。马大帅嘲谑的话依然在邱虎耳边响起。他很清楚自己的相貌，也一直为相貌难过。可这是他爹妈给的，没有选择机会，只能继承。他处了好几个对象，都因为相貌不过关，没了下文。女孩见了他第一面就不想再见第二面了。今天他刚与一位女孩见过面。女孩对他不是太热情。他认为没希望了，心情挺郁闷的，自尊心再次受挫。他无法容忍马大帅对他的藐视与污辱。他想发泄，也想找回男人的尊严。

天已经完全黑了下来，路灯亮了，街上的人也少了。王德亮和邱虎回到公司院内，把电动门关上。邱虎拿着警用手电筒去开院落里的照明灯了。

公司院落里的照明灯安装在四个角的位置。打开或者关闭照明灯，就得在公司院落内走一圈。这是付万林精心设计的。因为开灯和关灯时，就等于把公司院落内巡视了一遍，可以及时发现安全隐患。

邱虎拿着手电来到后门时，马大帅正拿着手机听歌呢。邱虎调侃地说：还是后门好，清静。

马大帅说：那你过来，我去前门。

邱虎说：你适合在后门，我不适合。

马大帅说：你在前门值班会丢公司的脸。这么好的公司，用了你这么个没人样的保安，你说公司能有面子吗？

邱虎一听马大帅又说他长得难看了，就生气了，冲着马大帅快步走过去说：你找死呀？

马大帅不服气地说：小诬赖，你想找打是不是。

邱虎举起手中的警用手电筒朝着马大帅的头就狠狠砸了下去。虽然马大帅嘴上说得硬，可根本就没有动手的想法，也没想到邱虎会用手电筒砸他。他被邱虎这突如其来的一击打懵了。

马大帅眼冒金星，头发热，鲜血从额头淌下来，鲜血迅速染红了保安服。他本应还手的，但他的神气与魄力被邱虎这一手电筒砸没了。他看着怒气十足的邱虎，胆怯了。

邱虎举起手电筒对着马大帅又比画了一下，示意还想打。马大帅急忙跑开了，比兔子跑得还快。邱虎看着逃跑的马大帅，心头涌起一丝快意。他如同一位胜利者那样得意，也得到了一丝安慰。

马大帅一口气跑到前门。王德亮被马大帅吓了一跳。他还以为后门进贼了呢，一边问发什么事情了，一边拿起警棍，准备往后门去。马大帅手捂着额头，喘了一会儿粗气，才说是被邱虎打伤的。

王德亮猜测两个人可能因说话说恼火了，才动起手来。因为是公司员工内部打架，他也不好多说什么。他知道话说不准确，就会得罪人。他哪个也不想得罪。他还不知道邱虎会伤成什么样子呢。马大帅比邱虎体力好，马大帅伤成这样，邱虎也许会伤得更重。他怕弄出人命来，急忙用对讲机呼叫邱虎，让邱虎快点到前门来。如果真出了人命，他这个当保安队长也是要责任的。

邱虎手里拎着手电筒，晃晃悠悠，不紧不慢地走过来。

王德亮看邱虎毫发没伤，就知道马大帅没有还手。他让邱虎在前门值班。他骑上自行车载着马大帅到附近村庄的诊所去包扎伤口了。

公司离最近的村庄就是邱虎家居住的村庄。如果马大帅有点魄力与勇气，到村子里就能找到邱虎家，可以找邱虎的家人讲理，那样邱虎也许就会害怕了，他还有可能会为被打伤讨回个说法。可他没有去找邱虎的家人，也没有这么想。因为他头上的伤口还在淌血，疼痛搅乱了思维。

诊所里的女医生正与几个人在聊天。她看来病人了，站起身迎了过来。她让马大帅坐在椅子上。女医生一边用药水擦拭着伤口，做消毒处理，一边自言自语地说：你们这些小青年，就是好动手。你们离开家是出来挣钱的，不是出来打架的，总打什么架呀。

马大帅觉得被人打伤是丢人的事情，没有接话，想回避这个话题。如果他说是被邱虎打伤的，这件事就有可能得到更好的解决。因为开诊所的女医生是邱虎的远房表姐。女医生要是得知邱虎把人打伤了，肯定会告诉邱虎的父母。然而马大帅什么都没有说。

女医生给马大帅包扎完伤口，收了三十元的医药费。马大帅从诊所里出来没有回公司上班，而是回家休息去了。

马大帅的媳妇梅小芳在服装厂上夜班。早晨她下班回来，看到马大帅头上缠着白纱布，就急切地说：你被打了，怎么不报警呢？

马大帅说：报警有什么用。在公司发生的事情，还是让公司处理为好。

梅小芳说：老板会向着本地人，不会向着你的。你要是让公司处理，可能会吃亏的。

马大帅说：你放心，我能处理好。

梅小芳看着马大帅心情很不好。她想和马大帅一起去找付万林。马大帅不让。梅小芳总觉着马大帅在这件事上失去了什么，欠缺点什么。

付万林的车刚开进公司大院，马大帅就跟了过来。马大帅为了能引起付万林的重视，证明事件的严重性，故意把白纱布面积扩大了。付万林把车停稳，从车里钻出来，看着马大帅不知发生什么事情了。他想如果公司晚上有贼进来了，保安应该打电话告诉他呀。可是没有人给他打电话。他认为马大帅就如同电影里从战场上退下来的伤兵那样狼狈、士气低落。

马大帅把邱虎用手电筒砸他的事向付万林一五一十地说了。

付万林看是内部打架，就没心情管这事了。他对马大帅说你去找王德亮吧，王德亮是保安队长，就让他处理吧。

马大帅一听就失望了。虽然王德亮是保安队长，但王德亮谁也管不了，也不敢管。他看付万林上了办公楼，就回传达室了。

王德亮是从烟台乡下来青岛打工的人。他当过兵，又是党员，付万林便让他当保安队长了。他独自一人，为了节省房租，没有在外面租房子，而是住在传达室后面的房间里。他看着马大帅沉默良久，没有表态。马大帅一脸的愁苦。王德亮问马大帅想怎么办。马大帅说得休息几天，等伤口好了才能上班。虽然王德亮没有拒绝马大帅休息的要求，但也没有明确同意。因为他知道反对与同意有可能在付万林面前都是错误。马大帅认为他休息是名正言顺的，便回家了。王德亮安排人替代马大帅值班。

马大帅想借这个理由在家多待些日子。他认为公司应该来找他商量事情的处理方式。可他待了一个多星期，公司也没来人找他。他不安起来，着急了，便去公司找付万林。

付万林这些天一直在琢磨怎么来处理这件事。他更关注与留意邱虎了。他发现邱虎不但不遵守公司制度，还言语不文明，着装邋遢，有损公司形象。这样的人怎么能当保安呢？他想辞退邱虎。可邱虎是工业园管委会邱主任介绍来的，不能说辞退就辞退的，得找个恰当理由，让邱主任接受才行。他知道邱主任要面子，所以不能轻易辞退邱虎。虽然他不想得罪邱主任，但已经下决心辞退邱虎了。不然无法面对公司员工，在两位业务副总经理面前也会矮了半截，他不能让两位业务副总经理对自己有不良看法。如果这件事传到董事长那里，董事长会误认为他缺少管理公司能力，那样就不好了。他看到马大帅来了，眼睛一亮，萌生了一个办法，平稳地说：你的伤口好了？

马大帅说：基本上好了。

付万林沉默地看着马大帅。

马大帅看付万林不说话，便直接说出目的。他说：付总，这件事公司准备怎么解决？

付万林说：你想怎么解决？

马大帅说：你是公司领导，我是员工，你说了算。不过我是在工作时间被打伤的，公司应该处理动手打人的凶手。要么公司员工会有意见的。

付万林听马大帅这么说，心头如同被针扎了一下。他知道必须处理邱虎，不然无论如何是说不过去的。他说：你们打架是为了工作上的事吗？

马大帅没有回答。虽然他与邱虎打架是在工作时间，但起因却与工作毫无关系。

付万林话锋一转说：好吧，我给你处理一下。

马大帅一听付万林要处理这件事了，心里挺高兴。他感觉自己有理，认为付万林不会处理他。付万林拿起电话给王德亮打了电话，让王德亮通知邱虎到他的办公室来一趟。付万林放下电话，看了一眼马大帅，让马大帅先回传达室等着。马大帅下楼时遇到了邱虎。邱虎看着马大帅，马大帅也看着邱虎，两人擦肩而过，都没说话。马大帅急忙避开邱虎凶恶的目光，急速而过。

邱虎看这些天付万林没处理，还以为是大事化小，小事化了，不会处理了呢。他若无其事地来到付万林的办公室。付万林把邱虎的表情看在眼里，记在心中。他特别反感邱虎不屑一顾的姿态。

付万林讨好地说：你看到马明峰了吧？他来找公司好几趟了，公司还没处理呢。看来不处理是不行了。

邱虎咬着牙说：他找死了。他再来找，你就让他滚算了。

付万林为难地说：没你说的那么轻松。公司里那么多眼睛都在看着呢。

邱虎说：别人说的不算，就你说的算。马大帅就是个打工仔，辞退他不是什么难事情。

付万林看着邱虎，觉着邱虎这话口气太大了，好像公司是他开的。邱虎的语气如同在支配付万林似的。付万林试探性地说：你想怎么办？

邱虎听付万林这么说，还真以为付万林是在袒护自己呢，便来了精神，底气十足地说：辞退马大帅。

付万林说：那你呢？

邱虎认为付万林不能把他怎么样，便说：我听你的。

付万林说：这样吧，你要是继续在公司干，公司就把你们交给派出所处理。如果你辞职不干了，公司也就不管了。

邱虎听付万林这么说，立刻就傻眼了。虽然付万林话说得婉转，语气柔和，实际上却狠着呢。这等于付万林给他下了通牒，逼着他往绝路上走。他说：没有别的选择吗？

付万林坚定而有力地说：没有。现在公司上上下下的工作人员都在关注这件事，都在观望处理结果呢。我非常为难。

邱虎不想与警察打交道。他知道这件事如果让警察处理对自己非常不利，因为是他先动手打的人，而马大帅没有还击。当然他也可以否认，死不承认。那样警察也没有办法。因为事发现场只有他和马大帅两个人，没有第三者来证明是他先动手打人的。可马大帅被打伤是不可更改的事实。他不但要赔偿马大帅的工资与医药费，还可能会被拘留，在个人履历上会留下不良记录。他说：

167 -

我辞职。

付万林想要的就是邱虎这么个表态。他对这个结果很满意，心中暗自高兴。他用劝慰的口气说：当保安没什么出息，现在外资公司这么多，让邱主任帮你找个更好的工作。

邱虎本以为付万林会在意邱主任，不会处理他，没想到付万林主动提到了邱主任。他看出来付万林是故意提到邱主任的。

付万林拿起电话给人事部打电话，通知人事部给邱虎和马明峰办理离职手续。邱虎怎么也没有想到付万林会辞退马大帅。付万林又给王德亮打了电话，让王德亮通知马大帅到他的办公室来。付万林放下电话，扭过头看着邱虎缓慢地说：过一会儿小马就来了，你们最好别碰到一起，你先到人事部去办离职手续吧。

邱虎从付万林的办公室出来，没有马上到人事部办离职手续，而是回传达室了。他往传达室走时遇到了马大帅。两个人相互看了一眼，谁都没有说话。邱虎想不通付万林为什么会辞退马大帅。

马大帅来到付万林的办公室。付万林手中拿着报纸，在细细地看着。马大帅看付万林不表明态度，心就发慌，神情也不安，猜测结果。

付万林放下报纸，目光直视马大帅，语气沉沉地说：你想怎么办呢？

马大帅没想到付万林能这么问，有受宠若惊的感觉。他哪有主动权呀？可付万林话中的意思分明是主动权在他这里。他说：你是总经理，我听你的。

付万林说：邱虎辞职了，不属于公司的人了，这件事就不太好办了。

马大帅没想到邱虎会辞职，有点不知所措。他已经感觉到邱虎辞职对他的不利。

付万林说：邱虎已经不属于公司的职工了，公司就没有权力来处理他了。

马大帅说：那我也不能白被打伤吧？

付万林点着头，像是承认马大帅说的理由。但他并没有沿着这个话题说下去，反而说：你还想在公司工作吗？

马大帅说：当然想了。如果不想继续在公司工作，当时我就报警了。我是怕影响公司形象才没报警的。

付万林又点了点头，然后说：可公司里有规定，不论是什么原因，员工之间在公司打架的都做辞退处理。

马大帅说：我没还手呀！

付万林说：你没还手就更应该被辞退了。因为你是保安，不同于其他工作人员，别人攻击你，你连反击的勇气都没有，那你还能保护公司财产的安全吗？你能算是一名合格的保安吗？

马大帅听付万林这么说愣住了。他根本就没往这方面想。不过他认为付万林说的也符合道理。他是一名保安，如果他连自己都保护不了，还能保护什么呢。虽然他从事保安工作这么多年，可一直没有这么想过。他认为保安工作看上去轻松，实际上职业风险是非常大的。如果让他重新找工作，肯定不会当保安了。但他要把眼前的事情处理好才行。他说：那这件事怎么办？

付万林说：这是你自己的事。我不清楚你要怎么办。

马大帅站在那里，无话可说。

付万林拿起电话给邱主任打了电话。他对邱主任说邱虎辞职了。邱主任问辞职的原因。付万林就把邱虎打伤人的事说了。邱主任是政府工作人员，原则性比较强。他对付万林说了些感谢的话。

马大帅感觉付万林是故意在自己面前打这个电话的。付万林放下电话，站起身，拿起公文包，往外走。马大帅跟在付万林身后怯懦地说：付总，那我去办辞职手续呀？

付万林头也不回地说：办吧。

马大帅站在办公楼门口，看着付万林开车远去，心里空落落的，如同浮萍没有根基。他的手机响了，电话是人事部打来的，让他到人事部办理离职手续。马大帅转身去了人事部。他办理完离职后，经过传达室时看到王德亮了。

王德亮在与邱虎聊天中已经知道马大帅被辞退的事了。他觉得马大帅有点可怜，有点窝囊。可他什么也没说，只是冲着马大帅礼节性的微笑一下，点了点头。

马大帅回到家，把事情一说，梅小芳就炸锅了。

梅小芳火冒三丈地说：把人打伤了，不处理，还把被打者辞退了，世上哪有这样的道理。我去找他们。

马大帅说：咱是打工的外地人，他们都是本地人，还是算了吧。

梅小芳说：当初我就让你报警，你不听。如果报警了肯定不会是这种结果。我去找姓付的去。本地人有什么了不起，我就不信没有讲理的地方。

她骑上自行车就要去青岛瑞克美精密机械有限公司找付万林。马大帅不想让梅小芳去找付万林。他上前阻拦，梅小芳挥起手就给了他一响亮耳光，还责备地说：你还有没有点男人的骨气了？都被人家欺负成这样了，还不去讨公道！

马大帅也想讨公道，可他认为这是不可能的事情，因为付万林袒护邱虎。他看梅小芳去找付万林讲理了，便跟着一起去了。

付万林没想到梅小芳会来找他。他做出拒人千里之外的姿态。更是摆出了总经理的派头。

梅小芳脾气大，根本就没把付万林当成公司领导，只是当成讲理的对象。她质问地说：小马是在公司上班时被打伤的，你们不处理打人者，还把小马辞退了，哪有这么解决问题的，你们也太欺负人了吧。

付万林说：小马的事应该由他来解决，也用不着你来呀。

梅小芳说：你们看他好欺负是不是？我告诉你，你们这么做不行。

付万林说：你喊什么？这是在公司，不是在你家。

梅小芳说：我是被你们气的。

付万林说：你快走，再不走，我就让保安把你撵出去了。

梅小芳说：你最好让警察来把我抓走。那才算你有本事呢。你不配当经理。哪个经理会像你这么处理事情。

付万林说：你想怎么样？

梅小芳说：公司必须给个公正说法。小马不能就这样白白被打伤了。小马好欺负，我还不同意呢。

付万林说：打架的事情你应该去找警察，找我找错人了。

梅小芳说：你以为我不敢吗。她拿起手机就拨打了报警电话。

警察很快就赶到了。警车开进青岛瑞克美精密机械有限公司大院里，引起了公司员工的观看。从而把马大帅被打伤的事情再次推向了高潮。

邱虎正在人事部办离职手续呢，警察就打电话找他了。他来到办公室，并没有看马大帅，而是落在了梅小芳的身上。他是第一次见到梅小芳，认为梅小芳长相的确实不错。当然是不能同章子怡相比的。他认为梅小芳比马大帅有气魄。

警察把邱虎和马大帅都带上了警车，准备把他们两个人拉往派出所接受调查。梅小芳也想上警车，跟着一起去派出所，但被警察拒绝了。警察说这件事与梅小芳没有直接关系，谁的事谁来处理。

马大帅在警车上，看了一眼梅小芳，心中增添了勇气。警车开走了。

梅小芳骑上自行车追着警车往派出所方向而去。

王德亮说：马大帅还不如他媳妇有魄力呢。

公司员工议论纷纷。他们说梅小芳在处事方面要比马大帅强多了。他们说马大帅白瞎长那么高的个子了，都让邱虎这个小诬赖欺负住了。他们还说付万林处理得不公正。

付万林知道这件事处理得有失公道，可只能这么做，不然邱主任那不好说。公司员工当然不知道他的难处了。他又不能去解释。他面对两位业务副总经理，面子上有点难堪，与他们闲聊时，有意无意地说：如果小马能像他媳妇那么勇敢，也就不会辞退他了。

发表在 2014 年 1 期《杏花村》（山西汾阳市文联）
发表在 2014 年 2 期《三省坡》杂志（湖南通道文联）
发表在 2014 年 2 期《雨湖》杂志（湖南湘潭）
发表在 2015 第 5 期《洮湖》杂志（江苏常州金坛）
发表在 2016 年 1 期《襄阳文艺》杂志（湖北襄阳）
发表在 2016 年 3 期《奔流》杂志（河南省文联）

真情永恒

我与秦朝霞是相识在人才市场招聘会上。当时她是向阳集团公司人事部负责人，主官人员招聘工作，而我在寻找应聘的新单位，我们两者都是在寻求合作的目标。她是在为公司寻找能胜任工作岗位的人员，而我是在寻找适合发展的新单位。这样一来，我们两个素不相识的陌生人，带着不同的目的，站在不同的立场，在这特别的地方，偶然相识了。

我们不但找到了交谈的话题，谈得还非常投机。

说实话，我工作这么多年，也换过几次工作单位，但还是第一次到人才市场找工作。在计划经济时期换单位，一般都是由个人联系，经组织部门批准，方可办理调动手续。市场经济时期后，每次变动都是由熟人引荐。用这种方式换单位比较稳妥，到新单位后有熟人关照，工作中能顺风顺水。不管是组织调动，还是熟人引荐，每次换单位都是心中有数的，没有生分感，也坦然。

人是有依赖性的。

我一直不相信哪个单位会有好的职位空着，等着陌生人前去应聘。我认为好职位早就被关系占满了，只有不好的职位才会空缺。我认为只有没人愿意干的工作岗位才会缺人，才会到人才市场上招聘。

我在单位里的人际关系不算糟糕，工作压力不是很大，虽然待遇算不上特别好，可也说得过去。只是在一个单位工作久了，失去了新鲜感，没有了动力与激情，想换个工作环境，刺激一下麻木的精神，找一下新感觉。

人一旦没有了好奇，就没有了动力，更没有了冲劲。我不想按部就班地过着每一天，还想寻找新感觉。于是，我就想换个工作环境。

我的几个朋友都在大公司里当领导，职位也重要，一言九鼎，得知我的想法，就邀请我到他们那里工作。他们还给出几个不错的职位，让我选择。我不加思索地回绝了他们的好意。我说到你们那里工作，还不如不动地方呢。我不想靠熟脸吃饭，我是想验证一下自己的能力还有多大，还有多少可发展的空间与潜力。

我决定到陌生环境中去工作，只有这样才能验证自己的能力。

那天，我得知人才市场举办招聘会的消息，借办事的空闲，一个人开车前往了。我想看一下是否有合适的职位。当然有与没有适合我的职位都无关紧要，因为我还没有完全下决心非要换单位不可，只是心中有这个想法而已。

　　人才招聘会人很多，有来招聘的单位，也有前来应聘的求职者，人挤人，人挨人，都在寻找自己的目标。

　　我是第一次到人才招聘会现场，不适应这种环境，有点六神无主，有找不到东南西北的感觉。不过，我要找什么样的工作，却是心中有数的。我不但有选择，还比较挑剔。

　　我在人群中寻找着。

　　我看到有适合自己的职位，就上前去咨询，不适合的看也不看，一走而过。我不想浪费时间与精力。我看有一家公司招聘的条件不错，就上前去询问。

　　这家公司负责招聘的是个老男人。他头发都白了，一脸皱纹，眼神也呆滞，漫不经心地问：你是本科毕业吗？

　　我回答说：我读书时，能上专科就已经很不容易了，能有机会读本科的人很少。

　　老男人说：我们是要本科的。

　　我说：你们不是要有工作经验的吗？我工作经验很丰富，工作能力也没有问题，肯定能胜任的。

　　老男人说：我相信你能胜任，可你不是本科。这就不行了。

　　我想说服老男人，促使他改变思想观念，便又说：本科未必工作能力就强。

　　老男人眨巴眨巴眼睛，有点不耐烦地说：我也这么认为。可我们老板就这么要求的。我也没有办法。我们公司小，老板什么事情都管。

　　我一看老男人这种态度，认为公司也不会太好，不想谈下去了，转身正要离开，旁边一位年轻女子说：你想不想到我们公司工作？我转过头，看着年轻女子。

　　年轻女子也就在二十五六岁的样子。她眼睛明亮，能看透人的心思。她正微笑地看着我。

　　我看了一眼向阳集团公司的招聘要求与空缺职位，缓缓地说：你们公司招聘是行政副经理，可我现在就已经是经理了，这有点不妥吧？

　　年轻女子说：公司与公司不同，职位与职位也有区别。你现在工作的公司没有我们公司有知名度，规模也没有我们公司大。虽然你现在是经理，不一定有更好的发展空间。如果你能到我们公司工作，那就不同了。如果你能胜任我们公司的工作，肯定会有更多更好的发展空间。

我完全没有想到眼前这位年轻女子会考虑得这么周全，这么长远。她说的在情在理。我说：你说得很有道理。

她朝我一笑说：你认为可以吗？

我说：我得考虑一下。

她说：你在犹豫，这也正常，必然是换个新工作单位，换单位不是小事情，何况还是从正到副的职位呢，慎重是对的。

我说：主要是感情接受有点问题。

她一笑说：这是肯定的。过去是你管别人，在部门中自己说的算，现在是别人管你，当然是不同了。

我认为这种顾虑主要是我还在工作，如果没了工作，到了非走的地步，就不会有顾虑了。我说：你是人事部经理吧？

她说：不是。我是主管。主要负责公司人员招聘这方面工作。我上面有经理，不过他不怎么管这些事情。

我说：你肯定能当上经理。

她笑着说：谢谢了。

我们谈得很投缘。她对我的工作经历与能力都非常认可。我说我回去考虑一下，然后给你电话。我说把你的手机号留一下吧。她说你说，我给你打过去。我说着手机号码。她打过来。我问她姓什么，她说姓秦。我调侃地说：大秦帝国来的女子，美丽而端庄，事业前途无量。

她笑了说：你很有文采吗，肯定文笔不错。我们公司正好需要像你这样文笔好，又有工作经验的综合管理人员呢。

我回到家后，想来想去，又不想换工作了。我想现在的工作不错，职位也可以，到新单位还要从头再来，关键是新的工作环境是否适合，还真就难说，如果不好怎么办？那不是白折腾了一场吗。我就没有跟她联系。那天，我正一个人坐在办公室里看报纸，手机响了。我一看，直接说：秦小姐，不好意思，我不想去了。

秦朝霞说：你还是来吧，这个职位真的非常适合你，你还会有更好的发展空间。你相信我就行。我也相信你能工作得开心。

我有点不好意思了。秦朝霞太坦率与真诚了。我缓缓慢地说：我相信你……可以后的事说不准呀。

秦朝霞说：你相信我就行。如果今后的事更好呢？你就不要犹豫了，错过了这次机会实在是可惜。

我认为公司能有这样负责的工作人员，这个单位肯定错不了。我觉着秦朝霞非常真诚，也完全被她的真诚打动了。我不好意思再推脱，便干脆地说：那好吧。

秦朝霞说：那我等你。

我放下电话，就写了辞职报告。当我把报告交给总经理时，他不相信地看着我，不解地说：你怎么会想到辞职呢？公司对你不错呀。你辞职的理由是什么？请说一下好不好？我实在是找不出辞职的理由来，我说只是想换个工作环境。我的这个想法不能让人信服，听起来不像是成人的做法，有点幼稚与可笑，也就不便讲出来。

总经理没有马上批准我辞职。他认为我是一时着了魔，不冷静，受到刺激了，才这么做的。他让我回去想一想，冷静一下再说。他说：你回去跟家人商量一下，你的家人肯定不会同意你这么做。

总经理是我大专时的同学，也是同乡，在一起工作多年了，关系不错。他挽留我是真心的。可我辞职也是真心的。但我不能不给他面子，要缓一下，没有坚持。

我爱人早就知道我想换工作的想法，可她没有想到我会从高往低走。她不同意往低走。她认为眼前的事才是主要的，未来是未知，谁说得准呢。

我也有这种顾虑，可我想试一下。我不想拒绝秦朝霞的好意。我相信她。我与她素不相识，没有任何交往，我为什么会相信她呢？这我说不清楚。

生活总要有新的开始，才会有更好的感受。

第二天上班时，总经理看到我说：家人不同意吧，是不是太冲动了，在这干得好好的，走什么呀？我说我还是想走，不过，我也舍不得离开，只是想换个环境，体验一下新感觉。总经理看我去意已决，不好再挽留，便在我的辞职报告上签了字。

我拿着辞职报告到相关部门办理离职手续时，同事们都惊讶地问我为什么要离开。在此之前，他们并没有发现我有什么不对的情绪，也没有发现我与总经理之间有什么矛盾，这样就更不解了。在他们看来我是绝对不应该离开的。

我真就找不出一个合适的理由来解释辞职的原因。我相信如果实话实说他们肯定不会相信。所以，我就不想说。他们愿意怎么猜测就怎么猜测吧。可当我要离开时，手机响了，我一看是总经理打来的。

总经理带着责备说：你不能就这样离开。你这样离开让我没法对员工解释，你要把你离职的原因说清楚。你一走了之了，我还要面对这些员工呢。你可以不用对公司所有人员说，最少你要在你们部门把事情说明一下，不然，你就给我出了难题。

我说：好。

那就拜托了。总经理说完挂断了电话。显然他不想多说，也不想听我多说。他接受不了我的辞职。

我理解他的心情，可我又能怎么样呢？我唯一能做的就是把辞职的事情说清楚，不让公司员工产生误解，这就是对总经理的支持了。我嘴上这么答应着，可不知怎么跟大家说才能让大家相信。如果我实话实说，员工肯定不会相信。如果我说是秦朝霞让我辞职的，还是去当个副职，大家就会误认为我个人感情出了问题。

这是个婚外情的时代，只要有陌生男女交往密切的事情，就会让人们浮想联翩。我倒没有什么可担忧的，可不能连累秦朝霞呀。

我在办公室里想了好一会儿，也没找出合适的理由，就决定实话实说了。正如我想的那样——大家都不相信。可我只能这样做了。

爱人知道我辞职了，生气地说：都人到中年了，还折腾个什么劲呢？

我说：没事的……明天的太阳会更好。

我到向阳集团公司行政部上班了。秦朝霞热情地接待了我。她还把我引荐给公司里的许多领导。

虽然我是副经理，可比原来的事情要多，也杂。当然工资是没有原来多，不过差距不算太大。我想，既然来了，那就努力吧。

事在人为。

我的工作业绩，经人事部如实上报到总经理那里了。总经理对我很快就了解。这样对我的工作发挥起到了重要作用。

年终公司管理层调整时，我被任命为部门经理了。我的薪酬不但提升了，也看到了新的希望。

这时秦朝霞要跟男友到香港定居去了。她离职时，公司为她举办了欢送会。总经理说：你为公司引进了不少人才，为公司发展做出了贡献。

我举杯向她敬酒时说：你是一个值得信赖的人。

秦朝霞一笑，举起酒杯说：这是应该做的。也是我分内的事情，不必记着。

转眼秦朝霞已经离开我的生活多年了，可她那灿烂的笑容，依然浮现在眼前。这就是一个人的品德与魅力所在吧。

发表在 2017 年 9 期《北极光文学》杂志（黑龙江大兴安岭）
发表在 2014 年 2 期《新民文化》杂志（辽宁新民市）

承诺就是背叛的开始

　　冯主任正在气头上时，于飞勇来到飞龙物资公司质控中心面试了。冯主任看了他一眼语气生硬地说："如果你来质控中心工作，就必须服从工作安排，让你干什么，就干什么，别找推脱的理由。"

　　于飞勇点头，干脆地回答："那当然，那当然，来就是工作的吗！在工作中不服从领导的安排怎么行呢。"

　　冯主任又介绍性地说："质控中心的活虽然简单，但不好干，容易得罪人，你能做好吗？"

　　于飞勇回答："当然能了！"

　　冯主任双目紧紧盯着于飞勇，思索着、沉默着。

　　于飞勇立刻站直了身子，怕冯主任不录用他，急忙承诺说："主任，你放心，我绝对服从工作安排！并且还要协助你搞好质控中心的其他工作。无论工作中出现什么问题，我都会站在你这边，同你保持统一战线。"

　　于飞勇的承诺并没有打动冯主任。冯主任已经不相信任何应聘人的承诺了。他认为承诺只是一张空头支票，无法兑现，更没有实际意义。他认为每个来找工作的人在面试时都会表决心，都会毫不犹豫地承诺好好地工作。可却很少有人能够按照自己说过的话去做，更别说是做到位了。冯主任笑了一下说："我不相信承诺，也不需要你来承诺。你就把你工作分内的事做好就行了。"

　　于飞勇说："这肯定没有问题。"

　　冯主任看着于飞勇，仍然没有表态。他的观点没有因为于飞勇的承诺而改变，他有他的思维方式，他有他的处事理念，他有他的用人标准。

　　于飞勇不知道冯主任此刻是怎么想的，有点着急，他说："主任，您要是相信我，就把我留下，您要是不相信我……我……"

　　冯主任问："你在青岛还有别的亲人、朋友吗？"

　　于飞勇回答："没有。"

　　冯主任试探性地问："如果这里不行，那你准备去哪里呢？"

　　于飞勇没底气，可怜巴巴地说："我还没有想……也没地方去，可你不用我……我也没办法。"

冯主任被于飞勇的这句话打动了，看着他那六神无主的样子，迟疑了一会，同情地说："你到人事部去办理入职手续吧。"

于飞勇听到这句话非常高兴，几乎要跳了起来。他说："主任，等到我领到第一个月工资时，请你喝酒。"

冯主任对这句话并不感兴致，好像被这话伤着了似的。他有些反感，平静地说："酒就不用喝了，只要你能把工作做好就行。如果工作时出错了，批评你时，你别不服气就行了。"

于飞勇说："主任，你对我的批评，就是对我的关心、帮助、爱护。哪能生气呢！感谢还来不及呢！"

飞龙物资公司是一家股份制公司，效益不错。质控中心负责产品的质量检测，工作比较重要，但技术含量并不高。因为都不是什么精密产品，精确度要求不高。所以，只要是不怕得罪人，按照公司的制度操作，就能把工作干好。也正因为生产工艺技术含量不高，什么人都可以干。所以，飞龙物资公司的员工流动性非常大，质控中心也不例外。

质控中心的小杨前几天离职时，还跟冯主任吵了一架。如果说只是吵架，冯主任也不会生这么大的气。在工作中有意见、有矛盾，产生分歧，这都是属于正常现象。可小杨在临走时还偏偏向董事长递交了一份报告，检举冯主任在工作中的不足，这样一来就让冯主任恼怒了。他恼怒的另外一个原因，还因为小杨是他录用到质控中心工作的。并且小杨在到质控中心之前已经有好长时间没有找到工作了，无经济来源，连吃饭的钱都没有了。冯主任录用小杨就等于是雪中送炭一样。

小杨来的那天晚上，吃过饭就出去借钱去了。他回来时已经很晚了。屋里的几个同事都睡了。他连声叹息，自言自语地说：这年头，人情真薄呀！

冯主任正好经过这里，听到小杨的叹息，便走过来关心地问："借到钱了吗？"

小杨又是一声叹息，然后说："我堂哥只有五十元钱，他离发工资还有一段日子，不能借给我。我原来的同事说钱是有，但不能借，怕我跑了。"结果他两手空空。

冯主任说："我这有一百元钱，你先拿去用吧。"

小杨也没有推脱，伸手从冯主任手中接过钱，想客气，但他已经没有客气的勇气了。如果他客气，万一冯主任把钱拿走，他怎么办，那样他不就吃不上饭了吗，他总不能饿着肚子吧。他感激地说："主任，你是好人，等我领到了工资时，一定请你喝酒。"

冯主任说："不用！只要你把工作干好就行了。"

小杨说工作肯定是要好好干的，酒也是要喝的。小杨在第一个月发工资时，并没有请冯主任喝酒。过后他请了。

那天晚上，冯主任已经吃过饭，喝过酒了，带着几分醉意回到宿舍，跟同屋里的几个同事闲聊了一会儿，就去了小杨的宿舍。

小杨一个人在屋里。他看冯主任走进来，站起身说："主任，你在这儿坐着，我去买菜，咱喝两杯。"

冯主任说："不喝了，你挣点钱也不容易。"

小杨不在乎地说："钱多少才算多，能有钱吃饭，就会有钱喝酒。主任，你别走，等我。"

冯主任说："小杨，你别买，我才喝完，不能再喝了。今天晚上是生产车间张主任请客。喝得不少了。"

小杨说："再喝点，也没事。反正晚上也不上班，喝醉了就睡觉。"他话音未落，人已经走出了宿舍。

冯主任也回到了自己的宿舍了。他们宿舍里的人都在，大家你一言，他一语，说说这，谈谈那，挺热闹。冯主任有点醉意，躺在床上，偶尔插一句言。

桌上的电话响了，小刘接起电话，然后说："主任，小杨找你。"

冯主任起身，接过电话说："小杨，不用，我吃过饭了。"

小杨说："主任，你过来，菜都买回来了。你不会不给这个面子吧？"

冯主任觉着不过去也不好。同事在一起简单的喝点酒，也没有什么不好，就过去了。

小杨看冯主任进来，就往桌上摆菜，倒酒。冯主任一看是土豆丝炒青椒，凉拌白菜，火腿肠三样小菜，都装在方便塑料袋里。在桌角还放着一瓶白酒，因为是瓷瓶，看不清酒的颜色。冯主任看桌上的菜不上档次，有些没食欲了。他向来是不吃小市场商贩做的饭菜，觉着那些小商贩不讲究卫生，太脏。小杨说："主任，也没买什么，比较简单，略表心意吧。"

冯主任说："刚才我已经喝了不少，实在是喝不下去了……这酒……难住我了。"

小杨说："这是我的一片心意。主任，你别见外。"

冯主任实在是不想喝这酒。他也确实没有再喝的酒量。他说："小杨，你刚来，跟其他同事还不熟悉，把东西拿过去，大家在一起热闹一下，工作中也好沟通。"

小杨犹豫了一下说：也行。然后就把桌上的东西一收拾，拎在手中，跟着冯主任走了。他们来到一间大房间。

冯主任对在场住宿舍的同事说："大家还没吃饭吧，今晚小杨请大家喝酒。"

宿舍里的几个同事还真就没有吃晚饭。晚上没有事情，饭吃得也不急。大家一看小杨拿着东西进来，就出去了，不一会儿，每个人手里都拎着菜呀饭呀什么的。大家买的你一样，他一样，摆在一起还真挺丰盛。

质控中心的人都齐了，这也算是一次小小的部门聚会吧。

冯主任喝得不多，但挺高兴。他看着自己的部下有一种成就感。

质控中心虽然人员流动大，但工作中从未出现过问题，这是公司里其他部门所不能相比的。这也是他工作认真，负责的体现。

小杨在递交辞职报告后，工作态度来了个360度的转变，不但不认真工作，还不服从工作安排。

夏天比较热，质控中心没有空调，只有电风扇。电风扇还是冯主任找公司总经理好多次后，才给配发的呢。他说工作时开着，人离开工作岗位时，要把风扇关掉，坏了公司不给买。如果买还得他填写申购单，行政部报批，财务部审核，最终能不能给买，还不一定呢。反正是挺麻烦的。所以让大家爱护点用，仔细点用。

那天小杨到外面跟老乡说了半个多小时话，风扇还开着。冯主任第一次走过来没吱声，把风扇关掉了。第二次他走过来时，看风扇又开了，看了看小杨还没有吱声，把风扇关掉走开了。过了一会儿冯主任又来了，风扇又开了，小杨还在外面，这回冯主任生气了，他说："你人站在外面，能吹得到吗？不热，你就别开。"

"能吹到。你没看风扇是对着窗户吗？"小杨不以为然地说。

冯主任说："人在外面就别开了。让公司老总看到不好。"

"老总管这事？你不想让开吧。别总拿老总吓唬人。我就开，你能怎么着！"小杨很不服气。

冯主任一听小杨这么说，也火了。他声音很大地说："你在家也这么干吗？"

"在家还没这东西呢！"小杨说。

冯主任气愤地说："在家没有，在这里，你还不仔细用！坏了，你去找公司要呀！"

"为什么要去要？我不要！也坏不了。"小杨振振有词地说。

冯主任命令地说："那你就必须要爱惜点用！"

"我就不爱惜，你能怎么着吧！"小杨已经交了辞职报告，所以不在乎了。

冯主任见他说一句，小杨对付一句，就更火了。他说："你走吧！"

"你说的不算。"小杨说。

冯主任没想到小杨会这么认为，更没想到能这么说。他质问："你是怎么来到质控中心工作的？能想得起来吧？"

"公司招聘的。"小杨说这话时迟缓了一下，显然是没了底气。他很清楚如果冯主任不同意，他是来不了质控中心工作的。

冯主任冷冷地一笑说："飞龙物资公司就缺你！质控中心就缺你！你来时是怎么说的？那时你说得比唱得还好听。怎么转眼就不承认了呢。"

"我也请你喝酒了！酒是白喝的吗。"小杨没理，话说得也就不那么硬气了。

冯主任怎么也没有料到小杨会把吃饭的事情提起来，这有点让他不可理解。因为那次他根本就没想去吃饭。而是小杨非要喝酒，再说，其他同事也都买酒，买菜了。同事在一起喝酒，还能说是他一个人请的吗？

其他同事听小杨这么说，看他的目光就跟刚才不同了。开始时大家对小杨还有点同情，希望主任不要太认真。主任如果认真了，败下阵来的肯定是小杨。现在大家都觉着小杨太不够义气了，怎么会这么小气呢？同事也有些生气。

冯主任在屋里走了一圈，然后说："你想让大家把饭都吐出来吗？"

小杨脸上呈现出惊恐的神色，沉默着。

冯主任平了平气，质问性地说："小杨，你来时是怎么承诺的？你忘了？"

"主任，你也不好好想想，我能做到吗？我说我能当省长，能当市长，能当县长，我能当的上吗？这可能吗？主任，你别总把承诺当回事好不好。那是空头支票，没有一点价值。你比我年长，难道说连这点事情还弄不明白吗？"小杨从来没有把自己说过的话当回事。他对这句话理解得恰到好处，讲解起来也有点滔滔不绝的架式。

冯主任惊住了。其他同事也被小杨的理论惊住了。大家谁都没有想到小杨会讲出这么深刻的话来，大有刮目相看的样子。

小杨一天也工作不下去了，只能提前离职了。他走后公司董事长把冯主任叫了过去。董事长坐在办公桌后面的椅子上，伸手递给冯主任一张纸，严肃地说："这是你部下离职时写的，举报你工作失职，你怎么解释？"

冯主任接过纸，但没有看上面写的是什么。他一听是举报工作失职，就不在意了，没有解释。他认为没必要解释。他说："董事长，你可以去查。如果查出问题了，我全部负责。"

董事长说："我不需要去查，如果我去查，就不用你负责质控中心的主管工作了，这叫用人不疑，疑人不用。不过，我也不希望看到有人向我举报你，希望你能明白，也希望你能杜绝。"

冯主任明白董事长的意思，但他不能保证可以杜绝，因为像小杨这种人比比皆是，他只能提防。他没有向董事长承诺。

冯主任认为无论如何小杨都不应该打小报告。这叫忘恩负义。并且损人不利己，行为卑鄙。如果说小杨让冯主任体验到了不快、伤感或痛心的话，那么更痛心的还在后面呢。

于飞勇的到来让冯主任和飞龙物资股份公司质控中心的工作人员体验到了另一种全新的感觉。

于飞勇来到质控中心工作后，果然很认真负责，把工作做得没有问题。不过冯主任不欣赏他。于飞勇特别想显示自己。在工作中他一方面听从冯主任的安排，另一方面却做着自己的事情。一般情况下冯主任也不计较，不可能说辞退就辞退了，只要做事能说得过去就算了。

那天早晨冯主任才到办公室，生产车间的张主任就打电话找他。他和往常一样，拿起电话笑着说："有什么指示？"

"冯主任，你把这批活退回来了，怎么也不告诉我一声？"张主任不高兴，还有点生气。

冯主任想了一下，一时没有想起来，就问："张主任，是什么时间的事情？"

"退回是小事，跟我说一声，让我有个数，就行了。"张主任平稳了一下语气。他觉着刚才有点失礼，平时两个人的关系不错，发火不好。再说，这也是质控中心的权力，职责。如果人家非得退，你还有什么脾气吗？还能怎么着呢。

冯主任仍旧解释说："我真的不知道这件事。如果知道，我会先跟你说的。我查一下，了解完情况再跟你说。"

"算了吧，也没什么。"张主任说。

冯主任放下电话，还没有等他问，旁边就有人告诉他那批活是于飞勇退回去的。冯主任一猜就会是他。虽然表面上于飞勇跟冯主任挺近乎，实际上在质控中心，最让冯主任放心不下的就是他。于飞勇小动作做得虽然巧妙，但还是让冯主任觉察到了。冯主任一直防着他，真是防不胜防。冯主任认为于飞勇越权了，可又不想批评他。如果批评他，不利于工作。假若不做处理，不了了之，也不行。以后，要是质控中心的人都这么干，那他这个主任当的还有用吗？不管怎么说，他认为还是要说一说这件事，给其他人也敲个警钟。当时于飞勇没有在班上，请假了，近中午的时候才回来。

最近于飞勇经常请假，一般情况下冯主任都同意了。冯主任并不知道于飞勇请假是为什么事情。每次于飞勇只说有点急事要办，冯主任也不多问。今天于飞勇回来跟往常可大不一样了，神采飞扬，兴致勃勃，似乎是按捺不住心中的喜悦。他回到工作间干了一会儿活，就去了人事部。

冯主任一直在观察于飞勇的表情。于飞勇从人事处回来，冯主任说："小于，你把生产车间的那批活退回去了？"

于飞勇想了一下，"嗯。"一声。显然于飞勇知道冯主任问话的用意了。他解释说："那批活质量实在是说不过去，我就让他们拉回去返修了，我还没来得及跟你说呢！"

"小于，像这种事情以后要跟我说一声。如果大家都这样干，工作不就乱套了吗。"冯主任想警告于飞勇，没有想到这句话如同一根导火线，引发了一场战争。

于飞勇不耐烦地说："主任，你这么说就不对了。我处理这件事没有问题，这是我工作范围之内的事情，没有超越我的职责。"

冯主任不想表达得太直接，便说："我并没有说你超越，我是说你应该告诉我一声。"

于飞勇不服气地说："主任，你说得不对。我也不想跟你多解释。我要走了，说那么多也没意思。"

冯主任有点火了，他没想到于飞勇会在同事面前跟他辩论，让他没面子。他说："小于，你说怎么不对了？"

"主任，咱先不说这件事了行不行。我给你提点意见，你看行不？"于飞勇转移话题了。

质控中心的工作人员都用异样的目光看着于飞勇。他们惊诧，不解，摸不着东南西北了。他们又把目光投向冯主任。

冯主任虽然年轻，但经历的事情必然不少，有应变能力，下属提出要求，还能不让说吗？他神态自若地说："你说吧。"

"主任，你什么事都让我们向你汇报，这是揽权。你揽权为了什么？是为了想树立自己的威信。我说的没错吧？"于飞勇说。

冯主任反驳说："你说的不对，我是质控中心的主任，我要对这个部门负责，要对公司负责。工作中出了问题，公司会直接找我，而不是找你。你明白吗？"

于飞勇说："我不明白。"

冯主任又说："你这叫不服从工作安排，不按程序办事。"

于飞勇做出一副无所谓的样子说："主任，你不用给我戴高帽子。我又不是三岁小孩，我什么都懂。我不就是没跟你说吗，我就没说了，还能怎么着？我就不服从工作安排了，还能怎么着？"

冯主任说："你来时是怎么承诺的？还记着吗？"

"笑话，主任，你白活到这个年龄了。你还当主任呢，连这点事都弄不明白，还当什么？赶紧让别人干算了。你居然相信承诺，承诺是什么？承诺是最大的谎言，承诺一钱不值，承诺就是背叛的开始。你也不想想，承诺的事就能办到吗？承诺会产生心理压力，压力大了就要反抗，就要背叛。我工作过的地方多了，我承诺过的事情就更多了。如果每个承诺都让我兑现，那我不就累死了。所以，我只能背叛。背叛是一种解脱。亲爱的主任，懂吗？"于飞勇振振有词。

冯主任问："那你为什么要承诺？"

"这话还用问，不承诺你能要我吗？能进质控中心吗？先进来再说。当时我必须向你承诺。因为我需要这份工作。现在我不需要了，这份工作对我已经没有意义了。所以承诺也就不存在了。主任，你明白吗？"于飞勇向讲师一样讲解他的理论。

冯主任当然明白了。他很生气，又非常冷静。他没有像处理小杨那样处理于飞勇。他本想问一问于飞勇什么时间离职，话到嘴边，又咽了回去。他认为这么问不好，显得愚蠢，还是顺其自然吧。或许再来应聘的人还不如于飞勇呢。

发表在 2012 年第 5 期《雪莲》杂志（青海西宁）

凄美的诺言

春节刚过的一天早晨，菊文明和妻子一起去看望妻子的姨妈。他们坐在屋里正聊着天，突然一个人影急匆匆地撞入他们的视钱，接着又是五六个小青年跑过来，随后就是一片吵架声。声音从屋外传到屋里，他们知道打架了，便推开房门跑出来。

菊文明看见妻子的表弟在院子里拽着门不让外面人冲进院里，院子外面的那五六个男青年喊着、嚷着，要往院子里冲，想破门而入。他表弟面色惨白，慌恐无比，回头看到菊文明便喊："姐夫，快来帮我！"菊文明看到这种情形就火了，新年才过，节日里的喜庆气氛还没消失，打架就打到家门口了，这不是太欺负人了吗？他顺手操起墙角的两个酒瓶子，朝院外冲去。他表弟一看菊文明上前帮忙，精神大振，把门打开，两个人一前一后冲出了院。院外的男青年本来就等急了，迎上去。菊文明二话没说，举起手中的酒瓶子朝着冲在最前面的那个人砸去。酒瓶碎了，那人尖叫一声倒在地上。后面的几个人胆怯了，没敢再冲。

警车和救护车赶到时那人已经死了。

这件意外事件，改写了菊文明的人生。

菊文明本来应该有一个美好的前程。在此之前，他是天达纺织公司的保管员。天达纺织公司是一家国有企业，效益非常好，并且很注重职工的福利待遇，在整个县城里也算是好单位了。很多人打通关系，想尽办法想调进公司工作都办不成。而菊文明却能把妻子调进来，也算是本事不小。其实菊文明办成这件事跟当初他调进公司一样简单，没费什么周折，轻而易举。天达纺织公司当初在众多求职者中能看中菊文明最主要原因是他有文艺才能和体育特长。公司注重精神文明建设，体现企业文化。每年的五一、十一、春节县工会、团委都要组织文艺演唱会、体育比赛，各个单位都要组队参加，也必须参加。县电视台、广播电台、县报都会跟踪报道。把活动搞得轰轰烈烈，人心沸腾，成绩好与差被各单位看得很重。所以各单位就需要向菊文明这样有一技之长的人来撑门面。

菊文明的妻子韩华虽然父母都是工人，家境一般，但人很文静，漂亮。她跟菊文明相识是在一次偶然中。夏季天黑得晚，县城很小，娱乐场所少，业余生活单调。青年男女闲暇时便去电影院看电影。电影院处在小城的中央，前面是人民广场，广场四周是绿树环绕，风景美丽。电影放映前，广场是最热闹的地方。那天韩华和表弟正在广场上消磨时间，突然有几个小混混走过来找她表弟的麻烦。她眼看着男青年把表弟围在中间，惊惶失措，不知道怎么办才好，这时菊文明和几个人走过来，为她和表弟解了围。从那时起他们开始相识，恋爱了。

菊文明不但歌唱得好，篮球打得更好，人长得也帅气，仅以 1 米 85 的高个，一般人就无法相比。他们情投意合，感情发展很快。当年便结婚了。在菊文明入狱时，韩华已经怀孕了。

韩华一个人守在空荡荡的新房里，六神无主。她周围的亲人、朋友、同事说什么的都有，有让她离婚的，说一个重刑犯，你要等他到什么时候？有让她把肚子里的孩子打掉的，说一个女人怎么养孩子？她的大脑被搅成了一锅粥，神经像一团乱麻没有头绪。因为说这些话的都是朋友、亲人，让她六神无主。她除了要考虑肚子里孩子的未来，还要考虑今后的生活，还要考虑菊文明今后的人生。菊文明入狱后会不会破罐子破摔，这是她最关心的。如果真是那样，菊文明的一生不就毁了吗？她不能眼看着菊文明滑下去，要帮助他度过人生的艰险与困境。他们毕竟还有过一段美好幸福的感情生活。她不能做一个无情无义的女人。可她又不能把自己和孩子的未来、幸福像赌博一样全部押在菊文明这个重刑犯身上。她想了几天几夜，决定去监狱看望菊文明。

菊文明在狱中日夜思念妻子和还没出生的孩子，这份思念牵扯着他的全部，消瘦了许多，脸上一点光泽也没有。隔着铁窗，四目相视，一滴眼泪也没有。他不落泪是因为猜测到妻子来的目的了。韩华也没有哭泣，她不想让菊文明难过。她要坚强地面对人生。她做出的决定超出了菊文明的想象。一阵沉默过后，他理智地说："以后你不要再来看我了。"

"为什么？"韩华静静地看着菊文明像什么也没有发生。

菊文明说："我虽然没有被判死刑，但也没有希望了。"

"不对，你说的不对。你才被判了十几年，这没有什么。你人生还有好几十年呢？几十年跟这十几年相比，哪头重你总该知道吧？"韩华语重心长地说。

菊文明说："狱中的日子太难过了。我怕熬不下去。"

"你要挺得住，你要坚持下去，你也必须坚持下去，为了我，还有我们没有出生的孩子。还有父母……朋友。"韩华的话语哽咽起来，有些说不下去了。

菊文明说："我们离婚吧？"

"为什么？"韩华没有想到菊文明会主动提起这个问题，显然吃惊。她也考虑过这个问题，但她不能把自己的决定告诉菊文明。她更不知道自己的想法是否会有结果。

菊文明说："为了我们的孩子。不能让他一出生就没有父亲，也为了你，不能让你一个人为我独守空房十几年。"

"离了婚，你怎么办？"韩华问。

菊文明摆出放松的样子说："我就无牵无挂了。"

"这不行，我会等你出来，孩子也会。你如果为我和孩子着想，你就要放下所有的思想负担，认真服刑，争取政府的宽大处理，减刑，早日出来和我们团聚。别的你就不用说了，我会常来看你，你出去我会把孩子交给你。这是我给你带的生活用品。"韩华把皮包里的东西拿出来，交给在旁边的管教。

菊文明目送韩华远去，消失在视线里。回到牢房，躺在冰冷的床上，回想着韩华的话。他不能消极下去，必须振奋，为了朋友、为了亲人、更为了还没出生的孩子，只有一个念头，就是减刑，早日出去，重获自由。他像一个动力十足的火车头，朝着目标奔去。

韩华很坚强，可生活是现实的，来不得一点虚假，必须脚踏实地地走。天达纺织公司因与韩国商人贸易的重大失误差点倒闭，上级主管部门调整了公司的领导班子。职工只发生活补贴，这对韩华来说等于是雪上加霜。父母让她搬过去住，被她回绝了。婆婆让她搬过去住，也不肯。她认为自己是成年人，就要独立，不能给别人造成麻烦，自己的困难要自己扛。她的生活是寂寞的、凄苦的，特别是个人感情世界，那是亲情友情无法替代的。孩子出生那段日子她是最幸福的，亲友都来看她，热热闹闹，让她没有时间去想别的。生的是女孩，正如她愿。女儿的出生给她带来了无比的快乐。她有了一种寄托。她给女儿起名叫海云。海云的出生在给她带来欢乐的同时，也带来了许多不便。白天她把海云送到父母那里，晚上接回来。晚上她又害怕。这时刘天宝闯进了她的生活。

刘天宝是韩华中学时的同学。他对韩华有好感，没有表达，就当兵去了部队。当他从部队退伍回来时韩华已经为人妻了。他看到韩华带着孩子过日子很不容易，就帮韩华干些买米买面的家务活。韩华怕人说闲话，就拒绝这种帮助。可刘天宝并不在意这些。他的家人也反对，母亲知道后简直快要被气疯了，责怪说："你整天去那个小媳妇家干什么？你知道人家都说什么吗？"刘天宝不在意地说："嘴长在他们身上，我管不着，爱说什么就说什么，我又没做见不得人的事情。"母亲怒气说："你还没做见不得人的事？这叫调戏妇女！"刘天宝没想到母亲会说出这种话，哭笑不得。他说："妈，你可别给我戴这种高帽子，你儿子没这种本事。"他母亲说："你还没本事，我看你本事大着呢！我跟你说，从今天开始，不准你再往她那跑。"刘天宝看了一眼母亲，没说话。他母亲又说："你听见没有？"刘天宝回答："行。"刘天宝躲过了母亲的监视，但没能躲过女朋友，女朋友对他说："你是爱我呢，还是爱韩华？"刘天宝说："我都跟你解释过多次了，还让我说什么你才会相信呢？"女朋友不屑一顾地说："我不需要你解释，你就答应我不去韩华哪里就行了。"刘天宝没有答应。从此两人各奔东西了。刘天宝一连谈了好几个女朋友，都因为这件事吹了。他母亲着急了，虽然他隐瞒着，纸包不住火，事情还是被母亲知道了。他母亲没有像往次那样轻而易举地放过他。她认为儿子着了魔，中毒不浅，必须把儿子从水深火热中解脱出来，就直接去找韩华了。

晚上，韩华正给女儿换衣服。她看进来的人不认识，就问："您找谁？"

"我找你。我是刘天宝的妈。"刘天宝的母亲说。

韩华惊慌，乱了手脚。她说："阿姨，您坐。"

刘天宝的母亲说："我跟你说，你以后不要缠着我家天宝，为了帮助你，好几个女孩子都跟天宝吹了。你不容易，我也知道，可你也要为天宝想想，他也不小了，做人不能太自私……再这样就把天宝毁了。"

韩华没有反驳，静静地听着，刘天宝的母亲离开时，她才抬起头，看着茫茫夜空，孤独和泪水一起涌来。她没有责怨老人，老人说得有道理。人活着都不容易，要多为别人想想。

刘天宝又来了，韩华不开门，让他回去，一连几天都是这样。每次韩华看到刘天宝来时，先是一震，又强迫自己克制感情，不开门。开始刘天宝帮助韩华是出于同情，后来渐渐被推到爱的边缘上。他在韩华下班的路上向她表白。韩华回避了，这种回避是痛苦的。她已经爱上刘天宝了，但又不能接受这份感情。她认为自己不配爱他，只能把这份爱藏在心里。然而刘天宝并不这么认为。他认为爱永远是自由的。

韩华不能违背自己的诺言。她要让菊文明看到生活的希望，知道有人在等他。她更为了女儿的健康成长着想，终于想通了，她对刘天宝提出了要求：我们现在可以同居生活，但不能办结婚手续，如果办结婚手续，我就得跟菊文明离婚，那样不利于菊文明的改造。我对他有过承诺，要等他重获新生。如果你真想跟我在一起，我可以答应你在菊文明出狱后，咱们正式办结婚手续，嫁给你，为你生孩子。

刘天宝被韩华的这个想法震惊了，没有想到会是这样，很愉快地接受了。他们选择了一个好日子，刘天宝搬到了韩华的住处。

小城里像炸锅一样，传开了：思想太超前，开天辟地头一回，议论纷纷。

韩华除了争取到父母和一些闺中密友的支持外，再没有什么了。而刘天宝是谁的支持都没有，父母不让他进家门，说他把老人的脸都丢尽了，朋友说一个好好的小伙子非要走这条路，没出息。他唯一的收获就是跟韩华在一起那种幸福。

这件事虽然在小县城闹得轰轰烈烈，但狱中的菊文明并不知道。韩华没有跟他办离婚手续，不必经过他。无论是菊文明的父母，还是朋友谁都没跟他说起这件事，说了也没有意义。韩华还是定期去看他，对他也是守口如瓶，在菊文明心里希望之火一直燃烧。他有一次提出想看看女儿海云，韩华说孩子小，不能让她知道爸爸是个囚犯，这样对孩子成长不利，会影响她幼小的心灵。

海云已经会说话了，从她记事起就认为刘天宝是爸爸，所以很快乐。刘天宝对小海云如同亲生的一样。三个人其乐融融。

岁月的车轮飞速旋转着，每个人都在变化着。菊文明因表现突出，受到了减刑，提前重获新生。不过这天韩华没有来接他，而是他的父母。他问父母韩华为什么没有来。老人叹息了一声，说：她忙。他也没往别处想。老人接着又说：韩华也不易，你回去一定要冷静。他说：我一定好好地对她。回到久别的小县城，已经物是人非了，觉着陌生。他想回到自己家，但被父母拉住了，父母说：韩华在这边。他便跟父母过去了。两位老人心情沉重，不知道怎么跟菊文明说这事。他们只好先带菊文明过去让亲人说，好相劝。让他们没有想到的是韩华还真就在那里等他们，还有海云，亲戚、朋友一屋人。大家都是来看菊文明的。

韩华眼里充满了泪水，强忍着不让泪水落下。菊文明笑容满面，毕竟是走过了一段艰苦的岁月，迎来了希望。他环视了一周目光落在了小海云身上，小海云怯生生地看着他，有人说：海云，快叫爸爸。海云也不叫，她转过头看着妈妈。泪水浸湿了韩华的脸。这些天韩华一直对海云说这事，把实情告诉海云。小海云虽然有心理准备，但还是很难张口。韩华颤抖地说：海云，快叫爸爸。海云这才怯生生地叫：爸爸。菊文明眼泪哗地一下就流出来了，这是情感的升华，这是心灵的愧疚……没有言语。他走时小海云还没有出生，现在已经长这么高了，他抱起小海云。这时韩华走出屋，泪水一个劲地流。她要兑现自己的诺言。

菊文明不知道韩华为什么要走，想去追，但被父母拦住了。屋里的亲人接着就把他被判刑后家里发生的真实情况告诉了他。他要去找韩华和刘天宝理论，被众人拦住了，逐渐地接受了这个现实。

两个月后韩华跟菊文明办了离婚手续，没过几天韩华就跟刘天宝举行了隆重的婚礼。这年的冬天他们生了一个儿子。没过多久菊文明和外市的一个女子结婚了，他领着女儿海云到那座城市过另一种新生活了。

听说菊文明到酒吧里当驻唱歌手了。

发表在 2009 年 9 期《新青年》杂志（黑龙江哈尔滨）

相逢何必曾相知

在生命的旅程中，人与人相逢是一种机遇，相知是一种缘分。相逢未必相知。相知会把往事存在记忆中，留下深深的印记，如同雕刻在石碑上的文字，在时光流淌的风雨中，难消失，永生不忘。

人海茫茫，天涯遥遥，在生命的旅程中能遇到很多人，可真正相知的友人，又才会有几位呢？

友情也好，真情也罢，都是割舍不断的情结。

刘德来与方总相遇在那个阳光明媚的春季里。虽然仅有几面之交，可方总正直的品德已经在他心中的泥土里发芽，成长。

春季是个萌生希望而美丽的季节。

那天刘德来接到宝利分公司物资中心主任的电话，让他立刻到办公室去一趟。刘德来知道有事，便急忙赶了过去。

主任是一位五十多岁的女性，戴着近视眼镜，她笑着问，这几天你感觉工作适应了吧。刘德来回答说基本上没有什么问题了。主任接着说，相信你能行。刘德来笑了一下，没有接这个话题。他心想主任找他来肯定不是为了谈这些事。他等主任说下去。主任停顿了一下，思索着说，现在要你去做油料统计，这项工作比较复杂，不过相信你能干好。刘德来的心一沉，明白这个重担还是压在他的肩上了。

刘德来才到东风海达集团公司下属的宝利分公司上班还不到一周时间。他对公司里的一些情况还不了解，马上去做油料统计工作，肯定是有难度的。可他没有推脱与拒绝的理由，公司招聘他来就是做这项工作，只能迎难而上。

东风集团公司下属的宝利分公司正在建设一项大工程，工程进展到高峰期，有数十台大型机车同时在工地上施工。每天用油在好几万元之上，这笔资金不是个小数目，并且有流失现象发生。老板对这项工作非常重视，下决心把流失控制在最小范围内，所以，让物资中心负责监督。

刘德来才走到办公室门口，正要离开，迎面遇到了方总。方总是一位不到四十岁的年轻女性。个子不高，身材苗条，算不上漂亮，但很耐看，有着职业女性的气质与干练。刘德来还是第一次与方总近距离接触。他急忙打招呼说：方总。

方总在东风海达集团公司总部任副总，虽然经常来宝利分公司指导工作，可她对分公司的员工认识得并不多。刘德来知道她，她并不知道刘德来。她把刘德来当成是来公司办理业务的客户了，笑了一下，客气地回应说：您好。

物资中心主任向方总介绍说：这是物资中心才来的督查统计刘师傅。

方总一听刘德来就是宝利分公司才招聘来的督查统计，便来了话题，笑着对刘德来说，这就好了，人员到位了，工作就好开展多了。你先别走，过来谈谈你的工作思路吧。

刘德来重新回到办公室，坐在方总的对面，坦诚地说：我没做过这方面工作，不过对这项工作不陌生，相信在你们各位领导的支持下是能做好的。

方总静静地听着。

刘德来特别自信。他的自信主要是凭工作经验及综合素质。

方总不紧不慢地说：谈谈你的工作思路吧。刘德来接着就谈起如何开展工作……当他把整个工作流程及方案说完时，方总轻轻地松了口气说，这回加油工作就正规多了，也完善多了。

刘德来补充说，要想做好，阻力也是非常大的。

方总说没事，有什么解决不了的可以直接找她。她说集团让她来负责这项工作，就一定要把工作做到位。

刘德来接手油料督查工作后，先把在工地上施工的车辆做了分类，按照机车的用油量分出几个组，把载重的货物做了比较，做到不同机车用油量和工作量心中有数。并且随时跟车，查看加油员的工作记录。

宝利分公司在油料使用工作方面做得已经比较细了，每辆加油车上不但有专职加油员，还有保安跟车，制度比较完善。如果不是人为故意违规，一般是没有问题的。可公司最担心的就是人为造成的流失。因工作环境差，辛苦，保安离职的多，新招聘来的保安一时又不了解情况，等了解情况后，又离职了，流动性大，保安素质跟不上，增加了工作难度。

刘德来不但对施工车辆耗油了如指掌，还对每一位跟车保安的人品、素质做到心中有数。对那些工作认真，人品好，经验多，素质高的保安可以放松监督。对那些新来的，素质差的保安加强了督查力度，把有限的精力投放到最合适的工作中。

刘德来对工作的认真，影响到一些人的利益。那些人就想办法排挤、打击他。权力小的还好对付，权力大的就很不好办，着实让他头痛。

有一次有个部门没有通知刘德来，就给机车加油。部门负责人拿着加油单让刘德来签字。刘德来认为违反了公司的工作程序，无法确定是否加油，如果加了，又是否加的数量属实，他没有签。那人便去找他们部门的总监来跟刘德来理论。

那个总监跟宝利分公司总经理的关系不一般，职位比刘德来高，权力也比刘德来大，加上刘德来才到公司不久，根本就没有把刘德来放在眼里。总监完全是一副盛气凌人的架势来找刘德来。

刘德来还是没有签字。总监看刘德来不识人间烟火，不识抬举，要去找物资中心主任。想让主任打压刘德来。刘德来生气地说，你找谁都行，奉陪到底了。

总监开着专车拉着刘德来去找物资中心主任，准备一决雌雄。主任到市政府办事去了，不在办公室。总监拿起手机理直气壮地给主任打电话。

物资中心主任让总监把手机给刘德来。刘德来接过手机，主任小声提醒说，灵活一些，不要把事情弄得太大，得罪太多人，人得罪多了，麻烦事也会随之而来的。

刘德来一听这话，知道主任放松了工作态度，不讲原则，生气了，他对主任说，那你说怎么办吧？

物资中心主任一时无语。她知道这是很严肃的问题，不能随便表态，表了态结果难料，如果因为这事影响到自己，太不值了，再没多说，便挂了电话。

总监在宝利公司工作这么多年，还没有遇到过像刘德来这样的人呢，有点不知所措。刘德来的态度依然强硬。总监一身的傲气全没了，像泄了气的足球。刘德来本来没有生气，看总监找这个找那个的倒是来了气。他抬头一看，方总在主任的办公室里，他对总监说，要么你找一下方总吧，她是集团的领导，她说怎么办就怎么办。总监本不想找方总，他心里清楚，如果让方总知道了这件事，就是让集团知道了，这不是什么好事，自知理亏。可事到如此，已经没有退路了，也只能这么做了。

方总听总监把话说完，反问：你们为什么不通知物资部门呢？

总监回答：一是刘统计才来公司，工作人员不熟悉。二是工作忙给忘了。

方总说：这都不是理由。公司已经下发文件了，开会也提过，作为部门总监，最少你是知道的吧。你们不通知物资部门怎么能证明数量的准确性呢？

总监说：当时车上有好几个人呢？他们都可以证明。

方总说：照你说人多就可以代替了？那集团还设这个职位干什么？照你说这个职位是多余的了？

总监被问得哑口无言，脸上渗出了汗珠。

方总说：公司设每一个职位，都有设的理由，如果不照程序来，不就乱套了吗？所以大家都要遵守制度。没有规矩怎么行。这次可以补救，下不为例。

刘德来还是第一次看到方总处理问题。他感觉到方总正直与干练，同时成熟女性的魅力也展现出来。既然方总已经表态了，他也没有跟总监过不去，在做了多方核审后，给补办了签字手续。他本意也只是想警告总监，不要超越职权范围，搞特权，特权会引起人的欲望，乱了章法的。

工地上车辆往来，刘德来穿梭在车辆之中。他没有准确的上下班时间。他的工作方案很快见到了成效。同时也得到了大多数部门领导及员工的认可。

不久物资中心主任离职了。有人说公司正在招聘新的主任，有人说这回主任应该是刘德来的了。刘德来没有当主任的想法。他知道自己来公司时间短，资历浅，领导层还没有走通呢，依然每天做自己的工作。

那天他回办公室取材料，正好遇到方总。方总最近一直在宝利分公司督查工作。方总对刘德来说，物资中心的工作先由你来负责。刘德来一愣说，公司不是在招主任吗？方总摇了一下头说，没有，你先把工作做好，其他的事你就不用管了。刘德来没有高兴，知道事情不会这么简单。方总虽然职位比较高，可毕竟是在集团工作，不是分公司的负责人。可方总让他负责他又不好推辞，只好把物资中心的管理工作先接过来。

宝利分公司的领导层中，没有哪一位明确反对不让刘德来做物资中心主任。公司召开各部门协调会议时，总经理秘书、总经办的人也会通知刘德来作为物资中心负责人参加。刘德来在会上完全是部门负责人的角色。他反应物资中心工作中出现的问题，领导也会交给他一些工作，这样一来，在众人眼里他就是名正言顺的物资中心主任了。

刘德来这个主任当得有些苦恼，有点窝火，因为干的是主任的工作，也承担着主任的责任，可薪酬还是普通职员的薪酬，干了很久，一直没有得到提升。他去找过人事部经理，人事部经理摆出一副无可奈何的样子。刘德来知道是公司主管物资中心工作的副总薛明不肯在他的升职报告上签字。薛明不签字，人事部也没办法，这是工作程序。这件事拖了好一阵子，在公司管理层产生了负面影响。

人事部经理做了这么多年工作，还是第一次遇到这种事，认为再拖下去影响不好，会显示出人事部失职与无能，也急了。他找到刘德来说，你去跟方总说一说，看是否可以想出个办法来。

方总与薛明有些隔膜，心照不宣，暗中较劲，公司内部管理层人都清楚。

薛明不在刘德来的升职报告中签字，方总也没办法。

方总没有直接安排薛明工作的权力，所以薛明不是很在意方总的态度。

刘德来知道方总有难处，不好追问。他清楚，方总对这件事是心中有数的，如果有办法解决，肯定不会放着不管。

那天，薛明突然打电话把刘德来叫到办公室，通知他去红宇分公司报到。刘德来着实晕了，这可是他没有想到的。

红宇分公司也是东风海达集团的下属子公司，但建得比宝利早，经济效益和工作环境都比宝利分公司好。宝利分公司里的很多人都以在红宇工作过为荣。这么好的馅饼从天而降真就把刘德来砸懵了。特别是副总经理薛明的态度，来了个一百八十度的大转弯，让他受宠若惊，更不明白了。

人事部经理接到让刘德来去红宇的通知，不明白是长期，还是短期，没法办理工作接洽手续，想弄明白，这是怎么回事，便找刘德来问，刘师傅，你去红宇还回来吗？

刘德来摇头说，不清楚。他问人事部经理怎么回事。

人事部经理说，老板娘和方总来宝利公司开高层管理工作会议，在会上老板娘说让你去红宇帮忙。

刘德来想这可能是方总安排的。老板娘虽然认识他，对他的印象不错，但不可能直接调他去红宇。

宝利分公司副总经理薛明，对刘德来十分客气，关心地问他哪天去红宇，派车送他去。刘德来说自己去就行。薛明解释说，你的工作没有任何问题，我是认可的，跟方总也说过，不信你去问她。

刘德来没有责怨薛明的想法，坦然地说，这我明白，当初如果没有您的同意，我也进不来宝利。

薛明是刘德来到宝利公司的审核负责人。他不推脱地说，你知道这就行了，从你第一天来公司，我就知道你的工作情况。

刘德来头脑清醒得很。这时他应该给方总打个电话，看方总下一步的安排，千万不能把意图领会错了。

方总很平静地说，这是总公司的安排，你的工作业绩大家有目共睹。你只要把工作做好就行，下一步，公司会有安排的，不过红宇那边确实是需要一个负责的主任。

刘德来明白薛明不在他的升职报告上签字，就无法真正让他享受到主任级的薪酬待遇。方总跟薛明沟通过了，薛明不直接拒绝，就是拖着不签字。方总没有更好的解决办法，才把他调到红宇分公司去的。这确实是一个不错的解决方案，难度也非常大，让他感动。因为他跟方总仅仅是认识及工作关系，方总能这么努力去做，为他着想，完全出乎他的意料。

刘德来马不停蹄地交完工作，到红宇上班了。

红宇公司常务副总经理一见面，就热情地对刘德来说，红宇与宝利不同，红宇建得早，经济效益好，人际关系也相对要比宝利复杂，有些工作制度不好执行，执行了，也不到位。需要一个执行力强的人，早就听说你了，你来就好了。

刘德来没想到红宇分公司的领导会这么热情，对他的评价这么好。这样一来他的工作就很好开展了。

常务副总在开会时向各部门负责人介绍说，这是物资中心新来的刘主任。

刘德来名正言顺地成为红宇分公司物资中心主任了。这消息像风一样迅速的传到了宝利分公司，有人打电话祝贺。刘德来想这个职位的升迁真是不易。

那天忙完工作，他回到宿舍，想应该给方总去个电话，表示感谢。可电话关机，过了些天，再打电话，语音提示说，空号。他突然想怎么会是空号呢？心一震，一打听，才知道方总已经离开东风海达集团公司了。

方总去哪里不清楚，很少有人知道。

刘德来这时才明白方总为什么在离职前把他调到红宇来，这是对他努力工作的认可与证明。他读懂了方总正值的人品与高尚的情怀。着实让他感动。

虽然方总离开了东风海达集团公司的工作岗位，可她那正直的品德确存留在了刘德来的心里，每每想起这件事时，刘德来都心怀感激，无法忘怀。

在人生的旅程中我们会遇到很多人，相遇容易，相知难。与相知的人离别，是一种伤感、一种痛，如果让心流血，让心受伤，还不如仅是相逢，而不相知呢。

发表在 2011 年 5 期《鹿鸣》杂志（内蒙古自治区包头市文联）

二大爷的情缘往事

周日早晨，我刚起来，看着窗外明媚的阳光，心情特别好，伸个懒腰，就想给远在黑龙江北大荒国营农场的二大爷打个电话，问候一下他近来的生活与健康状况。二大爷的手机停机了，我便拨通了家中座机。电话是阿姨接的。

阿姨是二大爷晚年迎娶的后老伴之一。虽然我只与她匆匆见过一次面，但印象比较深。她说话的声音还是那么清脆，响亮。我问她二大爷在家吗。她操着山东与东北两地方言而混合成的普通话，高声回答说：你二大爷种菜去了。

我一惊，急忙问：他还能种菜吗？

阿姨回答说：能。

我问：阿姨，你今年多大年龄了？

阿姨回答说：76了。

我说：不像，我还以为你60多岁呢。

阿姨乐呵呵地说：咋不像呢。

我回想着又问：我二大爷77了吧？

阿姨说：可能是。

我和阿姨简短地聊了一会儿生活方面的话题，就挂断了电话。因为我与阿姨接触得少，可以交谈的话题不多。可我对二大爷就不同了，他是我在吴家亲人中印象比较深的长辈之一。我放下电话，觉着有点兴奋，想象着二大爷种菜的样子，也想象着他的爱情往事。

我猜测二大爷迎娶这位阿姨时，可能是在70岁左右了。而他迎娶先前那位我没有见过面的阿姨时，就已经是在六十多岁了。应该说二大爷的晚年情缘还是很不错的，也是他这个年龄中别人少有的新鲜事。

其实二大爷年轻时的爱情就很多彩，更是浪漫，值得去追溯。

二大爷年轻时一米七六左右的个子，不胖也不瘦，皮肤也白净，腰板也直，看上去像个有学问的大学教授。当然在他们兄弟几人中，他读的书最多，也是最爱关心国家大事的人。在他们那个艰苦年代，因为人们生活条件普遍不好，像他这么高身材的人并不算多。在北大荒国营农场如同二大爷这么健谈的工人不多，像他这么漂亮的男工人也不多。

二大爷年轻时也算是个美男子吧。他不但英俊、潇洒，还能说会道，善于表达，工作兢兢业业，乐于助人，人缘很好，也讨姑娘们的喜欢。

女人不但喜欢美男，更喜欢能说会道的美男。二大爷年轻时正符合姑娘们选择伴侣的标准。他还真就经历过一段爱情的波折与苦恼呢。用现在较为时髦的话来说就是"艳遇"。

二大爷与二大娘是在河南老家订的亲。可订过亲后，二大娘又嫌弃东北天气寒冷，生活环境荒凉，不想去东北生活了。二大爷在多次劝说无效情况下，就想放弃与二大娘的情缘了。他便同一位一起从河南老家闯关东来北大荒国营农场的姑娘迅速建立了恋爱关系。因为两人是老乡，知根知底，又情投意合，还都是身处异乡的年轻人，便很快坠入情网中。可正当他们高高兴兴要举行婚礼时，二大娘却突然从河南老家神不知鬼不觉地来到了北大荒国营农场，如同空降似的站在了二大爷的面前，要跟二大爷成婚。二大爷看二大娘一个人千里迢迢跋山涉水来找他成亲，就有点懵了。面对两个爱着他的姑娘，他只能选择其一，放弃哪个都心痛，一时没了主意，不知怎么办才好，他陷入痛苦的抉择中。最后他没有跟那个姑娘结婚，而还是选择了二大娘。因为他不忍心拒绝二大娘，让二大娘一个人再孤单地重返河南老家。

我想二大爷选择二大娘的主要原因是爱情加同情的结果。可能同情还大于了爱情。因为二大爷与那个姑娘爱得很深，也很真。

那个深爱二大爷的姑娘望着新买的结婚用品虽然很伤心，失落，但也没有记恨二大爷。因为当初她看重的也是二大爷做事负责，对人有情有义的高尚品质。

二大爷在老年时，还和那个年轻时的恋人有来往呢。她称二大爷为二哥，这是按照我父亲他们的叫法称呼的。她的称呼很平静，二大爷也坦然接受。他们平静地相视，亲切地交谈，从而能感受到一种情感的转变。这时他们都已经是儿孙满堂的老人了，相聚在一起，也只是一种祝福的情怀。

当然像这种事情是背着二大娘的。可二大娘也是知道的。因为二大爷那段年轻时发生的爱情，在他们三个人心目中是刻骨铭心的，岁月过去多年也很难抹去。

我在年少时，也见过二大爷年轻时的那个恋人。她和我们是同姓。她后来的丈夫也跟我们是同姓。我想这也许是天意，也可能是上天赐给她的情缘。我叫她姑。她对我也很好。她的子女也与我们有来往，情感融洽。她经常来我们家。她虽然老了，但魅力依存。我能想象到她年轻时的美丽与贤惠，也感觉到了她的善良。

我为二大爷在年轻时能有那样一段情缘而高兴，也为二大爷失去这段情缘有些惋惜。可我也知道二大爷的生活经历确实是很不容易。

二大爷年幼时生活在老家河南，因为出身成分不好，受生活所迫，年少时便离开老家，闯关东去了东北，成为了北大荒国营农场的机械工人。北大荒天气寒冷，人烟稀少，生活艰苦，他遭遇了不少挫折，才把生活安定下来。

我第一次见到二大爷还是在上小学的时候。

那天我们家里突然来了一个陌生男人，从前我没有见过。他上身穿着一件雪白的衬衣，下身穿着蓝色涤卡裤子，肩上背着黄色挎包，挺精神的。经家人介绍，我才知道这个人就是二大爷。

当时二大爷住在离我们家比较远的嫩江管理局一个国营农场，想调到我们家这个农场来工作。因为我们两个农场同属于北大荒农垦总局管辖，属于系统内部调动，调动手续相对方便，简单。没过多久二大爷全家就搬迁到我们这个农场了。这时我才知道二大爷已经是三个孩子的父亲了。我也是第一次见到了堂哥和堂妹。我才知道二大爷已经不年轻了，都是一个快近五十岁的人了。

二大爷虽然调到我们农场了，可我们分别居住在两个不同的生产连队，两个连队相隔有数十里路，平时还是不常见面的。

二大爷人聪明，在工作中非常好强，也要求进步。他不但会开收割机、拖拉机，还会电焊、机械维修等技术呢。那时北大荒国营农场的机械化作业程度就已经很高了。在全国机械化作业排名也是在前例的。在北大荒国营农场连队里各种机车都有。但连里像二大爷这样什么机器都会开的技术工人，还真是很少有呢。

我觉着二大爷是我学习的榜样，也是我的骄傲与自豪。二大爷对我也寄托了厚望。他一见到我就问学习怎么样，叮嘱我上进，不能满足。

我后来离开了北大荒，一路远行，到沿海城市生活了。因为两地相隔遥远，工作忙，生活中事情多，我离开北大荒十多年也没有回去过。

在我离开北大荒的时候，人们的生活中还没有使用手机呢。那时的电话也不是全国联网，只是区域性的，通讯极为不便。我与二大爷也很少联络。

近年来随着电话的普及，手机的使用，我才同二大爷联系得多了。二大爷总会在电话里追问说：你就说什么时间回来吧？

我回答说：有时间一定回去。

二大爷问：那你什么时候才能有时间呢？

我沉默了。

二大爷又说：我都这么一把年龄了，还能不能看到你吧？

我说：你能长寿，肯定能看到。

二大爷说：你小子出去了，长本事了，嘴也甜了。

我说：你别夸我。

二大爷说：那我等你回来。

我也想回去探望亲朋好友，可一直就没有时间。因为路途太远，交通又不便，往返一次要好多天，没有充足的时间是肯定不行的。

时间飞逝而去，不觉中十多年就过去了。这不是个太短的时间。在人的一生中又能有几个十多年呢？去年，我终于有了休长假的机会，便决定回北大荒探亲了。

二大爷一见到我就阴沉着脸，装成生气的样子说：你怎么能有时间回来了？你不是在外面发财，当官吗？

我知道二大爷对我这么多年没有回来有意见。我一笑说：回来看一看你。要么你总骂我不回来。

二大爷立刻露出了笑容，高兴地说：我可没有骂过你。你小子有心，也孝顺。我想你也不能忘了我这个老头子。

我关心地问：你现在的退休工资是多少？

二大爷说：两千多吧。

我问：阿姨呢？

二大爷说：她少点。

我说：这地方消费低，你们两个人三千多块钱，生活得也很不错吗。

二大爷不满足地说：肯定不能跟你比呀，你是挣大钱的人。听说你住的楼值一百多万呢！这是真的吗？二大爷这一辈子也没有见过这么多钱呀。

我说：我们那上百万太正常了。不算新鲜事。

二大爷有点得意地说：我见到熟人就夸你，说我侄子行，混得不错。

我笑着。

二大爷说："你当多大的官？……"

我能看出来二大爷见到我心里很高兴，脸上总带着丝丝笑容。他对我的印象一直不错，也很愿意与我交流生活与工作方面的事情。这时我发现二大爷的生活也发生了巨大变化。特别是他个人婚姻生活上的变化，让我感触最深。

我离开北大荒时，二大娘已经重病缠身，卧床不起了，日常生活都是二大爷伺候。二大爷伺候二大娘也是无微不至，得到了人们的称赞。我这次回来二大娘已经去世多年了。

　　我虽然没有见到二大娘，但见到了阿姨。阿姨是二大爷后来找的老伴。因为要与先前的二大娘区分开，我们这些晚辈就称呼她阿姨了。

　　这位阿姨是二大爷在二大娘去世后，娶的第二个老伴，也就是二大爷生活中第三个女人。前一个我没有见过，只是听亲人们说起过。那个好像是同二大爷在同一个连队工作的多年同事。当然亲人们对先前那个提起的不多。因为她跟二大爷结合不久就去世了。在我的感觉中亲人们对她的印象也不深，好像没有什么感情。而对现在这位阿姨就不同了，虽然这位阿姨来自很远的地方，但亲人们总会提起她，还一直夸赞她处事好呢。

　　这位阿姨的老家在山东烟台，年少时去的东北。她老伴早逝了，没有自己生育的子女，只有一个养女。她是在几年前与二大爷结合的。她个子跟二大爷差不多高，耳不聋眼不花，腰也不弯，走路挺利落的。她对人热情。

　　那天我到二大爷家时，已经快到吃中午饭的时间了。虽然阿姨是第一次与我见面，可她显然已经知道我了。她同我打招呼，没有一点陌生感。我觉着她就像亲人一样，交谈非常自然，融洽。她做了很多菜，让我感到了热情。

　　二大爷陪我喝酒，我说不能喝酒。二大爷不相信地说：你到二大爷家还装假呀！你小子出去这么多年，哪能不会喝酒呢。我解释说：原来是能喝酒，现在身体不太好，就不喝了。二大爷说：不喝酒也好，酒也不是什么好东西。

　　我能看出来二大爷的幸福感受。他的幸福也是来自爱情生活。因为有爱情的家庭生活才会幸福美满。阿姨出去了，就我和二大爷两个人在屋里，我笑着说：二大爷，你真不简单，二大娘去世后，又娶了两个老太太。

　　二大爷很自信，笑哈哈地说：你这孩子，咋说话呢。

　　我说：这是第二个，没错吧？

　　二大爷说：那个在一起生活没多长时间就不在了，只好又找了一个。

　　我调侃地说：二大爷，你比年轻人还厉害。

　　二大爷说：不找咋办呢？连个说话的人都没有。回到屋里，就一个老头子，多孤单，怎么着也得有个做饭的人呀。

　　我看着二大爷笑。

　　二大爷说：你们年轻人不懂老人的心情，人老了，一个人可不行。一个人生活就是受罪。

　　我虽然不懂二大爷的感受，但相信二大爷说的是心里话，笑着点头。

　　二大爷有点不好意思地解释说：可不是我求着人家嫁给我的。我也没有说你嫁给我吧。这可都是人家说我人好，主动嫁给我的。

我说：你是个帅老头，老太太都喜欢你。

二大爷不好意思地说：这可是真的，不信你去打听。

我认同二大爷的观点。二大爷年轻时讨姑娘们的喜欢，老了也受老太太们的喜欢。他就是一个多情的男人。我顺着说：人老了，找个伴也好，少了寂寞。

二大爷感触地说：老病号可把我拖累坏了。我一伺候就是八年。老侄子，你知道那八年我心里有多苦吗。

我知道二大爷说的老病号，就是指已经去世的二大娘。二大娘在病床上一躺就是八年。在那八年里，都是二大爷在伺候着。当时二大爷还没有退休。他要工作，还要照顾躺在病床上的二大娘，忙里忙外，真是不容易。那是多么艰苦的日子，不说也能想到。二大娘去世后，二大爷没有沉浸在过去的生活中，而又开始了新的生活。他认为已经对得起二大娘了。无论作为丈夫，还是作为孩子的父亲，他都是称职的。他相信二大娘在天之灵，也会支持他的感情选择，情缘所愿。

因为生活就是朝前看的。

我觉着二大爷比我离开北大荒时苍老了，也消瘦了。虽然他消瘦了，苍老了，可身体还很健康，性格也开朗，精神状态非常好。

我说：你是儿孙都在身边，还有那么多亲人，也不会太寂寞。

二大爷说：也不行。老伴就是老伴，儿孙就是儿孙，这是不能替代的。你还没遇到这种情况，跟你说你也理解不了。

我相信二大爷说的话。因为人与人之间的角度不同。不同的角度，就会有不同的情感。感情是非常独特的，无法替代。所以人老了老伴还是不能缺少的。我说：你再找一个，我还支持你。

二大爷不好意思地说：你这孩子……你是一个懂事的孩子。

我都已经人到中年了，二大爷还这么称呼我。看来晚辈在长辈眼中总是长不大的。二大爷见到人总说我出去发展得多么多么的好。

我是二大爷的一个寄托。二大爷的幸福生活也是我的希望所在。

二大爷晚年的生活还在发生着变化。他从连队已经搬到了城里，住上了楼房。为了吃菜方便，他还在郊区开垦了一块荒地，在开垦的地里种上各类蔬菜。那样省钱不说，吃菜也方便，还属于绿色食品，更能活动筋骨，锻炼身体，放松心情。

二大爷虽然已经是一位 77 岁的老人了，可身体还健康。他的思想还紧跟时代，生活方式也超前，对爱情还是那么执着。他是一个多情的老男人，晚年生活很幸福，也给我留下了许多想象。

我认为像二大爷这样多情的人生很好。

发表在 2014 年 6 期《草地》杂志（四川阿贝州）

发表在 2015 年 1 期《中岩文艺》杂志（四川青神文联）

梦想走不进现实

松江市委宣传部新闻科的老杨拿着报纸，正专注地看着一条新闻，这时办公室的门被拉开了，回头一看，进来的是王志山。老杨说了声：来了，便继续看报纸。

"到农机站办了点事。"王志山把手提袋往桌角一放，坐到椅子上，摘下太阳镜，看着老杨。

王志山爱写新闻稿，在省报发表了一些豆腐块大小的通讯，在小城也算是小有名气的人物了。他与老杨很熟悉。老杨也没把王志山当成陌生人，就少了几分客套。可能是报纸上的新闻比较吸引人，老杨看得全神贯注。王志山沉默了片刻，看老杨还沉醉在报纸上，就说："杨老师，请你帮个忙，你看行吗？"

老杨放下报纸，有些不解地看着王志山说："什么事？这么客气。"

王志山迟疑了一下说："你到五金公司去一趟行不？帮我找一下邱美梅好不好？"

老杨知道王志山和邱美梅在谈恋爱，可两个人的感情进展到什么程度，他不清楚。他也不认识邱美梅。他不解地说："让她到宣传部来？"

王志山说："咱们一起去，你只把她从公司里叫出来就可以了。"

老杨想了一下，认为不影响工作，便答应了。两个人便去了市五金公司。

老杨虽然是从事全市的宣传工作，了解全市的各种信息，对国营企业的经营情况也了如指掌，可很少到各单位去。他对各单位领导的熟悉，也都是在开会时认识的。他对企业的环境不了解，对工人就更不熟悉了。

松江属于县级市，地处祖国的北部边陲，坐落在美丽的松花江下游北岸。国家为了开发边疆，建设边疆，发展与俄罗斯的经济贸易，才把松江由县升级为市的。

小城很小，人口不多，却非常美丽。

五金公司是市直属国营企业，也是松江市几大企业之一。公司在小城的郊区，离市委、市政府有一段距离。老杨和王志山两个人骑上自行车，沿着中央大街往前走。

老杨本不想到五金公司去，碍于情面，不好拒绝，心里打个问号，王志山为什么找他来帮这个忙呢？

他们来到五金公司门口的一棵大白杨树前止住，下了自行车。老杨把自行车放在树下，朝公司的大院里走去。王志山站在树下，耐心地等着老杨。

传达室的陈师傅一眼就认出老杨了。老杨是市委宣传部的机关干部，别看实权不大，可名气却大得不得了。在松江市不知道老杨，不认识老杨的人不多。他毕竟是市委机关大院里的人，到基层单位来，就成为大人物了。陈师傅迎上前说："您找董事长吗？"

"不是。不是。"老杨急忙回答。他不想让公司领导知道他来了。

陈师傅很热情地说："董事长去省里开会去了，总经理在。要么，我去给您通知一声？"

"不用，不用，我来办点私事，马上就走。"老杨有点慌了，加快了朝公司里面走的步伐。

五金公司的工人都把目光投向老杨。他就如同歌星一样，站在舞台上被众人观赏一般。他有些不好意思。可走着走着，他不知往哪走了。他又不认识邱美梅。

这时又有认识老杨的人走过来搭话说："杨老师，你来有事吗？"

老杨的脸都红了，本不想回答，可又不能不回答，别说是人家主动搭话了，就是人家不搭话，自己还得去问呢！他忙问："邱美梅在哪个车间工作？"

"您找她呀！跟我来吧。"那名工人热情地走在前面，给老杨引路。

邱美梅是装配车间的包装工人。她才来公司没几个月，是公司招进的新工人，许多人还不熟悉她呢。她听说有人找她，就从车间里迎了出来。她吃了一惊，没想到来找她的人会是老杨。

老杨认出邱美梅了，也一愣。显然老杨没想到邱美梅会是这个人。他在柳春军的宿舍里见过邱美梅。他立刻意识到不应该来找邱美梅。从新闻敏感的角度来讲，邱美梅在王志山与柳春军两个人之间肯定有某种不可切割的联系。老杨对邱美梅说："王志山在公司外面等着你呢。"

邱美梅说："我马上过去。"

老杨没有多停留的意思，跟陪着他的熟人打了个招呼，说了句谢谢，转身往公司外就走。他最怕遇上公司领导了，如果遇见了，怎么说呢？他走得跟跑得差不多快。

王志山看老杨慌里慌张地从公司大院里面走出来，有些疑惑，不解地问："杨老师，你怎么了？"

"没怎么。"老杨不想多说，只想快点离开这里。

王志山看老杨骑上自行车要走，急忙问："杨老师，邱美梅呢，你见到她没有？"

"她说一会儿就过来。来不来我就不清楚了。"老杨说完骑上自行车远去了。

王志山目送着老杨的背影，很不解。他转过目光，朝五金公司大院望去。远处邱美梅朝他缓缓走来。

老杨的脑子里浮出了柳春军的影子。

柳春军是乡下人，父母去世得早，又是独生子，三十好几的人，还没有结婚，一个人过日子。因为生活寂寞特别喜欢写作，梦想当个作家，而不是新闻工作者。

那年冬天，老杨有一本工作专用书被柳春军拿去了，久借不还。老杨急着用，便去找柳春军要。天空中飘着雪花，虽然不是很冷，但路上已经结冰了。老杨骑着自行车，骑得十分小心，可还是滑倒了好几次。

柳春军居住的小村子离城里有七八里路。那是知青返城后，留下的一间旧房子。那房子地处村庄的一角，显得另类，有些孤单，不合群。

老杨走进去，屋里漆黑一片。幸亏亮着灯，如不亮灯，肯定会被地上的电线绊倒。电线东拉西扯，电炉子、电饭锅，随处放，房间里乱得很。屋里除了柳春军外，还有一个女孩，那个女孩就是邱美梅。当时老杨不认识。

邱美梅看来了陌生人，把脸转过去，对着窗户。窗户很小，又结着厚厚的霜。屋外下着雪，在屋里什么也看不清。雪落无声，她心怦怦跳个不停。她不想让外人看到她。她虽然与柳春军相恋了。但从年龄上来说，他们并不合适。她才二十出头，而柳春军却已经快四十岁的人了。邱美梅是冲着柳春军的名气来的。她认为柳春军如果被市政府招用了，生活环境就会来个天翻地覆的变化，那样她的命运也将会随着改变。老杨来找柳春军后，她更认为柳春军了不起了。可当她认识王志山后，就觉着王志山更适合她。王志山也有当作家的梦想，在小县城新闻界比柳春军的知名度还高，人长得也比柳春军帅气，年轻而有活力，美中不足的是他刚离了婚。但邱美梅认为那也比柳春军的条件好，于是她就选择了王志山。

柳春军跟老杨说："王志山不道德，不得好死。"

"怎么了？"那时老杨不知内情。

　　柳春军也不说原因。他很少提起爱情、婚姻方面的事。他认为自己的年龄与生活条件都配不上年轻的女孩，可他又想得到年轻女孩的爱。

　　这种向往是每一个成年男人的心愿。

　　老杨这时才知道为什么柳春军恨王志山。也才知道柳春军喜欢的女孩，就是王志山现在的女朋友，叫邱美梅。

　　王志山找邱美梅不是为了别的事情，而想接邱美梅去他家，把两个人的关系正式确定下来，然后办结婚手续。前些日子，市总工会借调他帮忙做了两个多月的宣传工作。当时邱美梅对他非常好，像夫妻似的。当他结束借调，重新回到村里后，邱美梅对他的态度就跟从前不同了。他是想通过写作改变生活环境，但那只是个梦想，能否成为现实，还是很难说的。写作也不是件容易的事情，很难出成绩，出了成绩领导用不用你，还是个未知数呢。再说发表作品也不是那么简单的事情，他写了几百篇，才发表那么几个，小城不是大城市，这里信息不灵，人口又少，哪有那么多可写的新闻。所以王志山对梦想的实现没有底。他要在自己的梦想还没有完全破灭时，把邱美梅娶回家。今天也是为了提高自己的身份，才特意请老杨来帮忙的。

　　邱美梅没有因为老杨来找她，就跟王志山走，她在等待着下一个机会到来。她说还没有下班，下班后又跟同学约好了，不能失约。王志山问她哪天有时间，她说过些日子再说吧。

　　王志山失落地走了。经过市委大院时，他想停下来到宣传部跟老杨说点感谢的话。可他没有心情，就匆匆而过，回家了。

　　老杨回到办公室，有点生气，觉着有些郁闷。可过了一会儿，就好了，熟人嘛，人家找你帮忙是对自己的信任，有什么不好的。他刚想通了，柳春军就来。

　　柳春军一进门，就把手里的一本书递给他，得意地说："老杨，你看怎么样？"

　　"有你的作品？"老杨接过书说。

　　老杨觉着柳春军很没礼貌，开始接触时，他还是很在意的，心里觉着别扭，时间久了，熟悉了，也就不在意小节了。

　　"老杨，这可是某某某题的书名。"柳春军说了一个著名作家的名字，脸上多了几分光泽，挺自豪的。好像那个作家与他是亲戚似的。

　　老杨翻看着书，觉着印刷质量太差，制作粗糙，他问："要了多少钱？"

　　"没要钱，只是包销50本书。"柳春军说。

　　老杨翻几页书，看着价钱，这可不是个小数，不便宜。内行人一看，便知道这是变向收费，只是收费的方式巧妙些。他打开书一看，柳春军写的文章不过百字，没什么价值。

柳春军兴奋地在屋里来回走着，他问："老杨，怎么样？"

"我对这种书接触得少，不太懂。"老杨没有把自己的看法说出来。他认为不怎么样。

柳春军有点得意地说："老杨，干咱们这一行，可不能落伍。特别是思想坚决不能守旧，不然写出来的东西，就没地方发表了，就算是发表了，也没有人看。"

"没看出来你的想法还挺超前的呢。"老杨笑着，也带着讽刺。

柳春军说："没办法，谁让咱干这个了呢！"

老杨没说话。他觉着柳春军就是看不清现实，总沉浸在梦想中，要知道梦想与现实是完全不同的。

柳春军信心十足地说："老杨，你能不能跟部长说一说，把我调进宣传部来。如果能调进宣传部，我请你吃饭。咱们找最好的酒店。"

"你请我吃十顿饭，请我吃国宴，我也办不成这件事。"老杨笑着。

柳春军说："你们部里不是缺人吗？"

"这跟缺不缺人没有多大关系。部长说的也不一定算，这要市领导同意才行，不是你想的那么简单。如果这么简单，这屋里早就坐不下了。"老杨认为柳春军太天真了。

柳春军说："你的意思是说我没有希望了？"

"我可没有这么说。我是说挺难办的。"老杨解释。

柳春军沉默了一会儿说："老杨，王志山进工会是谁调的？"

"王志山什么时间调进工会了？他那是帮忙。他已经回去了。"老杨想了一下，问："你跟他是怎么回事？"

"没怎么，我跟他又不熟悉。他不是人，更不是男人。挺缺德的，你别理他。"柳春军愤怒得很，不想提王志山。

老杨做出很随意的样子问："你的对象还谈着吗？"

"谈什么，她跟王志山了……老梁，你不会是明知故问吧？你不会不知道这件事情吧？"柳春军看着老杨。

老杨笑着说："怎么会呢。我哪里知道你们感情的事。"

柳春军自言自语说："我没这个命呀，看来这个光棍还得打下去……苦命人啊，苦命人啊！"

"没有这么悲观吧。生活多美好啊。"老杨说。

　　柳春军说："老杨，你认为王志山能得到那个女孩吗？"

　　"哪个女孩？"老杨装成不明白的样子。

　　柳春军说："就是邱美梅。"

　　"不清楚。"老杨不想多说了。

　　柳春军说："只要王志山进不了市机关，就成不了。你别看那女孩年龄不大，可思想成熟着呢。"

　　"想调进机关工作不容易。"老杨说。

　　柳春军长长地舒了一口气说："那王志山，就没戏可唱了。"

　　老杨心中有数，无论王志山和柳春军发表多少稿，都不可能被调进市机关的，进机关不只会写稿那么简单，还需要很多综合因素。这是他们两个人都不具备的。他不想直接说出来，打破他们的梦想。

　　没过几天王志山又来宣传部了，老杨发现王志山没精打采的，好像老了很多。王志山告诉老杨他要结婚了。老杨一怔，没想到会这么快，更让老杨没想到的是要跟王志山结婚的女人不是邱美梅，而是另外一个女子。

　　老杨着实吃惊不小，他说："这么快，神速呀。"

　　"都是过来人，也没那么多顾虑。"王志山平静地说。

　　老杨知道那是个离了婚的女人。小城不大，有点什么新鲜事，很快就风靡全城了。虽然是离婚的女人，老杨认为王志山的选择没错，也非常现实。

　　王志山邀请老杨去喝喜酒，因为两个人都是再婚，只请几位关系密切的亲友，简单地操办一下，就行了。

　　老杨爽快地答应了。

　　王志山说他再也不会把心思用在写新闻稿上了，他要好好地种地，努力经营着自己的生活。他已经从梦的世界中走出来了。他要面对现实好好地生活着。

　　老杨有点失望，因为没有王志山写稿，宣传部的对外新闻宣传工作会加重。可他还是很高兴的。他看到了王志山走出了梦境，回到了现实生活中。这是一种欣慰。他想柳春军又何时能从梦境中走出来呢？人不能没有梦想，可总沉浸在梦想中，也是一种悲哀。

　　发表在 2012 年 3 期《鹿鸣》杂志（内蒙古包头）

　　发表在 2012 年 5 期《雪莲》杂志（青海西宁）

来自遥远并不遥远的声音

那天晚上，妻从外面锻炼身体回来了，拿着手机，疑惑地对我说，你看这是个什么号码，晚上打了好几次，没等接就挂断了。我没在意，也没有看，就随意地说，可能是骚扰电话吧，最近这种骚扰电话挺多的，不用理，就行了。我的话音未落，妻的手机响了。妻急忙对我说：还是那个电话。

我催促地说：你快接，接了，就知道是干什么的了。

妻迅速接起电话。

电话里传来一个男人的声音。这个男人好像对妻有些了解，说起关于她作品方面的事情。妻一听对方谈起创作方面的事，便认为不是骚扰电话，神情放松下来。可她不知道打电话的人是谁。她猜测是一位在政府招商局工作的朋友。可这位朋友已经出差去韩国了，还没有回来，总不会从韩国打国际长途电话说这些事情吧？对方谈得兴致正浓，她无法打断，只好顺着男人谈的话题继续聊下去。

陌生男人说喜欢妻写的书，还买了一本，就打来电话了。妻问他是从哪里得知电话号码的。陌生男人没有直接回答，而是说以后会解释的。妻看这个号码与其他号码不同，便问他是在哪里打的电话。陌生男人回答说是在阿尔巴尼亚打的国际长途电话。

这时妻有点疑惑了，更有些惊讶，不相信地问：你在阿尔巴尼亚？

陌生男人诚恳地回答：我是在阿尔巴尼亚。

妻说：你中文说得这么好，不会是在阿尔巴尼亚的中国人吧？

陌生男人说他是阿尔巴尼亚人，20世纪60年代时在中国北京留过学。所以，他中文讲得比较流利。妻一听对方60年代在中国留学，心想年龄一定不小了，便冒昧地问他多大年龄了。陌生男人回答说快七十岁了。妻说那你已经退休了吧？陌生男人有点急促地说：我的电话卡上快没钱了，不跟你说了，下次再告诉你。你也可以给我打电话，就是这个号。

妻说：拨打这个号码，就能联系到你吗？

陌生男人肯定地说：能。

妻忙问：怎么称呼您呢？

陌生男人说：你就叫我老布好了。

妻说：这么称呼有些不礼貌吧？

陌生男人满不在乎地说：没关系，我的中文名字就是这个。

电话自动断了，可能老布的电话卡上真的是没有钱了。妻放下手机，看着我，好像是刚听完一个天方夜谭故事似的，带着无限回味与追问。

我也有些不解，因为我们与国外没有联系。别说是东欧的阿尔巴尼亚了，就连比较近的新加坡、泰国、马来西亚等东南亚各国，都没有联系。那么，老布又是怎么知道妻的手机号码的呢？老布是真名？还是一个骗子呢？电话是断了，可留下的疑问不少，像一团迷雾笼罩着我和妻。

妻自言自语地说：我还以为是宋炳海呢。这人跟宋炳海的声音很像，我还以为是他在跟我开玩笑呢。

宋炳海是我们一位多年的友人。他硕士毕业，在政府机关工作，处级职位，在职读博士呢。他曾经是政府驻韩国办事处的负责人。

我对妻说，你把电话打过去，看是不是真的。妻犹豫地说，不会是骗子吧？我说，没事，骗子就骗子吧，也只能骗个电话费，还能骗到什么呢？妻想了一下，灵机一动说，咱们查一下，看这个号是不是阿尔巴尼亚的国际区号，不就明白了。于是，我找出书，查找阿尔巴尼亚的国际区号。果然是阿尔巴尼亚的区号。这样一来，我们心中有了几分安稳，感觉这个电话号码是真的。或许老布这个人也是真的。妻还在犹豫，我鼓励地说：你打吧，就算是骗子，只能骗个电话费，没什么大不了的。

妻拨通了电话，铃声没响两下，对方就接听了。接电话的人就是自称为老布的阿尔巴尼亚男人。

老布接起电话笑了，不像刚才说话那么急促，而是从容，侃侃而谈。他说20世纪60年代他在北京留学时到过青岛；他说青岛的啤酒很好；他说他在栈桥游玩时喝酒喝醉了；他说他在中国北京留学时喜欢看黄色小说，所以中文才说得这么好。老布说的这些事情我和妻无处考证。我们不能不信，也不能全相信，因为我们与老布分别生活在不同的国度，不同的国情，不同的种族，相隔万水千山，路途遥远，必然是太陌生了。这事情出现得也太突然了。

人生中有些事情的突然出现，没有任何原因与理由。

青岛是座美丽的海滨城市，在国内外名气都不小。青岛一年一度的国际啤酒节，海洋节，电影节，有许多国外客商前来，使青岛啤酒在海内外名声远扬，海产品远销国内外。但在20世纪60年代，如果说青岛啤酒就有名气了，海产品畅销国外了，这就无法确认了。因为那时我和妻都还没有出生，更何况当时是新中国成立初期，国家正处在百废待兴之时。如果说那时青岛啤酒就已经在全国，或国际上有名气了，我认为有点夸张。关于栈桥就没有什么秘密可言了，这是青岛一处名气不小的景点，几乎同崂山一样是青岛这座城市的象征与代表。凡是到过青岛的人也好，没到过青岛的人也罢，只要有点旅游常识的人，就会知道栈桥的。

妻问：你怎么知道我的呢？

老布说：我在深圳机场买了一本你写的书。我觉得这本书很有意思，比较喜欢，认为你是一个有才华的作家。我想把这本书翻译到阿尔巴尼亚来。

妻问：那你是怎么知道我的手机号的呢？

老布回答说：我是通过青岛市作家协会得到的。

妻问：你还经常来中国吗？

老布兴奋地说：当然了。我经常去中国。可能过些日子我还会去。我再去中国时，到青岛找你。

妻答应着说欢迎你来中国，欢迎你来青岛。这时有一位友人来访，打断了交谈。

这次交谈后，我们也没当回事。只是知道在阿尔巴尼亚这个东欧国家，有一个叫老布的男人，喜欢妻的作品。他还在中国买了一本妻写的书，不远万里，带到阿尔巴尼亚去了。妻出版的书已经有20余部了，在全国各大报刊发表的作品也很多，总字数超过800多万字了。她的知名度高与影响力都不小，被人们称为知名作家了。可老布是外国读者，这必然是来自国外的声音，可以说妻的作品已经跨越了国门，开始奔向世界了，这对于一个青年作家来说，无疑是个好的预兆与前景。我和妻有点兴奋……

没过多久，老布又来电话了，说他近期要随几位商人到中国广州进货。如果有时间他想到青岛来与我们见个面，谈翻译书的事情。我和妻认为老布跋山涉水、万里迢迢来中国，也不容易。他要到青岛见我们，无论怎样，我们都不应该拒绝。我们要好好招待一下这位异国客人。让老布感到中国人的热情、好客与宽广胸怀。老布每次打电话时间都很短，匆匆结束。如果我们给他打，他就会说得比较长，不愿挂断。这让我们感觉老布小气，怕花电话费钱。这样一来，就影响了我对老布的印象了。

为了增加了解，老布通过电子邮箱发来了一张照片，不知为什么他发来了一张有两个人的照片，而没有发个人的照片。他是存心想让我们猜测，还是有别的顾虑？我们不清楚。照片上的两个人区别很大，一个带有绅士风度，一个貌似乡下农夫，场景是两个人正在酒店用餐，两人并排而坐，餐桌上放着酒瓶与各种食物。我和妻辨认哪一个人才是老布。因为老布上过大学，还留过学，属于知识分子。我们便认为带有绅士风度的那个人是老布。

我们带着疑惑与新奇准备迎接这位来自东欧阿尔巴尼亚的老布。

我们在青岛接待全国各地友人不算少，也是平常事。可这是位来自阿尔巴尼亚的老人呀！这是位国际友人，同国内友人是有很大区别与不同的。他性格什么样，品德如何，是否讲究卫生等等都不了解，所以，接待时就要考虑得细一些，尽可能做到周全。因此，我们认为留客人在家里住宿未必适合，还是住旅馆为好。

这正好是夏季，也正是青岛旅游最佳季节。每逢旅游季节到来时，青岛的旅馆就人满为患，客房难求，要提前预定。所以，我们在得知老布到中国后，就不停地与他电话联系，确认他抵达青岛的时间，好预定客房。

老布到中国后使用的不是阿尔巴尼亚电话号码，而是使用北京的号码了。老布说他经常来中国，就留一个中国手机号码，在中国使用，这样能省钱，也方便。可老布到中国后还是很少主动给我们打电话，如果打，也是通话匆匆，而急促。联系时，多数还是我们给他打电话。我们给他去电话时，他还是那么不紧不慢地聊，似乎有说不完的想法。

我想可能老布还是怕花电话费吧。

老布先到广州，陪同几位阿尔巴尼亚客商购货。那几位阿尔巴尼亚商人购完货后，便匆匆回国了。老布还要等下一批阿尔巴尼亚客商。在第二批阿尔巴尼亚客商还没到中国时，他有两天空闲时间。他无事可做，便来青岛了。

老布在北京把第一批阿尔巴尼亚客商送上飞机后，乘高铁来青岛了。

我和妻去火车站接老布。近几年青岛大面积修建地铁，建设立交桥，路况不好，加上车辆多，车辆拥挤，路上经常堵车。虽然我们提前往火车站走，可还是晚了。我们到火车站时，老布早就等在那里了。因为看过照片，有了一定印象，不管是照片上的哪一个人，都会认出来的。我们走到贵宾候车室门口，便看到老布了。这时我和妻都有点吃惊，相互看了一眼，知道我们都判断错了。我们眼前的老布不是照片上那个绅士的人，而是如同乡下人着装那个。妻上前笑着说：布先生，你好。不好意思，路上堵车，来晚了。Sorry（对不起）。

老布轻轻一摇头，微笑着用中文说：没关系。

妻对老布介绍我说：这是我先生。

我迎上前同老布握手，礼貌地说：您好。

老布伸出手，在同我握手时说：真年轻，好帅。

我接过老布手中的旅行包，帮他拿着。

妻和老布交谈起来，时不时我还插上几句。这时我们才对老布这位来自东欧阿尔巴尼亚男人有了些了解。

老布是个年近七十岁的老人了，可看上去也就五十岁左右。他个子不高，略微有点胖。他早已经退休了。他退休前是在阿尔巴尼亚一家工程设计院工作。他退休工资每月在 250 美元左右。这在中国不算高，可在阿尔巴尼亚已经是高薪了，他说他比院长的工资还多呢。他有一儿一女，妻子是医生。儿子还在读大学，女儿已经出嫁了，女婿是律师。家中有一辆旧奔驰，还有一辆电动车。他在阿尔巴尼亚首都地拉那有两处住房，都在七十平方米左右，一处在市中心，一处在海边。可以说老布的家境不错。因为他中文说得比较好，又有在中国生活的经历，还对中国的风土人情有所了解，就有阿尔巴尼亚商人聘请他当翻译，一同来中国购货。老布说商人愿意聘请他的原因是他要价比较低，做事又踏实，能让商人满意而放心。因为阿尔巴尼亚人口不多，国家小，时间久了，他在阿尔巴尼亚商人圈子中，就有了一定知名度，也就有了固定客户。

每年老布能来中国好几次。

老布说也有中国客商到阿尔巴尼亚时，聘请他做翻译的。他说他还翻译了几本中国经济书到阿尔巴尼亚。

我们请老布到家中做客。老布说一定要买点礼品。我不让他买，他不肯。他到小商店买了一瓶郎酒。他说在阿尔巴尼亚初次到人家做客，就买一瓶酒。我对阿尔巴尼亚的风土人情不了解，不知是否像老布说的那样，不过，我相信他说的话应该是真的。

老布有必要来欺骗我们吗？

老布经常来中国，对中国比较了解，成为了中国通。他身上穿的衣服不算好，非常普通，都是中国生产的。当我们谈到他在中国的经历时，他一指身上的衣服，很自豪地说：我会讲价，我讲价特别到位，从没花过冤枉钱。

我们在家中请老布吃饭。外地友人来青岛时，我们都是以海螺、蛤蜊、虾等海鲜为主。可老布不会吃海螺。这让我有点意外。老布一个劲地说好吃。他说阿尔巴尼亚以吃牛排、面包等西餐为主。老布能喝啤酒。他喝了好几瓶青岛啤酒后，没有一点醉意。吃过饭，天色还早，我便陪同老布到公园去照相。

水上公园离我的住处不远，有水有花，有树有草，景色真是不错。

老布非常喜欢照相。

晚上在我和妻送老布回旅馆的路上，他到路边小商店买了一瓶矿泉水，扭开盖，仰起脖就喝起来。他的这个举动实在是有点小气了。同时也让我有点看不起他。当然我并没有表露出来，只是在心中有这种想法。

我们接待老布只是尽友人的情谊。

老布并没有过多谈翻译书的事情。他只是说他已经把书稿翻译过半了。我问他什么时间能完成翻译工作，他说不清楚。他说他不是靠翻译书来吃饭的。他要生活，还有许多事情要做。

老布离开青岛时，我起早送他去机场。我看着他走过安检口时，觉着这位阿尔巴尼亚老人身上带来一种信息。这信息又是什么呢？我不清楚。

也许是心灵的感应。

也许是心跳的声音。

也许是人与人的共同特性。

虽然老布来自远方，可我认为声音并不遥远。那声音，就是一种情感。可是，我并不完全喜欢。但也不拒绝，我只是觉着新奇而已。

发表在 2015 年 2 期《大足文艺》杂志（重庆大足区文联）
发表在 2017 年 7 期《北极光》杂志（黑龙江大兴安岭）

爱相随

我同一位客户刚谈完业务，还没有从电梯里走出来，朋友小林就打来了电话。他问我情人节在不在北京过。我这时才恍然想起情人节就要到了。我不能留在北京过情人节，必须尽可能赶回东北家中过情人节。我要在情人节这天陪在智慧身旁，让她有个别样的好心情。我算了一下时间，还有一天半的时间就到情人节了。此时我身在北京，离东北的家很遥远。如果我要想回家陪伴智慧过情人节，就必须立刻动身，踏上返程的飞机。我只有在一点也不能耽误的情况下，才有可能在情人节的晚上回到家，回到智慧的身旁。我说：你帮我订一张晚上飞往哈尔滨的机票吧。

小林是我的同乡，也是高中时的同学。他大学毕业后到北京发展了。而我一直生活在北方边陲小城。我与小林情同手足。他不解地问：这么急吗？

我说：越快越好。我一定要在情人节时回到家。

小林说：在北京过情人节也是很好的。可以找女孩陪你呀。

我催促说：你快给我订机票吧，别说费话了。

小林犹豫地说：我看一看吧，不一定能有今天晚上飞往哈尔滨的机票了。

我脱口而出说：没有就订火车票。

小林提醒说：坐火车是来不及的。如果情人节赶不到家，就没有意义了，又这么匆忙，那还不如不回去了。

我这才意识到乘火车是赶不回去的。我似乎带着责备的语气说：你来北京这么久了，尽量想办法弄一张机票吗。高价也可以，只要能让我赶回去就行了。

小林叹息一声说：老兄，如果飞机票真的售完了，就算是有三头六臂，也没有办法呀。先看一看再说吧。

我挂断了电话，看了一下手机上的时间，有点急躁起来。我还有一项业务没有谈。我必须在谈完这项业务后，才能返回东北。可我与客户王总约定是在明天见面的。如果我突然提出改变约谈时间，显然有些不妥，失去了礼节。但我在片刻思量后，还是拨通了王总的手机。

王总不解地说：咱们不是约好了明天见面的吗，你怎么会突然想改变时间了呢？

我直率而真诚地解释说：王总，真对不起。我忘记后天是情人节了。我想在情人节这天赶回家，陪爱人一起过情人节。

王总不理解地问：这就是你改变约谈时间的理由吗？

我说：是的。希望你能理解。

王总问：你结婚多久了？

我说：一年。准确地说还不到一年。

王总感叹地说：你还有恋家情节呢。

我说：也不是。我只是不想让爱人在结婚第一年，独自过这个节日。

王总说：男人应该以事业为主，应该少些儿女情长。

我说：人生中家庭与事业是同等重要。

王总笑着说：那你现在就过来吧。

我没想到王总能这么痛快地答应与我见面了，因为在生意场上突然改变与客户谈事情的时间是很不好的做法。突然改变时间，往往会打乱对方工作上的安排。在没有发生特殊事情时，一般都不会这么做的。虽然我认为回家陪爱人过情人节是很重要的事情，可这只是我个人感情上的认知，对别人来说不算是特殊事情。王总很忙。我们每次谈业务都是按照约定的时间进行。我们还有好几次都是在一边用餐一边谈的。

王总见到我脸上露出一丝笑意。他说情人节也不是什么大节日，给爱人打个电话不就行了，还非得往回赶吗。我说对别人来说情人节也许不算什么，也不太重要，可对我来说还是非常重要的。王总说与你交往这么久了，还真就没看出来你是这么一位重视感情的人。现在像你这么年轻的人，还如此重视感情的人实在是不多了。如果不是这样，我是不会同意推掉与外国客商的洽谈时间，临时同你见面的。

我相信王总说的是实情。我感激地说：谢谢。

王总看了一眼我手中的合同，不介意地说：你也可以先回去，再把合同寄来吗。

我说：那不行。因为我不能为了感情而影响工作。生活中工作与感情是同样重要的。

王总笑了说：你是鱼和熊掌都想要呀。

我抱歉地说：真对不起，影响您的工作安排了。

王总理解地说：这是特殊事情吗。特殊事情就要特殊对待。

我的手机响了，电话是小林打来的。小林说晚上北京飞往哈尔滨的机票已经全部售完了。最快也是明天早晨的航班了。我知道乘坐明天早晨的飞机回哈尔滨，在情人节这天是到不了家的。我的情绪霎时失落起来。

　　王总年长我许多，他的人生经历非常丰富，观察事物能入木三分。他看出了我的心事，便说：怎么了？遇到什么麻烦了吗？说出来，看我能不能帮你。

　　我本不想说出来。我认为机票售完了，王总也帮不上忙。我迟缓了一下才说：今晚飞往哈尔滨的机票已经售完了。

　　王总问：必须乘坐今天晚上的飞机吗？

　　我肯定地点头说：是的。

　　王总问：你这么急着回去，只是为了陪你爱人过情人节？

　　我说：是。

　　王总笑了说：我与那么多人交往，但还是第一次遇到像你这样为爱情守时的人呢。在现今的生活中真是太难得了。

　　我腼腆地笑了。可我还在为没能买到机票发愁。王总说没有机票怎么办呢？我说看能不能买到飞往沈阳的机票，从那下飞机，坐车往回赶吧。

　　王总不赞成我这样做。他说：那样你太劳累，也不安全。

　　我说：没有办法。我辛苦点，只要爱人高兴就行。

　　王总拿起电话，拨通了业务部经理的手机，问业务部经理晚上是否有去哈尔滨出差的人员。业务部经理说晚上他要乘飞机去哈尔滨，参加明天的一个活动。王总让业务部经理改乘明天早晨的飞机去哈尔滨，还让把今天晚上的那张机票马上送过来。

　　业务部经理不一会儿就把机票送过来了。

　　王总把机票递给我说：你今天晚上就可以飞回哈尔滨了。

　　我看着王总愣住了，一时间不知说什么为好。王总为了不耽误我的行程，没有细看合同上的条款，便在上面签了字。我说王总你还是看一看合同吧。王总说像你这么重感情的人错不了，就算错了，也不会有纠葛的。我要把机票钱给王总，王总说不用了，这张机票就算是我送你的吧。王总的电话响了，我起身告辞。

　　我在去机场的路上，在花店买了一束玫瑰花，准备送给智慧。智慧喜欢花，可在这个季节，在北方边陲小城是很少有卖鲜花的。

　　我乘的是晚间飞机，到哈尔滨正好是深夜。虽然第二天才是情人节。可哈尔滨不是我行程的终点。我还要继续北上，坐十多个小时的火车，才能到达目的地。

　　我生活的小城地处黑龙江边上，同俄罗斯只有一江之隔，站在江的这边，就能看到江那边俄罗斯的建筑。小城也有着俄罗斯风情。小城不大，人口也不多，很幽静，也很美。我回到小城时，已经是星光闪烁的夜晚了。

　　小城通往外界只有这一趟列车。

　　我一出小站，迎面扑来一股早春的寒气。我打了一个寒战，往站外走。我没走几步，便惊住了。我看到了智慧。

　　智慧朝我走来。我心中生起一股温暖的情丝。我并没有告诉她今晚回来。我本想给她一个惊喜，没想到她会来接我。我把玫瑰花递给智慧。她接过花，高兴地说：真好看。

　　我问：你怎么来了呢？

　　智慧说：想你了。

　　我问：你怎么知道我今天晚上回来呢？

　　智慧笑着说：我会算。

　　我说：你是诸葛亮呀。

　　智慧说：我是现代版的女诸葛亮。

　　我知道智慧是在跟我开玩笑。她哪是什么诸葛亮呀，她只不过是每天在列车到来时，都来接我罢了。

　　智慧认为我应该在情人节之前回家。她不想一个人度过这没有情人的情人节。我急着赶回家看来是正确的。如果我不回来，智慧肯定会孤单寂寞地度过这个情人节的夜晚。智慧没有开车。她说一个人在家好寂寞，便散步悠闲地走来了。

　　小站离我家不远，没必要开车。我们静静地走着。小城夜晚街上行人很少，灯光点缀着夜色，如同天上的星星一样美丽。皎洁的月光洒在我们的身上，如同给我们披上一件幸福的婚纱，把我和智慧罩在里面。我们感受着爱的温暖。

　　这是我们婚后迎来第一个情人节的夜晚。

　　在这个季节，北方还是寒意正浓。我还没有吃晚饭，智慧也没有吃。智慧建议到不远处的相思酒家去吃，不然，我们回家还得去做。如果我们忙着做饭，就会失去这美好的心情了。我完全赞同智慧的建议。

　　相思酒家是小城营业最久的饭店，也是知名度最高的饭店。据说当年在我们这拍摄《北国红豆也相思》电影时，有明星多次来相思酒家吃饭。相思酒家也因明星的到来，生意更加红火兴隆。

　　我们刚走进相思酒家，服务小姐便热情地迎上前来。服务小姐引导我们来到一个能看见月光的包房里。我们坐在窗前，欣赏屋外美丽的月色。

智慧深情地看着我。她不知是怎么了，轻声相问：你还想她吗？

我知道智慧说的她是指刘晓月。我回答说：我会守候我们这份真爱。

智慧把头靠在我的怀中。她的话勾起了我的记忆，让我想起这来之不易的爱情。我在爱情之路上，经受过一段难忘的波折。那段波折，让我对人生有了另一种体验。我懂得在爱情面前有时要学会放弃，不必强求，只有把握好眼前的拥有。

我和智慧的爱情并不是一帆风顺的，也有风起云涌般的经历。当然责任不在智慧，而是由我引起的。

我在和智慧相爱之前，还与刘晓月有过一段痴情的初恋。

那时，我和刘晓月，还有智慧都在小城同一所中学读高二。当时我们中学高二有三个班级，每个班级有四十多名学生。我的学习成绩排名在前几位。而刘晓月和智慧学习成绩都很一般。我一心想考大学，而她们两个人都认为考大学没有希望了。

那是在班级中秋节晚会结束后，我一个人走出教室，到外面看月亮。刘晓月便跟了出来。她说这月亮真美。我说跟你的人一样漂亮。刘晓月兴奋地说真的吗？我说是真的。我说得没有错，刘晓月相貌真的很好看。我没有夸张，也没有别的用意，只是实话实说而已。可这让刘晓月有了想法。

青春期的少女正是情窦初开的年龄。从那天起，刘晓月对我的眼神就很撩人了。我总是回避着。可有一天，我在回家的路上，被她拦住了。她质问说：你为什么总躲着我呢？

我慌张地否认说：没有呀。

刘晓月说：虽然你学习成绩不错，可考上大学的希望也不大。就算考上了，又能怎么样呢？

我怔怔地看着刘晓月。我明白她话中的意思，她认为我看不起她的学习成绩。她不想让我小瞧她。

那时我家住在离小城不远的乡下，而刘晓月和智慧家都住在小城里。智慧的父母都在小城的政府机关工作。刘晓月的父母都是在小城做生意的。刘晓月家很富裕，可以说是小城第一富豪。我们三个人中数我的家境最不好，可我的学习成绩是最好的。

老师的表扬，同学的维护，也或多或少增加了智慧和刘晓月对我的好感。

刘晓月不但人长得漂亮，性格还开朗，做事干净利落，属于敢作敢当的那种女孩。她主动同我交往，向我投来了爱情的目光。

那时我一心想考大学，本不想谈恋爱。可在青春萌动的年龄，我没能抵挡住刘晓月的情感进攻。我与她相爱了。

刘晓月是我第一个拉手走在月夜下的女孩。我把初吻给了她。而她是不是把初吻给我了，我并不清楚。

我对那次初吻的记忆太深了。那个夜晚，月光很好，在校园外的小树林里，我们相依着。我心跳个不停。刘晓月先吻了我。我的激情才被唤醒。

激情是生命中的特别歌谣。

刘晓月歌唱得很好。她经常哼唱林子祥唱的《选择》。这首歌伴随我们度过许多美好的日子。

到现在我还依然记得歌中这样描述：

风起的日子笑看落花 / 雪舞的时节举杯向月 / 这样的心情 / 这样的路 / 我们一起走过。

希望你能爱我到地久到天荒 / 希望你能陪我到海角到天涯 / 就算一切从来我也不会改变决定。

我选择了你你选择了我喔。

我一定会爱你到地久到天长 / 我一定会陪你到海枯到石烂 / 就算回到从前这仍是我唯一决定。

……

那时，我听着刘晓月唱的歌，也听着她诉说对美好未来的向往。她说我要是考上大学了，毕业后就不回北方了，随我到南方发展。她说无论我到天涯海角，都会伴随着我。

我说我们的爱情真能地久天长吗？她肯定地说能。我说爱情真能到海枯石烂吗？她肯定地说当然能了。那时，我真感觉到了爱情的美好。

当时我也知道智慧很喜欢我。智慧一直在默默地关注着我的发展。当她得知我与刘晓月建立恋爱关系后，依然是那么平静地同我交往。这也是智慧与刘晓月性格上的不同之处。

刘晓月父母都是经商的，对利益看得过重。而智慧的父母是在政府机关工作，处事相对平静，婉转。父母对孩子的成长影响很大。

那时我能看出智慧复杂的情绪变化。她在克制着自己的感情。虽然我对她的印象也不错。可我已经选择与刘晓月相爱了，就无法安慰智慧了。我和智慧只能把彼此的感情埋藏在心中。

我想假如是智慧先向我表白爱情，那么还会发生我与刘晓月的那段感情纠葛吗？可生活中的事情往往是没有假如的。我与刘晓月的初恋之花注定是要花开花又落，无果而终。

我在读高三那年，家中突然发生了大的变故。那次变故不但影响了家中的正常生活，还影响了我的学习。在现实生活面前，我辍学了，没能参加高考。

刘晓月正如意料中那样，没能考上大学，她跟父母做起了生意。智慧考上了离小城不远的一所专科学校。刘晓月在我离开学校后，对我就没有从前那么好了。

我虽然感觉到了她的变化，但还沉浸在爱情中，我对爱情还是那么执着。可没过多久刘晓月就随同父母去海口做生意了。这时我隐隐地感觉到我与刘晓月的爱情之灯忽闪忽闪的，有熄灭的可能。

刘晓月到海口后，开始还与我通电话。后来她换了号码，就没了消息。

智慧毕业后回到小城政府机关工作了。我也应聘到一家国有企业做总经理助理。因为我有艺术特长，还当上了单位团委的宣传委员。智慧没有因地位的变化而疏远我。我与智慧经常见面。

智慧依然爱着我。她向我表白了。可我还是放不下刘晓月。智慧劝我学会放弃。我并不认为智慧劝我是为了能得到我的爱情。她不是自私的人。她是在关心我，爱护我。我也曾这样多次想过。可我就是放不下那段感情。智慧安慰我说：这世界不只有刘晓月，只要你去尝试，就会有更好的发现。

我心中产生了一个冒险的想法，想去海口找刘晓月，当面得到一个答案。因为只有这样，我才能安心地去爱我要爱的人。我相信爱情是人生中最重要的事情，我不能爱错人。我把想法告诉给了智慧。

智慧很坦然地说：你去吧。我可以等你。

我犹豫了。我知道智慧是个好女孩。可我没想到她的心胸是那么的宽广。我会不会因为没能追回与刘晓月的爱情，而又失去爱我、追我、等候我的智慧呢？

智慧又说：你去吧，我等你。

我已经与刘晓月失去电话联系了。我只知道她在海口，至于她住在哪里，我并不知道。海口那么大，我到那里怎么才能找到她呢？可我还是义无反顾地踏上了去海口的行程。我相信我是可以找到她的，就算是找不到，也会死心了。

东北离海南那么遥远，我坐了好几天的火车、汽车，一路风尘，满身疲惫地抵达海口。

海口的风光与东北是迥然不同的。我身上的衣服显然不适合了，可我并没有带多余的衣服，我也没有心情去买新衣服。我的着装显得有些另类，不合当地的风俗。可我没想那么多。我只是一心想找到刘晓月，一心想得到爱的答案。可在人地两生的海口，我到哪里去找呢？刘晓月又会在哪里呢？

智慧给我打来了电话。原来她在我前往海口时，一直在向其他同学了解刘晓月的地址。她把刘晓月的新地址告诉给我了。我按照智慧提供的地址找到了刘晓月。

刘晓月穿着非常时尚，正在办公室里看报纸。她看到我吃了一惊，表情冷淡。她似乎是质问地说：你怎么来了？

我说：想得到一个答案。

刘晓月装作不明白地问：什么答案？

我说：你还爱不爱我？

刘晓月反问说：你与我天高地远的，你认为现实吗？

我并不认为相距遥远就是分开的理由。

刘晓月坦然地说她开始追求我时，她父母还没有决定到海口发展。她说到海口发展也不是主要的，主要的是我没能上大学。如果我能上大学，就不会这样了。她想找一个前途看好的男朋友。

我明白了刘晓月当初对我的感情。刘晓月与我恋爱不只是为了爱情，而是为了爱情之外的希望。那时我就有这种感觉，只是不太明了，不愿意去相信。在我看来爱情是纯洁无瑕的，不应该被玷污。

刘晓月请我到饭店吃饭，被我拒绝了。因为我已经知道这是个没有希望的结局。我毅然地离开海口了。刘晓月也从此远离了我的生活。

我走在回程的路上，耳边不时地响起《选择》的旋律。这首歌词很美，韵律也紧扣心弦。

我心想是呀！

风起的日子笑看落花／雪舞的时节举杯向月／这样的心情／这样的路／我们一起走过。

希望你能爱我到地久到天荒／希望你能陪我到海角到天涯／就算一切从来我也不会改变决定。

我选择了你你选择了我喔。

我一定会爱你到地久到天长／我一定会陪你到海枯到石烂／就算回到从前这仍是我唯一决定。

我真的要回到从前了，要做一次爱的重新选择。但我决不会再去选择像刘晓月这样的女孩共度余生。因为我们本不是人生路上的同行者。我能陪她到海角天涯，但她不能伴随我到地久天长。我不是她理想中的爱人。我只是她眼中风起时的一个看点；我只是她眼中雪花飞舞时的一道风景。而我不想这么做。这样的爱情不是我想要的。我认为这不是真爱。

　　生命中不能没有真爱。

　　真爱是生命中的支点。

　　我想拥有属于自己的真爱。

　　那段日子，我很失落，虽然我一再强迫自己要振作起来，可还是无济于事，忘不掉过去的事情。那时智慧每天都与我通电话，她怕我想不开。我问智慧说：我真的那么傻吗？

　　智慧说：你太痴情了。

　　我说：那你还这么爱我。

　　智慧说：喜欢你对爱情的执着。

　　时间会改变记忆的，时间也是疗伤的最好良药。我终于恢复起了爱的勇气，奔向了智慧。我们在那个春暖花开的季节，相拥在一起了。

　　智慧说她能伴我白头到老。我相信，她的这个誓言是真实的。

　　我说我能陪她到海角天涯，地老天荒，她也坚信不疑。我要坚守这份属于我的真爱。我决不能错过生命中的爱情。

　　我还在沉思中，手机响了。

　　智慧说：想什么呢？快接电话呀。

　　我缓过神来，看了一眼屏幕，电话是小林打来的，我说：这次去北京没少麻烦你，谢谢。

　　小林不愿意听我说这种有伤朋友之间感情的客套话。他说：少来这一套。你到家了吧？

　　我说：刚到。

　　小林说：你见到智慧了吧？

　　我说：她就在身边。

　　小林说：你把电话给智慧，我跟她说话。

　　我把手机递给了智慧。

　　智慧说：小林，谢谢你……

　　小林说：你们两个人是怎么回事，都这么虚假，客气什么呀。没把我当朋友呀。你们真是不是一家人，不进一家门呀。

智慧笑着解释说：不是客气。是真的感谢。

小林转移了话题说：你知道他为了陪你过这个情人节走的有多急促吗？当时都没有机票了，是客户把机票临时给他的。不然，你今天晚上是见不到他的。

智慧一愣，把目光投向了我。

我做出无所谓的样子笑了。

小林说：你爱他真就爱对了。现在到哪里还能找到像他这么专一的男人了。

智慧说：是呀。要么我也不会追他这么多年，等他这么多年呀。

小林说：不打扰你们了，情人节快乐！

智慧把手机递给我说你也不必这么急着回来，就是你不回来，我也不会责怪你的。你是出差在外地，又那么遥远。我说幸亏王总给了机票，要么可能真就赶不回来了。智慧说我们的爱情能感动天感动地。

我认为人生中能追守真爱绝对是件开心的事情。

发表在 2013 年第 4 期《群岛文学》杂志（浙江舟山）
发表在 2016 年 1 期《武台山文学》杂志（山西忻州）

把情留住

　　腾飞进出口实业有限责任公司行政部经理卢富友刚回办公室，保安员张德坤便跟进来。卢富友知道张德坤为什么事来找他。可他不想提这件事，这件事的处理决定权超出了他的主管范围。张德坤表明态度，有点强硬地说，经理，你得跟傅总说，不能处理我。如果公司处理我，以后我就不坚守公司制度了。卢富友说，你执行公司管理制度，坚守岗位没错，可你不能打人，打人就做错了。

　　张德坤说如果他（被打员工）不闹事，不蛮横冲闯进值班室，我是不会打他的。卢富友说冲闯值班室是他不对，不对也不能打。张德坤说我不打他，难道说等着让他打我吗？如果保安被员工打了，不敢还手，那是什么保安，不成公司里的笑话了吗？

　　卢富友认为张德坤说得有道理，他也是这么想的，可他不能跟张德坤这么说。如果他跟张德坤这么说了，张德坤认为有理了，有他的支持，会更不让劲了，不利于事情的处理。他说这件事我跟傅总说过了，公司会认真处理的。张德坤说我不相信傅总，也不相信公司，只相信你。卢富友笑着问，为什么？

　　张德坤迟疑了一会儿说，听说此前有个姓马的保安跟同事打架，傅总处理得很不公正。卢富友看了张德坤一眼，显然没想到张德坤会提起那件事。张德坤说的马姓保安与同事打架那件事是发生在两年前。当时卢富友不在行政部工作，张德坤还没来腾飞进公司上班。那件事过去两年多了，马姓保安和那个打架的同事早已辞职，离开公司了。那件事如同被远去的岁月尘封起来一样，公司里很少有人提起，没想到张德坤会知道这件事。这证明那件事在公司里的影响是深远的，直到今日还有人记着，还有员工认为不公正。卢富友也认为那件事公司处理得有失公道，提起来影响团结，不利于工作，不想重提，转移了话题说，你应该相信傅总，更应该相信公司，这件事情会得到公正处理。张德坤再次声明似的说，我不相信公司，更不相信傅总，只相信你——卢经理。

　　卢富友心中的想法跟张德坤是相同的。他对傅总的处事方式很了解。傅总看不起外地来青岛的打工者，在处理问题时会有倾向性，袒护青岛本地人。卢富友是部门经理，不能把真实想法说出来，如果说出来产生负面影响，影响员工的工作情绪，更影响沟通。他说谢谢你对我的信任，可我只是行政部经理，不是公司总经理，对公司的决定没有话语权。

张德坤担心的就是这个，如果是卢富友处理，他就不会这么担忧了。他有点奉承地说，你是行政部经理，虽然没有处理权，但有建议权，可以向公司反映我的想法和态度。卢富友说你可以找傅总表明你的想法。张德坤生气地说，傅总狗眼看人低，不理我，我去找他，他认为越级了，让我跟你说。

卢富友说我会尽力与傅总交流看法。张德坤说谢谢经理。卢富友说你今天上白班吧。

张德坤说我到下班时间了，明天休息。卢富友问明天准备去哪玩？我和几个老乡约好了，去崂山登巨峰。

办公桌上的电话响了。张德坤朝办公室外走去。卢富友接起电话。电话是人事部经理许亦安打来的。

许亦安说傅总让你去他办公室。

傅总全名傅义伟，是腾飞进出口实业有限责任公司负责行政事务的副总经理。卢富友预感到傅义伟是为张德坤与员工打架的事找他。他在这件事的处理上跟傅义伟想法不同，有分歧。他们俩私下沟通过，交流了看法，各抒己见，没达成共识。傅义伟想用上级对待下级的领导权威压制卢富友，想让卢富友服从。卢富友没有退让，也不接受。卢富友走进傅义伟办公室时，傅义伟一个人在办公室里看资料呢。卢富友说：傅总，你找我？

傅义伟放下手中资料，"嗯"了一声。

卢富友缓步走到傅义伟办公桌对面的沙发前坐下。

傅义伟说张德坤打人的事必须处理，如果不处理公司员工继续打架，形成不良风气怎么办？

卢富友说公司应该处理，但要倾向张德坤点，不然，保安工作就不好做了。

傅义伟质问地说怎么个倾向法？

卢富友说写份检查，给个警告，批评批评就算了。

傅义伟否定地说，这不行，按照公司管理规定员工打架得扣掉一个月工资，还得在全体员工大会上做检查。

卢富友反对这么处理，如果这么处理张德坤，公司保安员的意见就太大了，以后保安员都不坚守工作制度了怎么办。他说傅总，保安工作是得罪人的工作，谁都不愿意得罪人，这么处理会影响保安员的工作情绪。

傅义伟说按照公司规定处理张德坤，保安员会有什么情绪。

卢富友求证性地问，公司决定这么处理了？

傅义伟说决定了。

卢富友问不能改了吗？

傅义伟说不能。

卢富友看傅义伟没采纳他的意见，也没商量余地，生气了，有点恼火地说，如果公司决定这么处理张德坤了，我立刻辞职。傅义伟没想到卢富友会为一名保安员做出辞职决定，这种付出太大了，不值得，无法理解。他表情有点不自然，虽然态度不那么坚决了，但不想妥协，更不想让步。他如果让步，或妥协就好像有损于副总经理的权威。他说如果你这么选择公司没有意见，不过你应该慎重点，不要冲动。卢富友站起身，语气沉重地说，公司找人接替我的工作吧，明天我就不来上班了。

如果说傅义伟没想到卢富友会辞职，更让他意外的是卢富友能这么快做出了离职决定。他没心理准备，有点不知道说什么了，好像不知道怎么处理卢富友辞职这件事了。他愣愣地看着卢富友一会儿，缓慢地说，离职需要提前一个月写申请，经人事部同意才行，不是说走就走。卢富友说公司这么处理张德坤让我没法面对行政部员工，还怎么安排工作？傅义伟本想挽留卢富友，听卢富友这么说，感觉卢富友在与他较劲，卢富友不识抬举。他有点恼火，改变了态度，干脆地说，给你特事特办，你去人事部办手续吧。

卢富友从傅义伟的办公室走出来，直接去了人事部。他笑着对许亦安说，给我一份辞职表。许亦安问谁辞职？卢富友回答说，我。

许亦安不相信地说，别开玩笑了，你怎么会辞职呢？卢富友调侃地说铁打的公司，流水的员工，我怎么不会辞职呢？许亦安说你辞职了，你的工作谁接替？

卢富友说谁接替这是公司高层领导考虑的事，与我无关。许亦安说我没接到傅总的通知，不能给你办理离职手续。卢富友说你可以去问傅总。

许亦安将信将疑地看着卢富友。卢富友认真地说，没跟你开玩笑，我真辞职了。许亦安看快要下班了，没时间说下去了，拿起电话拨通了傅义伟的公司内线电话。

傅义伟接了电话。许亦安试探性地说，傅总，行政部卢经理来办辞职手续了。傅义伟有点无奈地说，给他办吧。

许亦安从傅义伟的语气中感觉到了不舍得让卢富友辞职的心情。他放下电话对卢富友说，没想到你会辞职，这可是公司的损失。

卢富友说人有的是，现在不缺的就是人，谁离开公司了，公司都会照常运转。许亦安说人是有的是，可有用之人少，能用的人更少。卢富友说我走了，也许会来个能力更强的行政部经理。

许亦安问新单位给了你什么好的职位？多高的薪酬？让你下决心这么快离开腾飞公司。卢富友说还没找到新单位呢，更谈不上薪酬的事。许亦安说这就是你卢富友的处事方式与性格。

卢富友说性格决定态度。

许亦安说态度决定工作业绩。

卢富友从人事部出来，已经到下班时间了，员工开始陆续往公司院落外走。小海和小林还有一位新来的保安在传达室值班。他们得知卢富友辞职的事，失落大，心情突然不好了，对工作前景产生了茫然。他们是卢富友招聘进保安队工作的。卢富友是他们主心骨，没了主心骨，也就没了安全感。卢富友安慰他们说，你们要好好工作，不要因为我离职了，影响了你们工作情绪，腾飞公司还是不错的。

小海在腾飞进出口实业有限责任公司工作的时间稍长些，跟卢富友的交流多，感情也更近，说话放得开，也随意，笑着说，公司好，你怎么还离职了？继续领着我们干呗。

卢富友说我在这里工作好多年了，也应该换个单位了。

小林觉得小海的话有点生硬，让卢富友下不来台，解围地说，人挪活，树挪死，卢经理工作能力这么强，换个单位工资会更多，职位会更好，这是好事。

卢富友回到办公室收拾完自己的私人物品，拿着朝公司院落外走去。小海和小林叮嘱那位新来的保安说，你在这儿值班，我们去送卢经理。卢富友说不用送，你们值班吧，别耽误工作。

小海说不送你怎么行呢。

小林说不送你我们心里过不去。

卢富友走出公司大院时，回头看了一眼沉浸在暮色中的公司大楼，心中有许多感触。

腾飞进出口实业有限责任公司在青岛郊区，卢富友住在市区。从郊区到市区路远，他乘公共汽车回市区。

这天从郊区开往市内的公共汽车晚点了，连续三趟车都没有准时到站。这是当天最后三趟车。天黑了，车站冷清，只有他们三个人。小海和小林的心情如同这暮色似的茫然。

小海对卢富友感叹地说：笔记本电脑不能买了，你这一走，我在这里干也没劲了，还不知道能干到哪一天呢，必须考虑下一步的工作打算了。

卢富友说千万别因为我离职影响了你的工作情绪。

小林说：我最多再干一个月，我准备去考公务员。

卢富友说外地户口可以在青岛考公务员吗？

小林说我有个亲戚在政府机关工作，他说有本科毕业证，年龄不超过三十周岁就可以考。

卢富友说能考上公务员当然好了，如果考不上也不能长期当保安，保安工作当成过渡期还行，不能把保安当长久职业。

小海和小林对卢富友有着依恋之情。这是他们在以往工作中没有过的。虽然在工作中卢富友是他们领导，管他们严格，可生活中却把他们当成朋友关照，无话不说，无遮无拦。他们会把想法告诉卢富友，遇到拿不准的事情会征求卢富友的意见。

公共汽车在夜色中急速开来，小海和小林帮卢富友把东西拿上车。乘务员催促他们快点下车。汽车晚点了，三趟车相继开来，司机在赶时间。卢富友透过车窗朝车外看去，小海和小林的身影在暗淡的路灯下渐渐消失。

车厢里没有几位乘客。卢富友陷入沉思中。他放心不下小海和小林他们。不知道在他离职后他们工作得是否开心。他虽然知道他们优秀，可现实生活绝不会因为你优秀就一定把笑脸向你展开。他回想起初次与他们相识的情景。

卢富友面试小海时，小海刚从腾飞进出口实业有限责任公司对面的公司离职。他得知小海在部队当过班长，还是党员，外貌也不错，把他留在了公司。

卢富友面试小林时，小林刚从烟台乡下来到青岛，生活还没有着落。他得知小林读过中专又自学了大专及本科，很上进，把他留了下来。

在卢富友当公司行政部经理期间，他先后扶持了十多位外地来青岛打工的年轻人，为他们解了燃眉之急。他组建了素质较高的保安队伍，公司保安改变了原来胆小怕事，不敢承担责任的现象。公司从此没发生过物品丢失。

此刻，卢富友离职了。

他虽然有心理准备，可当真的离开时，还是产生了反差与失落。这次离职对他来说不是意外，而是必然选择。他在腾飞进出口实业有限责任公司工作多年了，从最初的小职员升迁到部门负责人，这个过程是比较顺利的。这是一家大公司，人才济济，有多少人费尽心机也没能得到这个职位。他认为继续在公司工作待遇不可能提高了，职位也不可能升迁了。他面对没有发展空间的工作环境，有意另寻出路，只是没下决心辞职。当然他离职的最主要原因是傅义伟让他在工作不顺心。傅义伟在工作中以上级打压下级的态度对待他。他提出的建议得不到采纳，工作憋气，产生逆反心态。张德坤打架这件事只是个燃点，点燃了他辞职的决心。

汽车在夜色中前行，他的思绪在飘逸。他哼唱起了那首经典的老歌《把根留住》：

> 多少脸孔，茫然随波逐流，他们在追寻什么
> 为了生活，人们四处奔波，却在命运中交错……

是的，生活就像歌中唱的一样，有时让人伤感，有时让人失落，有时更让人感到不知所措。

他回想着这些年来在腾飞进出口实业有限责任公司的工作与往事……

龚秀云看见卢富友拿着这么多办公用的私人物品回家了，表情不自然，情绪有点反常，推测卢富友可能要换工作了。可她没想到卢富友已经辞职了。当她得知卢富友明天不去上班了，表示理解。她问卢富友说，你今后是怎么打算的？

卢富友说想好好休息一段时间，然后再去工作。

卢富友平时工作忙碌，很少有时间休息，暂时没了工作，不用看时间起床了，也不用想领导交给的工作完没完成，更不用考虑工作进度，顿感轻松，很是惬意，似乎得到了某种解脱。

龚秀云提议说要么你外出旅游吧，放松放松心情，调整好了心态，玩开心了，再去工作。卢富友原本没有外出旅游计划，只想在家睡懒觉，或到公园里走一走，看一看风景，享受不工作，如同老年人退休般的生活。可这种日子没过几天他就厌倦了，这种无事可做的日子不是他想要的生活。他还没有步入老年人的行列中，过这种生活早了，不习惯，享受不了。他决定按照龚秀云说的外出旅游。龚秀云建议他去法国和英国，或瑞士、挪威等欧洲国家。

卢富友多年前去过英国和法国，也去过挪威，对这三个欧洲国家有些了解。虽然那是工作出差，没有太多观光游玩时间，但已经感受到了那里的风俗与民情。他不想去欧洲，而想去没有去过的陌生地方。龚秀云说要么你去澳大利亚和新西兰吧，这两个国家风景也不错。卢富友虽然没去过这两个国家，但也不想去，因为新西兰和澳大利亚是海岛国家，而青岛又是海滨城市，大海对他来说失去了吸引力与好奇感。他想去异国他乡感受没有感受到的风情。

龚秀云不解地说新西兰和澳大利亚你不去，欧洲也不想去，那你想去哪？

卢富友说想去非洲。

龚秀云吃惊地看着卢富友疑惑地说，你去那旅游能看见什么，有意义吗？

卢富友说虽然非洲经济不如欧美发达国家，可非洲历史文化悠久，风景独特，有许多观赏风景。他对非洲已经向往很久了，如果没有记错好像在读小学时就有了这种思想意识。虽然过去数十年了，但年少时的记忆还是那么清晰。他想去看一看坦赞铁路，感受非洲别样的风情，更想了解那里的民间风俗。

龚秀云知道卢富友喜欢历史与民俗，赞成卢富友的观点，只是担忧出行安全。卢富友看出龚秀云的担忧，安慰说，咱们没去过非洲，不了解那里的社会治安情况，眼见为实，不要道听途说。

卢富友过了安检，已经到了登机时间。

这是卢富友第一次去非洲，对行程路线不熟悉。出行前他查阅了相关资料。坦桑尼亚与北京时差相差约五小时。目前国内还没有直飞坦桑尼亚的航班，需要中途转机。他选择了从北京到卡塔尔首都多哈的航线，在多哈转机去坦桑尼亚。

他是凌晨两点在北京上的飞机，经过九个多小时飞行到达卡塔尔首都多哈。多哈虽然是座美丽的城市，因为行程时间有限，他在多哈没停留，转机飞往坦桑尼亚的达累斯萨拉姆市。他从国内抵达坦桑尼亚坐了十多个小时的飞机。这是他乘飞机出行最远的一次行程。

达累斯萨拉姆是坦桑尼亚第一大城市，属于印度洋沿海城市，人口约 600 万，年平均气温 25.8℃。他随后去了坦桑尼亚的第二大城市姆万扎和第三大城市阿鲁沙。他还去了首都多多马。

虽然坦桑尼亚被联合国评定为世界上最不发达国家之一，可旅游资源丰富。非洲三大湖泊的维多利亚湖、坦噶尼喀湖和马拉维湖在其边境线上。海拔5895 米的乞力马扎罗山是非洲第一高峰，闻名世界。坦桑尼亚著名自然景观有恩戈罗戈罗火山口、东非大裂谷、马尼亚纳湖及桑岛奴隶城等地。世界上最古老的古人类遗址和阿拉伯商人遗址也在境内，为坦桑尼亚增添了历史人文景观及文化底蕴。

卢富友在观赏完这些著名景区后，又马不停蹄地踏上了坦赞铁路的旅行。坦赞铁路是他此行的重点线路，他想了却积攒在心中数十年的夙愿。

坦赞铁路东起坦桑尼亚的达累斯萨拉姆，西迄赞比亚中部的卡皮里姆波希，全长 1860.5 公里，是一条贯通东非和中南非的交通主干线，也是东非交通动脉。由中国、坦桑尼亚和赞比亚三国合作建成。该项目于 1968 年 5 月开始进行勘测设计。从 1970 年 10 月开始动工兴建，到 1976 年 7 月全线完成移交使用，中国先后派遣工程技术人员近 5 万人次修建坦赞铁路，其中有 66 人为这项工程献出了宝贵生命。

坦赞铁路是迄今中国最大的援外成套项目之一。

这条铁路穿越坦、赞两国部分高山、峡谷、湍急的河流及茂密的原始森林，有的路基、桥梁和隧道地基土质为淤泥、流沙，沿线有许多是荒无人烟，野兽成群出没地区，全线工程浩大，技术复杂，施工条件异常困难。

坦赞铁路全线建设桥梁 320 座；隧道 22 座；兴建车站 93 个；建设房屋总面积 37.6 万平方米。

为建设这条铁路，中国政府提供无息贷款 9.88 亿元人民币，共发运各种设备材料近 100 万吨。

有关坦赞铁路工程建设事情一直存在卢富友的记忆中。他是从坦桑尼亚达累斯萨拉姆上火车去赞比亚的。

中国与赞比亚是在 1964 年 10 月 29 日建交的。赞比亚是南部非洲第一个与中国家建交国家。两国传统友谊深厚，双边友好合作关系不断发展。

1967 年中国承担了坦赞铁路、公路、玉米面厂、纺织厂、打井供水等共 70 余个项目。卢富友是带着中国人追忆历史的脚步去赞比亚的。

赞比亚共和国是非洲中南部的内陆国家，大部分属于高原地区。因赞比西河而得名，别称为铜矿之国。北靠刚果民主共和国、东北邻坦桑尼亚、东面和马拉维接壤、东南和莫桑比克相连、南接津巴布韦、博茨瓦纳和纳米比亚，西面与安哥拉相邻。

赞比亚国内一千万人口中约有一半人口生活在城市，是撒哈拉南部城市化程度较高的国家，相比周围各国有良好的基础设施和交通建设。

虽然赞比亚被联合国列为不发达国家，然而赞比亚的人类发展指数已达到了世界中等水平，进入了发展中国家行列。

卢富友先到了赞比亚第二大城市恩多拉，然后去了赞比亚首都卢萨卡。卢萨卡是赞比亚最大城市。他去观赏维多利亚瀑布的美景；去卡里巴湖感受世界上最大人工湖建筑的智慧；去姆库尼文化村和马拉姆巴文化村了解非洲历史的印记；去卡富埃国家公园和赞比西河感受这个国家的神奇。

卢富友在卢萨卡遇见了坎多巴·姆约瓦。

坎多巴·姆约瓦是华人后裔，中国名字叫万子明。他是在赞比亚生活的第二代华人。他父亲是在修建坦赞铁路时去的赞比亚，并与当地姑娘相爱，结婚，加入了赞比亚国籍，永久留在了赞比亚。万子明在卢萨卡和恩多拉两座城市各开了三家服装店，主要客户是华人、华人后裔和喜欢中国服饰的当地人。

他的服装店在赞比亚有较高知名度。他是位成功商人。他邀请卢富友到家里做客。

卢富友有意了解华人后裔在赞比亚的生活状况，所以没有推辞，欣然前往。他在万子明家里感受到了非洲与中国情感之缘。

万子明说国家与国家应该交往的，在交往中建立互信；人与人是需要交流的，在交流中才能建立友谊。卢富友说中国与非洲虽然相距遥远，可在两国交往中变得近了，坦赞铁路拉近了两个国家人们的感情。万子明说每当遇见从中国来的客人时，都会邀请到家里做客。

这时一位中年赞比亚男子走进屋，他叫朗巴·蒂莫西，酷爱中国文化，被当地人称为"中国通"。他是万子明家邻居，也是常客。虽然他中文说得不流利，但听得懂，交流没有障碍。他得知卢富友是第一次来赞比亚，便侃侃而谈地讲起了有关坦赞铁路建成的好处。他原本是农民，在坦赞铁路建成后开始沿着铁路沿线卖生活用品，成了商人。他去过北京，但没去过青岛。他不知道青岛是座什么样的城市。

卢富友笑着说青岛欢迎你，有机会去青岛旅游，我请你喝青岛啤酒。朗巴·蒂莫西有点兴奋地说青岛啤酒很有名，我的朋友去中国旅游时，带回来过，很好喝，下次我去中国，就去青岛找你。卢富友说我在青岛等你。

卢富友在非洲经过二十多天的异国旅行，走完了行程安排，身体劳累了，也思念亲人了，踏上了回国行程。

龚秀云开车去青岛流亭国际机场接他时间，你这次去非洲旅游感觉如何，有什么收获？卢富友说感受非常深，开了眼界。龚秀云问非洲国家跟你想象的一样吗？

卢富友说不一样。龚秀云问你还想去哪玩？卢富友说哪也不去了，得开始工作了。

龚秀云说如果你没玩够，还可以继续玩，我养得起你。卢富友说人活着就得工作，长时间不工作会觉得空虚，会感觉失去自身价值了。龚秀云问你打算去什么单位？

卢富友说还没想好呢。龚秀云说你去非洲后，胡可、老姜都跟我说过，想让你去他们公司。卢富友问你怎么回答的？龚秀云说我说等你从非洲回来再说，你工作上的事我不过问。

卢富友这几个朋友开的公司规模比较大，资产雄厚，需要有管理经验人员。他们早就有意让卢富友去工作。卢富友不去。卢富友认为朋友归朋友，关系好归好，工作归工作，如果成为上下级了，就有了束缚，关系处理起来就不灵活了。

龚秀云的看法跟卢富友不同。她认为跟朋友在一起工作利于沟通，能减少心理障碍，工作起来能得心应手，轻松得多。虽然卢富友认为龚秀云说得有一定道理，但还是坚持自己的观点，拒绝去朋友开的公司工作。龚秀云没有勉强卢富友，只要卢富友在工作上开心，在什么单位上班，薪酬多少都无所谓。她挣的钱足够家里生活消费的了，并且会让家人生活得很好。

卢富友的手机响了，电话是傅义伟打来的。他没想到傅义伟能打电话来，轻声说，傅总。傅义伟客气地问，现在忙什么呢？卢富友说我刚从非洲旅游回来，车刚开出流亭机场。

傅义伟说如果你有时间来公司一趟吧。卢富友问有什么事吗？傅义伟说见面说吧。

卢富友问你明天在公司吗？傅义伟说明天上午在，下午回市里办事。卢富友说明天早晨我去公司。

龚秀云在卢富友挂断电话后问，你离职时还有工作没交接完吗？

卢富友想不起来还有什么事没交接，如果说没处理的事，只有保安张德坤跟员工打架的事。可这件事是傅义伟处理的，跟他没关系。

龚秀云说傅义伟找你会干什么？卢富友说不清楚。龚秀云说你已经辞职了，如果没什么事就不去了。

卢富友说不去不好，虽然我离职了，可在同一座城市生活，随时都有可能遇见，关系别弄得那么僵硬。

龚秀云没有开车回家，而是去了锦江饭店。锦江饭店是五星级高档饭店。她在锦江饭店预订了房间。卢富友没想到在他回家第一天龚秀云会这么安排，很意外，也很开心。龚秀云想感受小别胜新婚的心情。

他们在餐厅用过餐，回到房间，关掉手机，与世人隔绝，尽情享受夫妻二人世界。

第二天醒来时，太阳已悬在空中。卢富友急忙洗漱，穿衣，如同去上班似的忙碌。龚秀云让他开车去。他没有开车上班的习惯，很少开车。他看了一眼时间，感觉坐公共汽车去腾飞进出口实业有限责任公司时间有点晚了，不想误了时间。他也想在傅义伟面前展示自己的另一种生活状态，决定开车去了。

龚秀云叮嘱说你见到傅义伟别吵架，有事好好说，反正你已经辞职了，没什么大不了的。卢富友说在没去非洲以前，我也许会跟傅义伟发生争执，可现在不会了。龚秀云不解地问这跟去非洲有什么关系？

卢富友说非洲与咱们相隔那么远，并且是不同民族，语言也不通，都能建立那么深厚的友谊，何况咱们是同一民族的人呢。龚秀云说没想到你去非洲一趟会有这么深的感受，这种想法非常好。卢富友说我对傅义伟没有个人成见，只是工作分歧，意见不同。

从锦江饭店到腾飞进出口实业有限责任公司坐公共汽车路上需要一个多小时，开车走高速路只用二十多分钟就到了。他来到公司大门口时，还没到上班时间。

小林从传达室走出来看是卢富友开车来了，惊喜地说，卢经理，你也会开车呀！卢富友笑着说驾驶证考出来好多年了。小林一脸羡慕地说，你在什么单位上班，公司给你配这么好的车？

卢富友说这是我自己家的车。小林没想到卢富友家有这么好的车。他是第一次看见卢富友开车。他说我怎么没看见你开车上班呢？卢富友说我不愿开车上班。

小林说公司领导都开车上班。卢富友笑着说，可我不是公司领导，只是部门经理，如果我是公司领导，也开车上班。小林说部门领导也是领导。

小林朝传达室挥了一下手，屋里的保安摁了电动门开关，电动门缓缓打开。小林让卢富友把车开进公司院里。卢富友说我现在不在公司工作了，把车停在外面就行。小林说外单位来公司办事的车辆也可以停在公司院里。

卢富友没有开车进公司大院，而是把车停在大门口西侧。他从车上下来问，小海上什么班？小林说小海辞职有半个月了。卢富友问他找到新工作了？

小林说他回甘肃老家了。卢富友"哦"了一声。小林叹息地说青岛好是好，可咱是外地来打工的，无依无靠的，想站住脚，有发展，挺难的。

卢富友说在任何地方想事业有成，发展好都不容易。小林说张德坤离职时还跟傅义伟吵起来了呢。卢富友猜测到张德坤会对公司处理决定不满，也知道傅义伟在处理张德坤跟员工打架这件事上不灵活，有失公正。这件事发生在他任行政部经理时，他也有处理责任，不想提这件事。他转移了话题问，你跟谁一起值班？

小林说刚来的，你不认识。卢富友问工作上有压力吗？小林说压力大着呢，我下个月就不干了，辞职书已经交给人事部了。

卢富友问工作找好了？小林说差不多了。卢富友说找到新工作就好。

小林说从你走后行政部已经离职好几个人了，如果你过一段时间来，可能就没有认识的了。卢富友问现在谁是行政部经理？小林说还没有新经理，傅总兼管行政部。

卢富友说傅总直接管行政部肯定没问题。小林轻蔑地说，可算了吧，傅总根本没有管理能力，把行政部管得一塌糊涂。卢富友说不会吧，傅总能管好全公司，怎么会管不好行政部呢。小林说傅总有领导能力，可没有管理能力，管整体可以，管细节不行，如果他管得好，行政部能辞职这么多人吗。

卢富友理解地说行政部工作琐事多，没有技术含量，待遇又不高，人来人走是正常的。小林说反正我们都觉得在傅总手下工作没意思，不开心。卢富友看见陆续有工人来上班了，不想跟小林聊下去，客气地说，你去忙吧。

小林问你是来找傅总吗？卢富友说他打电话让我来公司。小林说进传达室等吧。卢富友说不用，我好久没来这里了，对周围环境有些陌生了，随便走一走。小林说有事你叫我，然后转身回传达室了。

这时有几名上班的工人朝卢富友走过来，热情打招呼，握手，攀谈起来。

傅义伟开车来到公司门口，转过脸，礼节性地冲着卢富友点了下头，打招呼地鸣了一声汽车喇叭，缓慢地把车开进公司院里。卢富友跟了进去。傅义伟从车上下来，停了片刻，在卢富友走到他身前时，朝办公楼走去。他边走边问你去非洲干什么？

卢富友说去玩。傅义伟说非洲有什么好玩的，如果玩，还是去欧洲，或者东南亚。卢富友说我去看坦赞铁路了。

傅义伟对中国援建坦赞铁路的事情有些了解，但不感兴趣。他说铁路到处都有，何必去那么远看。卢富友知道两人喜好不一样，没说下去。傅义伟说你回来干吧。

卢富友没料到傅义伟会这么说，有点吃惊，不知道这是傅义伟的真心想法，还是在试探他的态度，没有马上接话。

傅义伟说来了几个应聘行政部经理的，学历高，工作简历也不错，可我总觉得都不如你。卢富友说你管行政部就可以了。傅义伟说我还真就管不好行政部。

卢富友说这么大的公司你都管了，怎么会管不好行政部呢。傅义伟说你回来给你涨工资，把行政部改为总务处，公司后勤方面工作全部由你负责。卢富友说我怕胜任不了。

傅义伟说凭着你的工作能力应该没有问题。卢富友问你怎么会这么相信我？傅义伟说你在离职时还能叮嘱员工好好工作，没有说公司坏话，也不发牢骚，这在公司里从前是没有过的。

卢富友说我在公司工作这么多年了，感情还是有的，不能因为离职了，就反目成仇，说公司不好，从另外角度来说，也是为员工着想，叮嘱他们好好工作也是必要的，如果不好好工作，失业了，不还得四处找工作吗。

傅义伟说你要是这么想，更不能让你走了，这是宏观思维，看似简单，却很少有人能做到。反正我是做不到，你得留下来帮我。卢富友感觉傅义伟说的话夸张了，没明白傅义伟话中意思，在等傅义伟说下去。傅义伟问你为什么不怕失业呢？

卢富友没有回答。傅义伟说你认为自己有能力，能找到更好的工作？卢富友没想到傅义伟看透了自己的想法，如同他看透傅义伟一样，客气地说，咱们公司还是不错的。

傅义伟说不错你还离职？卢富友没有说傅义伟不好，回避地说，我想适应一下新环境。傅义伟说这不是你真实想法。

卢富友没有辩解，在等傅义伟说下去。傅义伟说过些天我去英国看女儿，一时半会儿回不来，工作上你得帮我分担一些，不能出差错。卢富友说我尽力做，做不好你别生气。

这时许亦安拿着一份报告来找傅义伟签字。傅义伟说你给卢富友办理复职手续。许亦安看着卢富友责备地说，你就不应该走。

卢富友说幸亏我辞职了，不然，哪有时间去非洲旅游。许亦安说你的意思是去非洲收获挺大呗？卢富友说感受到了从没有过的情谊。

傅义伟对许亦安说下发份文件，公司聘请卢富友为总务部经理，今天就上班。许亦安转过脸对卢富友说，傅总这么看重你，你小子运气真不错。傅义伟纠正性地说不是他运气好，而是人品好。

卢富友回到自己的办公室给龚秀云打电话，把事情告诉龚秀云，不让龚秀云担忧。龚秀云很开心地问，工资涨多少？卢富友说还不清楚。

龚秀云说晚上去饭店吃饭。卢富友说昨晚住的宾馆，今晚怎么还去饭店吃饭呢？龚秀云没有解释，反问地说，胡可没给你打电话吗？

卢富友说没有。龚秀云说早晨我在路上遇见胡可了，他说今晚为你从非洲回来接风。卢富友说胡可真实想法是让我去他的公司上班。

龚秀云说你去胡可的公司工作，最次也会是副总经理的位置。卢富友说让我当总经理也不去。龚秀云调侃地说没想到你一夜之间成了热销货。

办公桌上的电话响了。卢富友说我接个电话。

电话是姚顺利打来的。他和小海是初中同学，住在同一个村子里，两家距离不过五百米。他是和小海一起来腾飞进出口实业有限责任公司应聘工作的。他学过烹饪技术，卢富友安排他到员工餐厅工作了。他来上班时生活费都没有了，卢富友借给他二十块钱。一个星期后他在新疆工作的哥哥让他去新疆。他离职时没还借卢富友的钱。卢富友也没打算要。他把一件旧军装送给卢富友留做纪念了。

卢富友问姚顺利在新疆工作得怎么样。姚顺利说还行，工资差不多。卢富友说兄弟俩在新疆相互有个照应。

姚顺利说他也是这么想的。卢富友的手机响了。姚顺利挂断了电话。

卢富友一听是万子明的声音，高兴地说谢谢你给我打电话。万子明说他明天就跟朗巴·蒂莫西到青岛。卢富友说我在青岛等你。

万子明问青岛有什么好东西？卢富友说我请你吃青岛大虾，喝青岛啤酒。万子明说朗巴·蒂莫西想采购一些物品带回赞比亚卖。

卢富友说能带回赞比亚卖的物品我不了解，你们自己看吧，我给你们当向导。万子明说你这个不花钱的向导我们预订了。卢富友开玩笑地说要么我们公司在赞比亚建个分公司，由你们负责？

万子明说那就太好了。

卢富友结束了跟万子明的通话，转过脸朝窗外看去，太阳已经升起来了，阳光暖暖地普照着万物。他的心情是那么好。

发表在 2016 年 6 期《蒙自》杂志（云南蒙自文联）

发表在 2016 年 4 期《新安江》杂志（浙江建德市文联）

发表在 2017 年 1 期《老山》杂志（云南文山）

相遇相知

　　这年，我刻意选择在八月休年假。我们单位在这个时间是很少有人休年假的，一是在这个季节是打高尔夫的好季节，客人多，工作比较忙；二是大部分员工家是在外地，想把年假放在冬季，高尔夫休场时，能在春节期间多休假，在老家多陪一陪亲友。当我跟总经理说休年假时，他不解地问我为什么选择在这个时间休年假。我知道他不想让我在这个时间休年假，解释说想和爱人、孩子回东北探亲，顺路去五女山玩。

　　总经理知道探亲在过春节时休假最好，如果去东北玩，八月是好季节。他不了解五女山，不知道此山在什么地方，是什么样的山，若有所思地说，我怎么没听说五女山这个地方呢？我说五女山在辽宁桓仁县。总经理不以为然地说，这不是在东北吗，咱们这有崂山，你还去五女山玩什么？五女山不可能比崂山好吧？

　　我说山不同，风景也不同。

　　总经理说五女山在东北，崂山在海边，地理位置差距大，两座山的风景肯定不同，可你的想法也跟别人不一样。让总经理说对了，我对五女山有着独特情怀。因为五女山是我的情缘山。我没跟总经理解释，如果解释一时半会儿也解释不清楚。总经理应允地说，你一路顺风，玩得开心。

　　我把工作安排好，便和爱人、孩子从青岛乘坐高铁去东北了。

　　我之所以选择在这个时间休年假主要是我爱人有时间。她是大学讲师，八月正是暑假时期，孩子也放假了，他们有时间，都想外出旅行。只是我比较忙。我在公司负责行政部工作，杂事多。为了不让爱人和孩子扫兴，我才申请休年假的。

　　我是青岛人。我爱人是东北人。她的许多亲友在东北，几乎每年回去一次。我们以前是在学生放寒假时回东北探亲，过春节。这次她想带孩子重游五女山，孩子年少，冬季东北温差大……综合考虑后选择了在夏季。

　　虽然重游五女山是爱人提出来的，可跟我的想法一致。我早有重游五女山的想法，只是工作忙，时间安排不开。

因为我爱人老家是在黑龙江省，我们从山东去东北先进入辽宁省境界，所以我们行程安排是先游五女山，然后继续北进，去黑龙江省探望亲友。

我们到达桓仁县城时天已经黑了，找了一家旅馆住下，准备第二天早晨去五女山。

桓仁县位于辽宁省东北部边缘，西北与新宾满族自治县交接，西边与本溪满族自治县相连，南与宽甸满族自治县为邻，东北部和通化县、集安市交界。全县面积 3547 平方千米，人口 29.86 万人（2001 年）。桓仁县早期名为"桓都"，是高句丽早期王城，也是唐朝时期渤海之"桓州"，主要有汉、满、朝鲜、回族等民族生活在这里。

吃过晚饭，我们来到街上。县城的街道不是很宽，我们欣赏着东北小城的夜景。东北是关外，关外的人文风情与关内不同，山海关如同一条界线，把地里、人文、生活习俗分得那么清晰。

孩子不解地问我为什么对五女山这么有兴趣，我说没有五女山就不会有咱们全家人来这里旅游，也看不到这么美的小城夜景。孩子不明白我话中的意思，抬头看了我一眼，没问下去。

我没有解释。孩子年龄还有点小，对成年人感情世界不懂，等他长大了就明白我与五女山的情缘，他跟五女山的关系了。

第二天吃过早饭，我们乘出租车去的五女山。这跟我上次来五女山的感觉不同。那次我来五女山出租车很少，游览区也没这么多服务设施。毕竟过去好多年了，人们生活水准得到了显著提高。我站在五女山的入口处，不禁回想起第一次游五女山的往事来。

那是几年前的事了，当时我大学刚毕业，还没到接收单位报到，我想在这个空余时间做一次旅行。我生活在山东，在北京读的大学。北京离山海关不算太远，我想去东北旅游。

我对东北印象深，这不只是因为许多山东人闯关东去了东北，东北与山东联系多，还因为听了著名评书表演家刘兰芳讲的《岳飞传》《杨家将》等评书，加深了我对山海关外的向往。

在我童年时期物质生活不好，生活单调。夜晚经常听收音机打发时间。每天晚上收音机里在 19 点 30 分，还有 20 点 30 分有几个频道播放著名评书表演家刘兰芳讲的《岳飞传》《杨家将》等评书。这些评书都是讲宋朝将领抗金、抗辽的故事。金、辽的发源地是山海关外的东北。

那时东北就储存在我的记忆中了。

最初我没想好去东北哪个地方旅行。我想去大兴安岭，或牡丹江，我去牡丹江是因为看了《林海雪原》的小说，故事发生在那里。去大兴安岭是因为那里有北极村，在我犹豫不决时，开始查找东北相关资料。我在资料里得知了五女山这个地方，决定去五女山旅游了。

我选择去五女山旅游一是为了节省时间，二是为了少花钱，三是因为辽宁是古代少数民族的聚集地。因为时间有限，我不能走得太远。我还没参加工作，不想多花父母的钱。刘兰芳老师是辽宁人，去辽宁看一看了却心愿。

就这样我去五女山旅游了。

五女山位于桓仁县城北 8.5 公里的浑江右岸，山体呈长方形，主峰海拔824 米，南北长约 1500 米，东西宽约 300 米，峭壁垂直高 200 余米，东南与辽宁最大水库桓龙湖相接，西以刘家沟、哈达河为界，北与窄沟公路毗连。相传古有五女屯兵在这里，因而得名。历代曾以五老山、兀剌山、五龙山、五余山等名相称。

因为山上筑有五女山的山城而古今闻名。五女山的山城汉代称纥升骨城，元代称五老山城，明代称兀剌山城、郁灵山城等。山城是在汉建昭五年（公元前 34 年），高句丽始祖朱蒙建造的。这是中国地方民族政权高句丽国开国第一都城，被誉为东方第一卫城。明永乐二十二年（公元 1424 年），女真第三代首领李满柱率族远迁辽宁，驻扎这里。

出土文物表明，新石器时代五女山上已有人类活动了。青铜时期两汉（高句丽时期）、辽、金均有珍贵文物出土。

五女山是满族文明的发祥和启运地。

我走在弯弯的山道上，欣赏着五女山的美景，感受着山海关外的风情。这时我遇见两位年轻女孩，因为年龄相仿，搭话交谈起来。她们一个叫栾秀，一个叫李桢，都是辽宁某大学的大二学生。李桢就是我现在的爱人。她跟栾秀是同学。她是来栾秀家玩的。栾秀家在五女山下的村子里。

我们慢慢前行，去了西门遗址、一号大型建筑址、瞭望台、蓄水池等景地。天黑的时候才下山。

我是早晨到达的，还没住下，栾秀邀我去她家住。这让我太意外了，我与她素不相识，一面之缘，怎么好住在她家呢。我拒绝地说找一家旅馆住下就行。栾秀说她家地方大，如果我不介意住在她家是没问题的。她的热情不好让我拒绝。

我和李桢成为栾秀家的客人。

栾秀和李桢是满族人。这让我第一次近距离接触满族生活。因为是同龄，又都在读大学，栾秀和李桢顺理成章地称我为师兄。

从此我们建立了联系。

在短暂的几天时间里，栾秀还陪我和李桢去了桓龙湖、万乐岛、枫林谷、望天洞、大雅河漂流、虎谷峡、地温异常带、冰壶沟、冰臼、佛顶山等地。因为有栾秀做向导，我那次旅游很顺利，开心，少了寂寞。让我那次五女山旅行收获很多。

我在离开时想把这些天的生活费、住宿费给栾秀。她生气地说，你这人怎么这样呢，我家一不是开旅馆的，二不是开饭店的，怎么能收你的钱呢？如果收你的钱，就不让你来住了。

那次我游五女山不禁开阔了视野，还收获了友情和爱情。我从五女山回到青岛后跟栾秀保持着联系，跟李桢建立了恋爱关系。

李桢大学毕业后来青岛工作了。她成为了我的爱人。李桢从那次去过五女山后也没再去过。她想去看一看五女山。也想去看一看栾秀。

栾秀在读大四时得了乳腺癌，查出病情后不久去世了。她和美丽的五女山一样留在了我们的记忆里。为了不影响栾秀家人的心情，引起对往事的回忆，我们没去她家，而是在五女山景区，在她陪我们走过的地方，回想着她的音容，回忆过去的生活和友谊。

我重游五女山感受着大自然的美好，回想着过去的人生岁月。

如果没有栾秀，那次李桢不会来五女山旅行。如果那次她不来五女山，就不可能在这里遇见我，不会成为我的爱人。如果没有五女山，那次我也不会来这里旅行，如果没那次旅行，我就不可能跟李桢结下情缘。应该说栾秀是我和李桢的媒人，而美丽的五女山是我的情缘山。

发表在 2017 年 7 期《金田》杂志（广西玉林）
发表在 2018 年 1 期《沐源川》杂志（四川乐山沐川文联）

光阴的界牌（后记）

　　人在出生后就是走在通往死亡的路上。无论是多么伟大的人，也逃离不了老去，躲避不开死亡。虽然我们都想永远不老，永远不死，可是，光阴给我们生活的时间是有限的，不是无限的。世上没有长生不老药。如果我们想延长生命，想活得更长，想让后辈人记住死去的我们，那么，我们就应该在除了爱护躯体，注重保养之外，还需要多做些对社会、对人生有价值的事。我们应该在自己有限的生命旅程中，在光阴照耀我们时留下一种精神，或思想。应该说那种思想或精神的存在、延续，远比身躯存在得更久远。

　　正如那句名言所说：有的人死了，可他还活着。有的人活着，可他已经死了。这句名言里所指的死亡是一种喻义，是指精神与思想上的，而并非完全是躯体。

　　应该说我对文学的喜欢是从死去的人还活着中开始的。

　　这是启迪。

　　这是认知。

　　这是我的选择。

　　追忆逝去的光阴，回忆往事，寻找我对文学喜欢的源头，应该是在几十年前的事了。因为光阴过去得久远了，记忆模糊了，所以，准确时间我记不清了。那应该是在20 世纪 70 年代末期，我也许是入学了，或许还没入学，夜晚来临时，收音机里在热播著名表演艺术家刘兰芳讲的《岳飞传》《杨家将》等评书。每天晚上到了评书开播时，我便准时守在收音机旁，静静听着从空中音波传来的故事。故事里的人物吸引着我，牵动着我的神经，增加了我的记忆，丰富了想象力。虽然《岳飞传》《杨家将》故事中的人物早已不在了，远离人间，可那种精神还在，还在流传，还在感染生活。我认为故事里的人物能延续、传承，留下的就是精神，就是思想。这就是死去人还活着的道理。而让人更好，而永远活着的就是文学的外衣。如果没有文学的修饰，没有文学的记载，死去的人故事就会失去光泽与色彩。

从那时起我在朦朦胧胧中就喜欢上了文学。

从学生时代我写的作文经常被老师当成语文课上的范文读给同学们听，到现在发表、出版多部长篇小说、中篇小说、大量散文，一路走来，光阴逝去几十年了。这在生命行进中是不短的时间。我在岁月穿行中经历了许多事。有的事我早已忘记了，有的事我依然还记得，历历在目。可在我行走的旅程中有一位友人一直锲而不舍地陪伴着我，让我的生活少了些孤独，少了些寂寞，多了些慰藉，多了些往前行进的勇气与信心，这位朋友就是——文学。

文学如同友人、亲人一直陪伴着我。他跟我如影相随，时间越久远，感情越深、越浓。

我在写长篇的同时也在写短篇，先发表了短篇，后出版了长篇。我是短篇与长篇同时开始写作的。屈指算来从 1992 年在《北大荒文学》杂志上发表第一篇小说，到现在已经过去多年了，在这段文学写作中，断断续续也就发表了眼前这些短篇小说。是在出版和发表 5 部长篇小说后，才出短篇小说集。现结集为《相逢何必曾相识》。

这部《相逢何必曾相识》短篇小说集是以发表在《鹿鸣》杂志上的作品为书名的。虽然这篇作品不长，不是有分量的作品，但代表着我对生活、对人生的认知与定位。我们在生活中往往看不清自己的面容，不能正确对待事情，不能给自己定位。有时甚至会忘乎所以，不知道自己是谁了。

人应该认清自己，给自己定位。不然会被光阴抛弃，在人生行进的旅程中什么痕迹也没留下。

虽然这部小说集收录的小说不是我最好、最满意的作品，但记载了我的光阴故事，也是生活与文学的界碑。

这是最初的我。

这是最初我的文学写作。

这是我的生活与经历。

文学朋友读了或许能看见一位文学行者从年少时走来的影子，足迹，或许能得到点鼓励与自信，还有希望之光。

我读书有个爱好，一般喜欢读名人成功前的早期作品，或人生故事。因为在成功前没有包装，也少了修饰，更真实，更生活化，更能感染我。

我是穿行在光阴中的行者。这部《相逢何必曾相识》短篇小说集是我行进与光阴的界碑，这些小说，也是光阴送给我的礼物。我把它献给爱我、关心我、支持我的人。

大谢友人。

吴新财

2018年2月26日于青岛